KB021929

절망의 벽을 허물면
삶의 길이 보인다

이강래 지음

문지사

절망의 벽을 허물면 삶의 길이 보인다

초판발행 2022년 3월 5일

지은이 이강래
발행인 홍철부
발행처 문지사

등록 제 25100-2002-000038호
주소 서울특별시 은평구 갈현로 312
전화 02)386-8451/2
팩스 02)386–8453

ISBN 978-89-8308-577-1 (03810)
정가 **16,000**원

* 잘못 만들어진 책은 본사나 구입하신 서점에서 교환해드립니다.

...

한 번뿐인 인생을 위해 삶의 지혜를 찾자

잠자리에서 일어나 몸단장을 하고 밖으로 나갔다가 돌아와서는 식사를 하고 텔레비전을 보다가 자리에 눕자마자 잠이 든다. 이렇게 해서 하루가 지나고, 이러한 생활이 반복되면서 한 인간의 인생이 끝나는 것이다.

"방자한 자는 오래가지 못하며, 마치 봄날에 꾸는 꿈과도 같다. 그러므로 우리의 삶이란 마치 바람 앞의 먼지와도 같다."

고 풀이하는 것이 인생의 실상이라면, 우리가 겪는 나날의 생활은 '허전함을 견디어 내는 것'에 지나지 않는다고 하겠다.

그렇다면, 이래서는 안 될 말이다. 한 번밖에 없는 돌이킬 수 없는 인생이기에, 어떻게 하든 보람 있는 삶으로 만들지 않으면 안 된다.

이 책은 일본 무사시노(武藏野) 여자대학의 시무라 다케시(志村武) 교수가 펴낸 『자신을 단련하는 명언』이란 책을 바탕으로 엮은 것이다. 시무라 교수는 선(禪)의 대가인 스즈키 다이카가(鈴木大拙)의 제자로서 '인간은 어떻게 살아야 할 것인가'라는 명제를 풀기 위하여 온 힘을 쏟고 있는 분이다.

그는 책 머리말에서 다음과 같이 말하고 있다.

"나이 육십이 넘은 나 스스로에 대해 미안하지만, 허전함을 넘어섰다고 말할 수는 없다. 때때로 '이제 거의 끝장이 날 때가 되었구나……'하는 생각이 들면 견딜 수 없는 허전함에 사로잡히고 만다. 젊었을 때는 젊은 나름의 허전함 역시 갖지 않을 수 없었다. 그러기에 지금 나는 산다는 것이 얼마나 어려운가를 여실히 느끼고 있다.

이러한 실제적인 생각이 원동력이 되어 이 책을 써 나가게 되었다 해도 틀림없을 것이다. 살아가기 위해서는 소크라테스가 말했듯이 '나보다 훌륭하게 살지 않으면 안 된다.'는 말을 음미해볼 필요가 있을 것이다."라고 솔직히 자신의 마음을 털어놓고 있다.

그러니 '제발 하루가 지나지 않았으면 좋겠다.'라고 생각할 정도의 의욕만 있다면, 반드시 무엇인가를 이룰 수 있다고 그는 강조하고 있다.

그러기 위해서는 '마음을 어디에 둘 것인가'가 첫째가는 중요한 문제라 하겠다.

『대학(大學)』에 적혀 있듯이,

'마음이 여기에 있지 않으면 보려고 해도 보이지 않으며, 들으려 해도 들리지 않으며, 먹는다 해도 그 맛을 알 수 없다.'

는 것이다.

그렇다면 '마음이 여기에 있다'란 어디에 있다는 것일까? 이러한 문제에 대해서 시무라 교수는 선(禪)의 수도승과 그의 스승 사이에서 오간 문답을 예로 들고 있다.

"마음의 본거지를 어디에 두어야 할까요?"

"마음은 무소주(無所柱)인 데가 가장 좋은 본거지이지."

"무소주란 어떠한 곳입니까?"

"이렇다 할 특정한 대상에 마음이 자리 잡히지 않을 때, 무소주에 산다고 하는 것이지."

"특정한 대상에 자리잡히지 않는다는 것은 어떠한 것을 뜻하는 것입니까?"

"선과 악, 마음과 물질, 그러한 이원론에 매달리지 않는 것을 말한다. 따라서 하늘에도 살지 않고 하늘 아닌 곳에도 살지 않으며, 고요함이나 고요하지 않음에도 살지 않는 것을 말한다. 무소주인 곳이야말로 마음의 본거지라 할 것이다."

여기에서 말하는 '무소주인 곳'을 『채근담(菜根譚)』에서는 '마음을 허하게 하지 않으면 안 된다.'라고 타이르고 있다. 허(虛)하게 하고 있지 않은 '마음에는 각각 취할 바가 있다. 그가 칭찬함은 나에게 잘못이 있음이요, 내가 칭찬함은 그에게 잘못이 있음이다.'라고 하는 것 같이 이원론적인 마찰이 생기게 되는 것이다.

따라서 우리가 허전함을 넘어 보다 훌륭하게 살아가려면, 우리들의 마음을 '무소주'라는 방에서 살게 하지 않으면 안 된다. 그러한 방을 찾아다니는 과정과 지혜를 이 책에서 밝혀보자는 것이다.

그 참된 인생을 찾아 목숨을 걸고 뜻을 세워 많은 고난을 극복하면서 각 분야에서 나름대로 최고의 인생을 쌓아 올린 우리나라와 다른 나라 성현들의 빼어난 지혜를 모아 그 과정을 살펴 거울로 삼고자 한 것이 이 책의 내용이다.

이들의 훌륭한 인생의 결정이라 할 수 있는 격언(格言)을 통하여 우리는 삶으로부터 받는 '허전함'을 넘어 보다 훌륭히 살아갈 수 있는 지혜를 얻어 우리들의 마음을 '무소주'라는 방에 살게 하려는 것이다.

　한 번밖에 없는 인생을 참으로 인간답게, 그리고 행복하게 살기 위하여 인생을 달관한 사람들의 지혜를 넘어다본들 나쁠 것은 없다 하겠다. 그들이 찾아낸 방법을 우리도 꼭 찾아내야 하겠다.

지은이 씀

절망을 넘어 나는 칭기즈칸이 되었다

젊은이들이여!

집안이 나쁘다고 탓하지 말라.

나는 어려서 아버지를 잃고 고향에서 쫓겨났다.

가난하다고 말하지 말라.

나는 들쥐를 잡아먹으면서 연명했고

내가 살던 땅에서는 시든 나무마다 비린내가 났다.

작은 나라에서 태어났다고 탓하지 말라.

내가 세계를 정복하는 데 동원한 병사는

100분의 1, 200분의 1에 불과했다.

나는 배운 것이 없어 내 이름도 쓸 줄 몰랐지만

남의 말에 항상 귀를 기울였다.

그런 내 귀는 나를 현명하게 가르쳤다.

적은 밖에 있는 것이 아니라, 자신 안에 있다.

나 자신을 극복하자

나는 칭기즈칸이 되었다.

제 **3** 장 야망에 불탄다

제 **4** 장 독선을 버린다

제 **5** 장 치명적인 약점을 극복한다

제 6 장 마음을 단련한다

제 7 장 자유에 산다

제 8 장 남자의 지혜와 여자의 지혜

제 9 장 인간적인 매력을 만든다

제10장 진보를 생각한다

제11장 더욱 더 인간을 알고 인생을 개척한다

맺는 말

자기 자신을 이긴다

제1장

••
하나의 목표를 향해 잡념을 불태운다

••
인내는 모든 문을 열 수 있는 힘이다

••
인내는 사업을 받쳐 주는 가장 큰 자본이다

••
언제까지나 계속되는 불행은 없다

••
한 조각의 걱정 때문에 큰 뜻을 버리지 말라

••
자기 자신에게 엄격한 사람의 지혜로운 미소

••
마음의 도둑을 잡아야 큰 것을 본다

••
상대방의 본성을 꿰뚫어 보고나서 교제한다

••
'지식의 이마'에 번뇌의 불이 타오른다

하나의 목표를 향해 집념을 불태운다

봄이나 여름의 햇볕 아래서는 어느 나무나 똑같은 녹색을 하고 있다.
그러나 겨울철이 되어 보지 않으면 어떤 나무가 상록수인지 분별하기 어렵다.

공자(孔子, BC511~479) 중국의 사상가

보통 때처럼 안정된 태도를 흐트러뜨리지 않는다.

한겨울에도 푸르름을 자랑하는 상록수 같이 사람도 어려운 처지에 이러러 보지 않으면, 그 사람의 참된 가치를 찾아 볼 수 없는 경우가 많다.

초(楚) 나라는 공자의 조국인 노(魯) 나라에서 상당히 멀리 떨어져 있었다. 그 초 나라 소왕(昭王)의 초청을 받아 공자는 제자들을 거느리고 머나먼 초 나라를 향해 떠나게 되었다.

이러한 사실을 알고 진(陳) 나라와 채(蔡) 나라의 장군이나 정치가들은 크게 놀라 겁을 먹기에 이르렀다.

"공자만한 인물이 초와 같이 큰 나라의 정치에 관여하게 된다면, 언젠가는 놀랄만한 힘을 발휘하게 될 것이 틀림없다."

"공자는 여러 왕후(王侯)들의 정치 능력의 약점을 잘 알고 있는 터이라, 어떻게 해서라도 그가 초 나라에 가지 못하도록 막지 않으면 안 된다. 만일 그를 막지 못하면 우리들의 지위나 목숨마저 위험해진다."

이러한 생각을 한 진 나라와 채 나라 장군들은 은밀히 서로 의논한 끝에 쌍방으로부터 군대를 출동시키기에 이르렀다.

공자는 이러한 사실을 전혀 예측하지 못했기 때문에 아무런 경계심도 없이 제자들과 함께 태평한 여행을 계속하고 있었다.

드디어 진 나라와 채 나라의 국경 근처에 다다랐을 때의 일이다. 갑자기 돌풍과 같이 나타난 진과 채 나라 군대가 공자의 일행을 완전히 포위하고 말았다. 제자들 중에는 화를 내며 흥분하는 사람이 있는가 하면 겁을 내며 두려워하는 사람도 있었다.

"무기도 없는 우리들이 왜 이런 꼴을 당해야 하나."

"우리들을 포위해서 몰살하려는 것이 아닐까?"

그러나 공자는,

"언젠가는 반드시 포위망을 풀거다. 그 때까지 기다려 보는 것이 어떻겠느냐?"

하며 평상시와 같이 안정된 말투로 조용히 제자들을 타이르는 것이었다.

우리의 마음 속에는 늘 다른 사람에 대한 불신이 살아 있다.

그런데, 사흘이 지나고 나흘이 지나도 포위망은 도무지 풀어질 것 같지 않았다. 이들 일행은 무엇보다도 식량 때문에 곤경에 빠지기 시작했다.

이윽고 닷새째가 되자, 식량은 완전히 떨어져버리고 제자들은 기운을 잃어버린 나머지 허탈감에 빠져 있었다.

물론, 공자 자신도 굶주림과 심한 피로 때문에 노숙하기도 몹시 힘겨웠다. 60세라는 늙은 몸으로 먹거리도 없는 가을밤, 노숙의 찬 기운은 한층 더 몸 속으로 스며들어 고통스럽기만 했다. 그러나 그의 태도는 보통 때와 다름없이 조금도 흐트러짐을 보이지 않았다.

가을의 엷은 햇살은 쉽게 저문다. 그리고 그 싸늘한 바람은 배고픈 몸을 더더욱 떨리게 해 주었다. 제자들은 시간의 흐름에 따라 이 돌발적인 재난을 도저히 이겨낼 수 없는 지경에까지 빠져들고 말았다.

—이대로라면 우리들은 정녕 굶어 죽게 될 것이다. 선생님만이라도 이러한 처지에서 벗어나게 할 방법은 없는 것일까? 지금까지 우리들은, 선생님은 어떠한 경우라도 결코 곤란한 지경에 이르는 일은 없으리라고 믿어왔다. 그런데 이런 지경에서는 선생님일지라도 어찌 할 도리가 없다는 말이 아닌가. 우리들이 모두 굶어 죽을 지경에까지 이르렀는데도 선생님은 아무런 방책을 세우려 하지 않는 것은……

굶주림의 고통, 죽음의 공포 때문에 평소에 존경하던 선생이지만 그에 대한 불신은 마침내 불만을 낳게 했다. 생각지 않았던 재난을 만나게 됨에 따라 지금까지 마음 속에 숨어 있던 마귀가 되살아나 불안의 암흑 속에서 발버둥치지 시작한 것이다.

어리석은 자는 막다른 고비에 이르면 자세가 흐트러진다.

드디어 자로(子路)라는 제자가 공자 곁으로 다가서면서

"선생님, 선생님 같은 분도 막다른 곳에 이르면 당황하는 수가 있습니까?"

하고 굶주린 배를 쓰다듬으며 힘없는 목소리로 물었다.

"막다른 곳에 이른다?"

공자는 그가 어떠한 기분으로 질문했는지를 금방 알아차렸다.

"물론 나에게도 막히는 일이 있지. 그것은 나보다 월등하게 뛰어난 인물이라 해도 도저히 피할 수 없는 일이다. 그러나 빼어난 인물은 막다른 곳에 이르러서도 결코 자신의 몸가짐을 흐트러뜨리는 법이 없지. 이에 반해서 어리석은 자는 일이 막히면 꼭 마음이 흐트러져서 욕망에 사로잡히던지, 기력을 잃고 덤벙거리는 꼴을 볼 수 있지."

"그러나 일이 막혀 버린다면 마음이 흐트러지든 흐트러지지 않든 간에 근본은 마찬가지가 아닐까요."

"아니야, 상록수가 엄동설한에도 푸르름을 유지하듯이 태연하게 있으면 반드시 길이 저절로 열리게 된다. 그러나 자세를 흐트러지게 되면 길은 결코 열리지 않는다. 그러므로 막다른 고비에 이름이란, 더 나아갈 수 없어 마음이 흐트러지는 경우를 말하는 것이다."

공자가 이렇게 대답하자, 자로는 더 이상 반문을 할 수 없었지만, 그의 불만은 없어지기는커녕 더더욱 성해져 갔다.

—이치로서는 확실히 선생님 말씀대로이다. 그러나 현실적으로는 어떠한가. 벌써 닷새가 지났는데도 길은 열릴 것 같지 않은가. 아무리 훌륭한 이치라도 그것만으로는 굶주림을 해결할 수는 없지 않은가.

자로가 이렇게 생각한 것도 무리는 아니었다.

그러면 공자는 눈앞의 위기를 헤쳐 나갈 방법을 전혀 생각지 않고 죽음만 기다리고 있었단 말인가? 결코 그렇지 않았던 것이다.

독수리는 홀로 하늘을 나는 법을 안다

이윽고 엿새째가 되던 이른 아침, 공자는 제자인 자공(子貢)을 불러들였다.

"지금 출발해서 초 나라 군대에게 구원을 요청하도록 해라. 초 나라 군대가 성 밖에까지 와 있으니 단숨에 달려가면 만날 수 있을 것이다."

갑작스러운 분부라 자공은 깜짝 놀랐다. 초 나라 군대가 가까운 성 밖에까지 진출해 있음은 익히 들어 알고 있었다. 그러나 이미 날이 밝아 주위를 분별할 수 있게 환했다.

─구원을 청하려면 어둠을 이용하지 않고, 왜 날이 밝기를 기다려서 가도록 하는 것일까?

자공이 당황하는 모습을 본 공자는 조용히 미소띤 얼굴로 천천히 그 이유를 말해 주었다.

"우리가 저들로부터 포위 당한 지 오늘로서 엿새째가 된다. 포위하고 있는 그들도 지금쯤은 피로해졌을 것이다. 그런데다가 날도 밝았으니 경계심을 풀고 안심한 채 한숨 자느라고 곯아떨어져 있음이 분명하다. 그러니 지금이야말로 출발할 수 있는 적기가 아니겠느냐?"

과연 공자가 말한 대로 포위한 군대는 곯아떨어져서 자공은 무사히 초 나라 군대와 연락할 수 있었다. 그리하여 다음날 공자 일행은 한 사람의 부상자도 없이 초 나라 군대를 만날 수 있었던 것이다.

만약에 공자가 포위되어 꼼짝도 못한 채 제자들처럼 흐트러진 마음을 가졌다면, 일행 모두를 무사히 구출할 수 없었을 것이다. 그러나 공자는 상록수가 엄동 속에서도 그 푸르름을 유지하듯이 궁지에 몰려 있어도 조금도 자신의 태도를 흐트러뜨리지 않았던 것이다. 그러했기 때문에 안전하고도 확실한 살아나갈 길을 찾을 수 있었다.

그렇다면 궁지에 몰려도 공자가 취한 태도와 같이 흐트러지지 않는 태도를 가진 인물이 되기 위해서는 어떻게 하면 좋을까?

무엇보다도 먼저 지신의 고독을 스스로 이겨낼 수 있는 훈련을 자주적으로 행할 용기가 필요하다고 생각한다. 고독의 정신적 구실은 절제하는 신체적 구실과 같기 때문이다.

스위스의 사상가 아미엘(Henri F. Amiel)은 이렇게 말했다.

"인간이란 참다운 인간이 될수록 고독하게 된다.…… 빼어나 있음이 그의 주위에 공허함을 만들고 그로 하여금 그 환경에서, 세속에서, 다수(多數)에서 완전히 떼어놓는다."―「일기」에서. 1972년 11월 23일

공자는 그 완전한 격리(隔離)를 참아낼 수 있었기 때문에 궁지에 몰려도 조금도 자신을 흐트러뜨리지 않았던 것이다. 공자 정도의 인물이라 하더라도 진이나 채 나라 군대에 포위되어 우왕좌왕하는 제자들의 모습을 보고 얼마나 심한 고독감을 느꼈을까?

―나의 가르침이 항상 친하게 지내는 제자들에까지도 스며들지 못했음인가? 그러나 결코 낙심해서는 안 된다. 그들에게 나의 가르침을 터득시키기 위해서는, 이 국경 지대에서 굶어 죽는 한이 있더라도 나는 계속 노력해야 한다.

공자로서는 자신의 가르침이 제자들의 마음 속 깊이 간직되어 있지 않은 것이 공허감이나 굶주림에 대한 공포보다도 더욱 심한 슬픔을 주었으리라. 그것은 온 몸 속을 찬 바람이 스쳐 지나가는 것 같은 외로움을 자아냈음에 틀림없었을 것이다.

"다른 사람들이 나를 이해하지 못하는 것을 두려워하지 않는다. 그것

보다도 나 자신이 다른 사람들을 이해 못하는 무관심을 더욱 두려워할 뿐이다."

공자는 이렇게 강조하고 있다. 참으로 성실한 정신에서 나온 고독의 소리이다.

독수리는 홀로 하늘을 난다. 떼지어 와자지껄하게 날아가는 것은 까마귀나 참새 같은 연약한 무리들에 지나지 않는다. 그러므로 고독함을 스스로 견디어내는 사람보다 더 강한 사람은 없다. 그러한 사람이야말로 상록수처럼 마음의 푸르름을 간직할 수 있는 것이다.

인내는 모든 문을 열 수 있는 힘이다

인내할 수 있는 힘을 지닌 사람은
그가 원하는 것을 손에 넣을 수 있다.

프랭클린(Franklin 1706~1790), 미국의 정치가, 과학자

원하는 것을 손에 넣으려면 인내가 필요하다는 것, 이것이야말로 쉬운 일 같지만, 사실은 그렇지 않다.

욕심나는 것을 눈앞에 두고도 손을 내밀지 않는다는 것은 참으로 어려운 일이다. 세상에는.

"나는 나 자신이 가지고 싶은 것이라면, 무엇이든지 꼭 손에 넣어야 직성이 풀린다."

라고 자랑스럽게 말하는 사람이 있지만, 참으로 어리석기 짝이 없는 사람이다. 우리들은 꼭 손에 넣어야 할 만한 가치 있는 것을 발견할 때까지 찾아다녀야 하며, 그러기 위해서는 자신의 마음을 조정하지 않으면 안 된다.

엑셀레이터를 밟기보다는 브레이크를 잡는 쪽이 몇 배나 많은 에너지가 필요하다는 사실을 알아야 한다.

이 점에 대한 예를 하나 소개해 보기로 하자.

클레망소(Clemenceau Georges)라고 하면 제1차 세계대전 때 유럽의 정계에서 눈부신 활약을 한 프랑스의 대정치가이다. 그는 주치의로부터 다음과 같은 충고를 받았다.

"수상 각하, 몸을 더욱 보존하시지 않으면 안 됩니다. 담배의 흡연량이 너무 많습니다."

중대한 일이 산처럼 쌓여 있는 그였기 때문에 이 충고에 따르지 않을 수 없었다. 좋아하는 담배인 시가를 하루 여섯 개비로 제한하려 하자 벌컥 성난 말투로 선언했다.

"그런 제한을 당할 지경이라면 차라리 담배를 끊어버리고 말테다."

그런데, 그 후로도 클레망소의 책상 위에는 언제나 시가 상자가 그대로 놓여 있었고 더구나 뚜껑까지 열려 있었다. 그것을 본 한 친한 사람이 비꼬는 듯이 그에게 물었다.

"수상 각하께선 담배를 끊었다는 말을 들었습니다. 그런데 다시 담배를 피우시는 건가요?"

이에 대해 클레망소는 떫디떫은 표정을 지으면서 이렇게 대답했다고 한다.

"승리의 기쁨은 고전한 후일수록 더욱 큰 것이다. 담배를 좋아하는 내가 그 애용하던 시가를 눈앞에 두고, 견디기 힘든 고전을 겪고 있다. 그러나 승리는 지금이야말로 가까워지고 있다. 인내하는 시간을 가진다면 힘이나 분노가 절정에 이르러 목표를 이룩할 수 있을 것이다."

인내에 대하여 피어스(A. Pierce)의 《악마의 사전》에는 이렇게 정의되어 있다.

'인내(perseverance) : 명사. 평범하고 용렬한 무리들이 그에 의해 명예스럽지 못한 성공을 획득할 수 있는 하찮은 미덕.

인내가 '하찮은 미덕'에 그치는가. 또는 모든 문을 여는 힘이 될 수 있는가는 우리들 마음이 무엇을 가늠하며, 어느 방향으로 걸음을 옮길 것인가에 따라 정해진다.

"재주나 학문뿐만 아니라, 일에는 인내가 필요하다."

고 독일의 작가 괴테(Goethe)가 말했듯이. 나의 길을 가기 위해서는 인내가 불가결한 미덕인 것이다.

· · ·

인내는 사업을 받쳐주는 가장 큰 자본이다

나는 항상 고귀하고 깨끗하게 일하고 싶다.
밤낮없이 나의 근면과 노고만으로 성공을 이룩하고 싶다.
어쩌면 그것은 가장 느린 성공일지도 모른다.

발자크(Balzac 1799~1850) 프랑스의 작가

윗 글은 그의 명작 《고리오 영감》 속에 있는 말로써, 이것이 그대로 그의 처세하는 방침이기도 했다. 발자크 정도의 뛰어난 인물도 참을성을 자본으로 삼지 않고서는 일을 진행시킬 수가 없었던 것이다.

우리들은 자신이 '이것만은' 하고 마음을 굳게 먹고 일을 하려 한다면 무엇보다도 먼저 인내라는 자본을 모으지 않으면 안 된다.

"한 가지 일을 꼭 이루고자 한다면, 다른 일은 모두 없애버려야 함을 괴로워하지 말 것이며, 사람들의 놀림도 부끄러워하지 말 것이다. 모든 것을 일과 바꾸지 않고서는 큰일을 이룩할 수 없다."

라는 말과 같이, 주위 사람들의 조소나 잡음 따위를 참고 견디어 한 가지 일을 위해 그 밖의 모든 일을 희생하지 않고서는 도저히 큰일을 이룩할 수 없는 것이다. 그 하나의 큰일을 이룩한 구체적인 예를 들어보기로 하자.

어느 보험 회사의 젊은 외무사원이 우유 판매점을 방문했을 때의 일이다. 보험장이란 말이 떨어지기가 무섭게 대리점 주인은 딱 한마디로 잘라 거절하는 것이었다.

"보험은 절대로 안 들어요. 나는 아주 싫어해요. 죽은 다음에 받는 돈이 나에게 무슨 소용이 있겠소."

"시간은 걸리지 않습니다. 바쁘지 않으시다면 잠깐 이야기만이라도 들어주셨으면……."

"난 바쁜 몸이오. 그럴 시간이 있으면 빈 병 닦이나 거들면 어떻겠소?"

주인이 농담 섞인 말을 건네자, 그 젊은 외무사원은 바로 그 자리에서 저고리를 벗고 와이셔츠 소매를 걷어붙이고는 빈 병을 닦기 시작하였다. 상점 주인의 부인이 놀라며 큰 소리로 말했다.

"그렇게까지 하지 않아도 좋아요. 주인은 보험이라면 질색이니까, 당신이 무슨 짓을 해도 승낙하지 않을 것입니다. 어서 돌아가세요."

그 후에도 그 젊은 외무사원은 날마다 빈 병 닦기를 도우러 오게 되었다. 이에 우유 판매점 주인은,

"그렇게 와 봤자 헛수고요. 병 닦기나 하지 말고 딴 곳을 찾아가는 것이 현명할 거요."

하고 거듭 말했으나 그 외무사원은 열흘, 이십 일, 한 달 동안 쉬지 않고 병닦기를 계속하였다.

드디어 40일째가 되는 날, 그렇게도 보험상담사를 싫어하던 주인도 마침내 그 젊은이의 열성과 인내심에 마음이 흔들려 큰 금액의 보험 계약을 체결해 주었고, 몇몇 친구들에게 소개장까지 써 주었던 것이다.

확실히 '인내는 일을 받쳐 주는 일종의 자본이다.'

무엇 때문일까? 한 사나이의 인생이란 대체로 같은 무리의 악의(惡意)에 대한 기나긴 투쟁이기 때문이다.

...
언제까지나 계속되는 불행은 없다

마침내 바다에 이르게 되는 산골짜기의 물이라 할지라도
잠깐 동안은 나뭇잎 밑을 거치게 마련이다.

반 고오케이(伴蒿蹊 : 1733~1806) 일본의 국학자, 시인

아무리 좋은 혜택을 받은 환경 속에서 태어난 사람이라도 일생 동안 나무 그늘과 같은 삶의 어둠 속을 거치지 않으면 안 될 때가 반드시 있기 마련이다.

더구나 표준, 또는 표준 이하의 환경에서 태어난 사람이라면 더더구나 그러한 처지와 자주 마주치지 않을 수 없을 것이다.

그러나 지금은 행복이란 물의 분량이 적어 볼품 없는 인생이라 해도, 내일이면 가득히 희망의 물을 품고 빛나는 햇빛을 한껏 받으며 유유히 바다로 흘러들어갈 수도 있는 것이다.

어두운 나뭇잎 아래를 지날 때에 조금도 마음 조일 것은 없다. 흐름의 저 먼 곳을 바라보며 밝은 마음으로 태연하고 예사롭게 전진해 가는 것이 삶의 진정한 모습이 아니겠는가?

이러한 삶에 대하여 독일의 시인 릴케(Rilke)는 《젊은 시인에게 보내는 편지》 속에서 다음과 같이 말하고 있다.

나무는 태연스럽게 봄의 폭풍우 속에 서서

화려한 여름이 뒤이어 오지 않을 지 모른다는

걱정은 하지 않습니다.

여름은 꼭 오게 되어 있으니까요.

그러나 여름은

마치 눈앞에는 영원함이 있다고 하듯이

아무런 생각도 없이 조용하고도 천천히 대응하는

인내심 강한 사람들에게만 다가오는 것입니다.

인간이란 나무와 같이 성장하는 것이다. 아무리 서둘러 보아도 우리들의 내적 영혼이 성숙할 때까지는 성장할 수 없는 것이다. 우리들은 자신의 내부의 가장 깊은 곳에 숨어 있는 것을 찾아 노력하고 인내하며 공손한 마음으로 귀중하게 가꾸어 기르지 않으면 안 되는 것이다.

그런데, 우리들에게 있어서 가장 어려운 점은 '자기 자신에 대한 인내'라는 것이다. 우리들은 자기 자신의 불완전함에 실망하지 말고, 항상 새로운 용기를 불러일으켜 홀로 서지 않으면 안 된다.

만약, 우리들이 자신의 결점에 대하여 깨달을 수 없다면 어찌 다른 사람에 대한 결점을 보고 말할 수 있겠는가?

자기 자신의 결점에 대해 화를 낼 정도의 사람이라면, 결코 자신의 결점을 교정할 수 없다. 모든 유익한 자기 교정이란 조용하고도 평화스러운 마음으로부터 생겨나는 것이기 때문이다.

그러나 자신의 결점에 대하여 조용하고도 평화스러운 마음으로 바로잡으려고 한다는 것은 극히 어려운 일이다. 그것을 가능하게 하려면 미국의 작가 포크너(Faulkner)가 말했듯이

"인간이란 참고 견디는 인내뿐만 아니라, 승리와 번영을 얻을 수 있는 존재라는 것을 나는 믿는다. 인간이 멸망하지 않는다는 것을…… 그가 영혼을 지녔으며, 연민과, 희생과, 인내를 가능하게 하는 정신을 가졌기 때문이다."

그의 대부분의 작품은 인간을 허무와 절망으로 유인하지만, 그의 생각은 사람에게 그것을 참고 견디게 하려 함에 있다.

고난을 참기보다는 자기 자신의 내부를 어둡게 쌓아놓은 허무를 이겨내는 편이 훨씬 어렵지만, 우리들은 '끝내 바다로 흘러들어갈 산골짜기의 물'임을 확신하고 승리와 번영의 날이 올 것을 의심해서는 안 된다.

한 조각의 걱정 때문에 큰 뜻을 버리지 말라

증오는 감정에서, 경멸은 지성에서 유래하는 것이다.
그러나 어떤 감정도 완전히 통제할 수는 없다.

쇼펜하우어(Schopenhauer 1788~1860), 독일의 철학자

고려 태조 왕건(王建)은 나이 20세 때 궁예(弓裔)에 의해 송악의 성주가 되었고, 그로부터 궁예의 충성된 장수로써 전쟁을 할 때마다 크게 이겼다.

왕건이 지휘하는 군사가 지금의 충청도와 전라남도 해안 지방에까지 세력을 뻗치게 되자, 궁예는 자신의 세력이 커지게 되면서 포악해져서 폭군으로 바뀌어 갔다. 그의 사치는 날로 심해져서 백성들로부터 과중한 세금을 거두어들였으며, 주위의 신하들을 의심하여 무고하게 죽이는 일이 빈번하게 일어났다.

그러나 왕건은 자기를 신임하고 있는 궁예를 배반할 수 없었고 또 군웅이 할거하는 시대라 자칫 잘못하면 뜻을 이루지 못할 뿐만 아니라 다른 세력가에게 주권을 빼앗기고 말 것 같은 생각이 들었다. 그래서 그는 궁예와는 달리 너그럽고 지혜로운 선정을 베풀자 그의 신망은 날로 높아갔다.

이러한 왕건을 궁예가 경계하기 시작하였다. 이러다가는 왕건에게 모든 것을 빼앗길 것만 같아 그를 죽이려고 했다. 참을성 있는 왕건이지만,

이 때만은 괘씸한 나머지 심한 분노를 느꼈다. 결연히 군사를 일으켜 궁예를 쳐버리려고도 생각하였다.

그러나 결국 왕건의 명석한 두뇌가 그것을 용서하지 않았다. 궁예는 자기에게 고분고분하지 않은 부하들을 죽였으나 이에 대해 항의할 만한 증거가 없었고, 또 군사를 일으켜도 그 명분을 찾을 수 없었다. 더구나 싸움에서 진다면 어떻게 될 것인가. 그 재난은 왕건 자신에서 그치지 않고 그를 동조하는 동료와 죄 없는 백성 전체에까지 미치게 될 것이 분명하였다.

왕건은 이 어지러운 주변 정세에 대한 남다른 생각을 가지고 있었으며, 앞날을 똑똑히 내다볼 수 있는 안목을 지녔던 것이다. 그는 결코 한 조각 걱정으로 큰 뜻을 그르치지 않았다. 왕건은 눈물을 머금고 천하 백성을 위하고 통일된 나라를 만들기 위해 궁예의 시기와 의심을 피하여 자진해서 싸움터로 나갔던 것이다. 즉, 증오하는 감정을 억누르고 앞날을 위해 지혜를 발휘했던 것이다.

—지금 내가 죽어버린다면 도대체 누가 이 어지러운 세상을 바로잡고 백성들의 행복을 찾아줄 수 있을까? 하여간 참아야 한다.

왕건은 무엇보다도 궁예의 타도보다 백성들의 안녕을 위해 굳게 결심했던 것이다. 후에 왕건이 고려라는 한 나라를 세울 만한 능력을 보여준 위대함을 여기에서 엿볼 수 있다.

이러한 가운데 참다못한 여러 장군들의 권고에 새로운 힘을 얻어 일어선 왕건은 군사들과 백성들의 호응을 얻게 되자 폭군 궁예는 크게 놀라 변장을 하고 도망을 치다가 백성들의 손에 잡혀 죽고 말았다. 그리하여 왕건은 임금의 자리에 올라 고려를 세웠는데, 그의 나이 42세 때였다.

자기 자신에게 엄격한 사람의 지혜로운 미소

매로 때리거나 칼로 후려 갈기는 것보다
웃는 낯으로 위협하는 것이 더욱 무섭다.

셰익스피어(Shakespeare 1564~1616) 영국의 극작가

무엇인가 실수를 해서 윗사람으로부터 야단맞을까봐 떨고 있을 때, 웃는 낯으로 친절하게 타이르는 경우를 당한다면 어떠한 기분이 들까?

반발하거나 반감이 생기기보다는 한숨을 돌리며 자기의 잘못을 깨닫고 오히려 머리를 숙이고 싶은 생각이 들지 않을까. 그렇지 않으면 저항하기 어려운 꺼림칙한 생각을 하게 될지도 모른다.

하여튼 웃음을 띤 얼굴이란 인간의 특권이며, 그 속에는 굉장한 힘이 숨겨져 있다. 그러나 때맞추어 웃음 짓기 위해서는 평소부터 자신에 대하여 상당히 엄격한 훈련을 쌓지 않으면 안 될 것이다.

다음에 보기로 든 초(楚) 나라 장왕(莊王)의 경우와 같이 마음을 넓고 크게 열어놓지 않고서는 어려운 일이다.

옛날 초 나라의 장왕이 어느 날 신하들에게 연회를 베풀었다. 서로 흥이 나서 늦도록 술을 마시며 놀게 되었는데, 해가 저물고 사방이 어두워져서 서로를 식별하기 어렵게 되었다.

이때 한 신하가 엉뚱한 생각을 하게 되었다. 마침 가까이에 있는 임금

의 애첩의 모습이 너무 아름다워 이상한 욕정을 느끼게 되었던 것이다. 그래서 술 취한 척하면서 슬쩍 애첩의 손을 잡아당겼다. 놀란 애첩은 괘씸한 생각이 들어 주위를 살펴보았으나 누구의 것인지 알 수 없어 얼떨결에 그의 관에 달린 줄을 끊어버렸다. 아무리 어두운 방 안에서 일어난 일이라 해도 근처에 앉아 있었던 왕이 눈치를 채지 않을 수 없었다.

비록 취중이긴 하지만 당시로서는 임금의 애첩을 넘보는 실수란 있을 수도 없고 있어도 용납될 수 없는 행위였다. 그 죗값을 따지자면 육시(戮屍)를 하고도 남는다. 그러니 장왕의 분노는 대단했을 것이 틀림없다.

그러나 장왕은 아무 일도 없었던 것처럼 미소 지으며,

"모두 들어라, 연회가 무르익어가니 더욱 흥을 돋구기 위해 쓰고 있는 관줄을 끊어버리고 놀기로 하자."

고 명령했다. 이에 참석자들은 모두 쓰고 있는 관줄을 끊어버렸다.

장왕은 애첩의 정절을 드러내고 자신의 분노를 풀기 위해 신하를 욕되게 할 수는 없다고 판단했던 것이다. 그리고 끝내 이런 큰 실수를 저지른 주인공이 누구인지 알려고도 하지 않고 끝까지 웃음 띤 얼굴로 술잔을 들 뿐이었다. 그러자 그 신하는 감동하여 어찌 할 바를 몰랐다.

뒷날 초 나라가 진(晉) 나라와 전쟁을 할 때 한 신하가 늘 선봉에 서서 용감하게 싸웠고, 그 때마다 적의 장수를 잡아들였는데 바로 그가 그날 밤 연회에서 임금의 관용으로 오욕을 면했던 신하였음은 불문가지의 일이다.

불 같은 노여움을 가라앉힌 장왕의 웃음 띤 얼굴과 너그러운 말을 듣고 실수를 저지른 신하는 물론, 연회에 참석했던 모든 사람들의 충성심을 더욱 두터워지게 했던 좋은 예이다.

마음의 도둑을 잡아야 큰 것을 본다

산중의 도둑을 잡기는 쉬우나,
마음 속의 도둑은 잡기 힘들다

왕 양명(王陽明 1472~1529) 중국 명나라의 유학자

낙제생에서 발명왕이 된 에디슨(Edison)이 나이든 후의 취미는 장미를 가꾸는 일이었다.

어느 날 아침, 매일 일과대로 정원에 나가 보니 꽃밭이 엉망이 되어 있었다. 누군가가 몰래 정원에 들어와서 꽃을 꺾었는지 발로 마구 짓밟고 다닌 자국이 처참하게 드러나 있고, 꽃은 줄기에서 꺾여져 있었다.

온 정성을 기울여 꽃을 가꾸어온 에디슨은 퍽 언짢았다. 지금의 마음 같으면 숨어 있다가 꽃을 꺾어가는 범인을 잡아 혼을 내주고 싶은 심정이었다. 그러나 그는 다시 생각을 돌려 꽃밭 주변에 늘어선 나뭇가지에 꽃을 자르는 가위를 줄에 매어 늘어뜨려 놓았다. 그리고는 곁에다 큰 종이에 다음과 같은 글을 써서 붙였다.

—꽃도둑에게 알림. 부디 가위를 써서 꽃을 잘라 가시오.

이튿날부터 정원의 아름다운 장미꽃들은 수난을 겪지 않게 되었다고 한다.

노여움과 욕심을 버리고 여생을 즐긴 에디슨의 모습에서 이웃사람들은 감동했을 것이다. 우리들로서는 흉내내기 어려운 일이지 않겠는가.

우리들이 이러한 흉내를 내려면 무엇보다도 먼저 '이웃 사람들을 나무 랄 일이 있더라도 꾸짖지 말 것이며, 노여워할 일이 있다 해도 노여워하 지 않는' 너그러운 마음가짐을 갖고 있지 않으면 행할 수 없는 일이다.

이러한 구체적인 예를 우리 역사에서도 찾아볼 수 있다.

신라 42대 임금인 흥덕왕(興德王; 826~836)이 죽자, 근친 중에서 왕 위 계승 문제로 싸움이 일어났다. 제륭(悌隆)과 균정(均貞) 사이에 일어 난 싸움이었다.

이 소란 속에서 균정은 전사했는데, 그 지휘관이었던 김양(金陽)마저 제륭의 장수인 배훤백(裵萱伯)이 쏜 화살에 다리를 맞아 참패하였다. 그 러자 김양은 청해진으로 도망쳐 여기에서 다시 군사를 정비하고는 중앙 정부를 향해 공격을 했다.

이때 선봉에 섰던 장수는 물론 김양이었으며, 균정의 아들인 우징(祐 徵)을 받들고 싸워 이기자, 우징을 왕위에 오르게 했다.

그런데 공교롭게도 이때 배훤백은 김양에게 사로잡힌 몸이 되었다. 그 러나 김양은 그를 원수로 대하지 않고 오히려 정중하게 말하였다.

"미물인 개도 주인이 아닌 사람을 보면 짖는 법이다. 그때 자네는 자네 주인인 제륭을 위해 싸운 것이다. 그러니 내가 화살을 맞았다 한들 자네 에게는 아무런 죄가 없는 셈이요, 오히려 의로운 장수라 하겠다. 그러니 나는 자네를 벌주지 않겠노라."

김양이 이렇게 말하자, 배훤백을 비롯하여 포로가 된 모든 병사들은 머 리를 조아렸다고 한다.

얼핏 생각하기에는 쉬운 일 같지만, 이렇게 처세하기란 참으로 힘든 것이다. 생각지 않게 한 마디 넉두리를 하고 싶은 것이 우리의 인정이다. 그리고 그 한마디는 말하는 쪽이나 듣는 쪽 모두가 유쾌할 리는 없다.

인간은 대체적으로 자기 자신에 의하지 않고는 마음을 상하게 하지 않는 법이다.

왕양명이 《전습록(前習錄)》에서 '산 속의 도둑은 치기 쉬우나 마음 속의 도둑은 치기 어렵다.'고 하듯이, 노여움과 욕심이라는 마음의 도둑은 누구에게나 다 갖고 있기 마련이다.

상대방의 본성을 꿰뚫어 보고나서 교제한다

당신은 당신이 좋은 대로 하면 된다

석가(釋迦 BC463~383)

불교 용어로 말한다면 대자대비(大慈大悲)가 된다. 기독교에서는 '네 몸같이 이웃을 사랑'하라고 하지만, 불교에서는 '당신은 자신이 원하는 대로 하시오'라고 가르침을 준다. 참으로 재미있는 대조적인 말이다. 얼핏 보기엔 인정없게 보이지만, 잘 생각해 보면 크고 따뜻한 생각이란 것을 깨달을 수 있다.

우리들은 평소에 자기 본위로 생각하기 쉽다. 이웃 사람들에 대하여 베풀어주고 싶은 마음이 있어도 자기 자신의 기분에 맞도록 하려는 경향이 있다. 보다 많이 베풀고 충분히 애정을 쏟은 다음에 '좋을 대로 하세요.'라고 말할 수만 있다면, 부처님 못지 않다. 그 구체적인 보기를 하나 소개하기로 한다.

《대지(大地)》라는 소설로 세계에 널리 알려진 미국의 여류 작가 펄 벅(Pearl Buck, 1892~1972)은 어렸을 때부터 중국에서 생활하였다. 그 당시의 중국은 그녀가 태어난 미국과 견주어 볼 때 상상조차 할 수 없게 차이가 컸다. 빈부의 차이 또한 너무나 컸고 사고방식이나 생활 습관에도 하늘과 땅 같은 크나큰 격차가 있었다.

그녀는 이러한 현실에 직면하자, 사람은 각기 분수에 맞게 사는 방법을 가질 수 있음을 말하자면, 국제적인 규모의 삶을 배울 수 있었던 것이다.

고국에 돌아와 보니, 그녀가 낳은 아이들은 불행하게도 발육이 나쁘고 지능도 몹시 낮았다. 그러나 그녀는 쉬지 않고 꾸준히 아이들 손에 연필을 쥐게 하여 공부를 시켰다.

그런 어느 날의 일이었다. 연필을 꼭 쥔 어린아이의 손가락에 잔뜩 땀이 배어 있는 것을 본 어머니는 놀라며 그 동안 아이들에게 준 고통에 대하여 용서해 줄 것을 청하였다.

"인간은 태어났을 때부터 저마다 다른 것이다."
하고 강하게 재인식했던 것이다. 그와 같은 차이를 속속들이 찾아내고 노력을 거듭하지 않는다면, 자신의 인생 자체를 스스로 개천에 던져 버림과 다를 바 없다 하겠다. 이러한 것을 피하기 위한 기본적인 태도의 하나로서
"가는 자 쫓지 않고, 오는 자 물리치지 않는다."
는 소동파(蘇東坡)의 말에 철저히 따라야 할 것이다. 오는 자를 막지 않는다는 것은 대단히 어려운 일이다. 우리들은 사람마다 자신의 형편이나 취향이 있으며, 인간은 태어날 때부터 서로서로 틀리기 때문에 다가오는 사람 모두를 맞아들인다는 것 또한 불가능에 가깝다. 그러나 떠나는 이를 쫓지 않는 일이라면 '당신은 당신이 좋은 대로……'라는 마음가짐만 갖고 있다면 어떻게든 할 수 있지 않을까.

우리가 인생을 살아가는 데는 슬프거나 괴로운 일도 있을 것이며, 노여움에 몸을 떨 때도 있을 것이다. 그렇다고 떠나가는 이에게 언제까지나

집착해서는 안 된다. 떠나가는 상대편이 나쁜 것일까, 아니면 떠나보내는 내 자신에게 무엇인가 나쁜 점이 있지 않았던가, 그 어느 쪽이든 'As you like'를 기본으로 삼고

"당신은 당신이 좋은 대로……."

라고 잘라 생각하면서, 떠나가는 상대에게 보다 좋은 앞날을 기원해 줄 수 있는 여유있는 인간의 자세를 가져야 한다.

'지식의 이마'에 번뇌의 불이 타오른다

지식보다는 미루어 헤아려 베풀어 주는 마음이 필요하다.

채플린(C.S Chaplin 1889~1977) 영국의 천재적 희극 배우

나는 황제가 되고 싶지 않다. 지배할 생각도 없다. 가능하면 도와주고
싶다, 유태인도, 흑인도, 또 백인에게도. 인류는 서로서로 도와가며 살아
야 한다. 다른 사람의 행복을 빌면서…….

서로를 미워해서는 안 된다. 이 세계는 인류 전체를 먹여 살릴만한 부
(富)를 가지고 있다. 인생은 자유롭고 즐거운데도 탐욕이란 것이 인류에
게 독을 주어 비극과 유혈을 불러들인다.…… 지식보다는 생각해 주는 마
음이 필요하다. 남을 생각해 주는 따뜻한 마음이 없다면 폭력만이 남게
마련이다. 군인 여러분, 한 사람만을 위한 희생이 되지 말라. 독재자의 노
예가 결코 되어서는 안 된다!…… 인생이란 아름답고 자유롭고 멋있는 것
이다. 여러분들의 그 힘을 민주주의를 위해서 쏟도록 노력하라! 보다 좋
은 세계를 위하여 싸우자! 탐욕과 증오를 영원히 추방하자!"

《독재자》라는 영화에서 나치즘을 풍자한 희극 배우 채플린의 이 말에
는 인간애가 넘쳐 흐르고 있다. 지구 위에서 인간보다 약한 것은 없다.

이러한 점에 대해서 파스칼(Pascal)은,

"인간은 하나의 갈대에 지나지 않는다. 자연 속에서 사는 것 가운데 가장 약한 것이다. 그러나 그는 생각할 수 있는 갈대이다."

라고 《팡세》에서 기술하고 있지만, 생각하는 갈대라고 해서 지식이 모든 일에 앞선다고 말할 수는 없다. 오히려 지식은 때때로 사람의 마음의 병의 원인이 되기도 하며, 사람을 오만하게 만들어 파멸의 구덩이로 몰아넣기도 한다.

지식의 이마에서 번뇌(煩惱)의 불이 타오른다. 지식은 죽음의 공포와 싸울 수는 없다.

지식은 우리들 인생에 있어서 중요한 의미를 지니기는 하지만, 그것이 참된 의미라고 할 수는 없다. 또한 지식은 아름답기 때문에 허영이 가득하며 용맹하기 때문에 자신의 분수를 알지 못한다. 그리하여 잘못된 지식은 자신의 권력에의 길을 막는 것에 대해 남김없이 멸망시켜 버리고마는 독소와 같은 것이다.

지식으로 하여금 그가 이루고자 하는 것을 훌륭히 완성시키기 위해서는 사람의 마음 속 깊이 숨어 있는 '무엇(Something)'인가가 지식의 손을 잡고 이끌어 주지 않으면 안 된다. 인간의 마음 깊은 곳에는 지식이나 감각만으로는 가득 채울 수 없는 그 무엇이 있는 것이다. 그 무엇이야말로 인생의 참뜻이 포함되어 있는 것이다.

괴테는 그것을 '느끼는 마음'이라 했고, 불교에서는 그것을 '보리(보시(普提)'라고 말한다. 채플린이 말하는 '생각해 주는 마음'이란 '보리'와 통하는 인간의 마음씨와 다를 바가 없다.

버트랜드 러셀(Bertrand Russell)은 그가 쓴 《행복론》 속에서,

"모든 사람은 한결같이 자기 자신의 행복을 원한다. 그러나 문명의 기술 위에서 하나가 된 오늘날의 세계에서는 다른 사람과 마음이 하나로 뭉쳐지지 않는 한, 자신의 행복을 원한다 하더라도 허사가 되고 만다."

라고 논술하고 있는 것은, 인간의 참다운 행복은 대항하는 의식 속에는 내재해 있을 수 없고, 협조라는 의식 속에서만 존재한다는 것이다. 이것을 한마디로 표현한다면 남을 생각해 주는 마음이야말로 무엇보다도 가장 필요한 현대인들의 마음의 양식이라 하겠다.

일에 열중한다

··

제2장

의욕보다 나은 수단이나 지혜는 없다

··

타산성이 강한 사람은 대개 실패한다

··

힘이 부족한 것이 아니라 진실함이 없기 때문이다

··

마음의 눈을 뜨고 한 곳에서 맴돌지 말라

모르는 길일수록 길을 잃는 법은 없다

··

의욕보다 더 나은 인생의 지혜는 없다

··

좋은 말만 듣기를 원한다면 큰일을 그르칠 수 있다

··

말을 타지 않으면 낙마도 하지 않는다

··

비겁함은 인간을 운명으로부터 구해 주지 않는다

의욕보다 나은 수단이나 지혜는 없다

연이 멀리 뜨고 가깝게 뜨는 것은
실의 길고 짧음에 달렸네

신채호(申采浩 : 1880~1936) 구한 말의 언론인이자 국사학자, 독립운동가

하겠다는 확고한 신념과 현명함 만이 재산이다.

단재(丹齋) 신채호(申采浩)가 12~13세 때 지은 시의 한 구절인데, 사람은 인생을 열심히 하느냐 그렇지 않느냐에 따라 성공이 판가름난다는 뜻이다.

80평생을 옳은 일과 바른 말만 하며, 옳지 않은 일이라면 목숨이 끊어져도 결코 하지 않았고, 옳은 일이라면 끝까지 힘을 쏟았던 월남(月南) 이상재(李商在)는 그 좋은 본보기라 하겠다.

월남은 가난한 집안에서 태어났지만, 타고난 기풍을 지닌 그는 조금도 굴함이 없이 낮에는 아버지를 도와 농사를 짓고 밤에는 열심히 책을 읽었다. 그래서 15세가 되었을 때에는 벌써 고향인 한산(韓山) 고을에서도 글 잘 하는 소년으로 이름 나 있었다.

월남이 11세가 되던 1860년에 할아버지인 이경만(李慶萬)이 별세하여 선영에 안장했을 때의 일이다.

그때 어느 지관(地官)이 할아버지의 산소 자리가 명당이라고 극찬한 일이 있었다. 이 말을 전해 들은 고을의 토박이 양반 한 사람이 산소 자리에 욕심이 났다. 그래서 월남의 가문이 미미한 것을 기회로 관리들과 짜고 허위 사실로 소송을 걸어 월남의 아버지를 옥에 가두어 버렸다.

뜻밖의 변을 당한 월남은 어린 나이에도 너무나 어처구니 없는 상황에 분개하여, 우선 아버지의 옥살이를 대신하기로 지원하여 감방으로 들어 갔다. 며칠 동안 갇혀 있다가 나오는 길로 군수를 만나러 갔다. 때마침 고향에 다니러 간 군수를 못 만나자 걸음을 재촉하여 옥천(沃川)까지 그를 쫓아갔다.

월남을 만난 군수의 태도는 요지부동이었다. 그러나 그는 사흘 밤낮을 두고 억울함을 진정하고 일의 이치를 따져 설득하였다. 처음에는 냉랭하 던 군수도 월남의 끊임없는 의지와 두터운 효심에 감동하여 선처할 것을 약속하였다.

군수가 한산 고을에 돌아오자, 약속대로 이미 그릇된 관결이 난 송사를 뒤집어 놓았다. 그래서 그는 크게 면목을 떨치었다. 월남과 같은 가난하 고 힘 없는 소년으로서는 해 보겠다는 신념과 현명함 만이 그의 재산이었 다 하겠다.

인간은 '약해져서 위축된 자신' 때문에 상처를 입는다.

월남은 재종숙(再從叔)인 혜산(蕙山) 이의진(李義眞)의 문하에서 열심 히 수학을 하였다. 그래서 이만하면 과거를 보아도 되겠다는 자신이 생기 고, 아버지와 은사의 간곡한 권고도 있어 큰 뜻을 품고 고향을 떠나 서울 로 향했다.

그러나 모처럼 푸른 꿈을 안고 상경한 월남은 서울에 올라오자마자 실망의 구렁텅이로 빠지게 되었다. 그것은 아무리 글을 잘 하고 시험을 잘 치르더라도 시골에서 올라온 이름도 없는 가난한 집안의 선비들은 좀처럼 과거에 급제하기가 어렵다는 내막을 알게 되었기 때문이다.

1867년, 월남은 과거를 보았으나 보기 좋게 낙방하여 그 옛날 목은(牧隱) 선생과 같이 시골집으로 내려가서 일생을 마칠 결심도 해 보았다.

그런데 뜻밖에도 당시 한산 이씨 문중에서 가장 명망이 높던 이장직(李長稙)을 만나게 되어, 그의 주선으로 승지(承旨)란 벼슬에 오른 박정양(朴定陽)의 집에서 식객 노릇을 하게 되었다. 그 당시의 식객이란 대개가 친척집을 찾아서 밥을 얻어먹으려왔던지, 그렇지 않으면 주인을 의지하여 과거를 보러 온 사람들이 대부분이었다. 그러므로 제아무리 잘 사는 집이라 해도 많은 식객들을 대접하기는 어려웠다.

어느 날, 안에서 심부름을 하는 계집애가 저녁 밥상을 가지고 사랑으로 나와 보니, 어쩐지 월남의 얼굴빛이 쓸쓸해 보여 어디 편치 않느냐고 물었다.

"내일이 내 생일인데, 객지에서 지내자니 자연 심사가 좋지 못해 그렇다."

하고 말하자, 계집 하인이 안에 들어가서 박정양의 아내에게 이 말을 전하였다.

주인마님은 그거 안 되었구나 싶어 특별히 고기 반찬을 만들어서 그 이튿날 월남의 생일을 축하해 주었다. 그런데 그 후 얼마 안 가서 밥상을 받은 월남이 이번에는 수저도 아니들고,

"오늘이 내 생일인데……."

하고 언짢아했다. 계집 하인이 안에 들어가서 그 말을 그대로 전하자, 주인마님은 반신반의하면서도 다시 고기 반찬을 더 보내었다. 그리고 그날 밤, 박정양이 안으로 들어오자 이상한 일도 많다고 그의 아내가 말하였다. 몇 달에 한 번씩 생일이 돌아오는 사람이 어디 있느냐는 것이었다.

박정양은 이튿날 월남은 만난 자리에서,

"그런데, 월남은 도대체 생일이 일년에 몇 차례씩이나 되오?"

하고 물었다. 월남은 벌써 그 까닭을 짐작하고 태연한 말투로,

"예, 객지에 있는 놈은 매일이 생일이라도 무방하지요."

하고 말하자, 주객이 다 함께 웃음판을 이루었다고 한다.

틀림없이 '남자는 배짱'이 있어야 한다. 인간은 마음이 '약해져서 위축된 자신'에 의해서만 상처를 입게 된다. 가난 속에서 자란 월남은 잡초와 같은 끈질김을 마음에나 몸에 간직하고 있었던 것이다.

시골 청년이 넓은 세계를 보다

1887년에 우리나라에서 처음으로 공사관을 미국에 설치하게 되어 초대 공사에 박정양이 임명되었다. 그때 박정양은 친분도 두텁고 전에 일본 시찰단의 일원으로 외국에 다녀온 경험도 있는 월남 이상재를 주미 공사관 일등 서기관으로 추천하였다. 그래서 월남은 생후 처음으로 외교관이 되어 미국 워싱턴에 부임하게 되었다.

그 때만 해도 옛날이라 일행은 양복을 입을 줄 몰랐으므로 상투를 튼 채 사모관대로 변화한 워싱턴 거리를 구경하게 되었다. 그와 같은 복장을 처음 본 아이들은 줄줄 따라다니며 조롱도 하고 돌멩이를 던지기도 하

였다.

이것을 본 호위하던 경관이 외국 사신에게 무례한 짓을 한다고 그 아이들을 잡아다가 가두었다. 그러나 월남은 지각 없는 아이들을 가엾게 생각하여 일부러 경찰서까지 찾아가서 그들의 석방을 간곡히 부탁하였다. 그러자 그 너그러운 태도에 경관들도 감복하여 아이들을 풀어주었다.

이 소문이 퍼지자 야만스럽고 뒤떨어진 나라 사람들로만 알고 있었던 미국인들은, 한국 공사 일행의 덕망 있는 태도를 칭송하자 미국 신문에까지 대대적으로 보도되어 크게 그 면목을 떨칠 수 있었다.

그런데 막상 박 공사 일행이 미국에 도착하여 미국 정부에 국서를 전하려 하자, 청국(淸國) 공사가 본국 정부의 훈령이라고 하면서,

"청 나라는 한국의 종주국(宗主國)이므로 신임장을 봉정할 때는 청국 공사와 함께 해야 한다. 앞으로 크고 작은 일은 반드시 청국 공사에게 보고해야 한다."

는 것이었다. 독립 국가로서는 도저히 받아들일 수 없는 일을 강요하는 것이다.

그때 마음이 약한 박 공사의 태도를 본 월남은 타고난 반골(叛骨) 정신을 발휘하여,

"모든 것을 나에게 맡기시오."

하는 것이다. 그리고는 박 공사가 여행의 여독이 풀리지 않아 자리에 누워 있다고 거짓말을 하게 한 후, 공사 대리로 직접 청국 공사관을 찾아갔다. 그리고는 도리와 변설로 설복하여 한국 공사가 단독으로서 국서(國書)를 봉정하는데 성공하였다.

이로써 국위가 크게 선양되고 박 공사도 면목을 떨쳤으나, 그 대신 청나라 조정의 질시와 시기는 날로 높아갔다. 때마침 청국 노동자의 입국 문제로 미국 정부와 불편한 관계에 놓여 있었기 때문에, 한국 공사에 대해서는 항상 친근히 대해 주어 공식 좌석에서도 청국 공사보다 상석에 앉고 해서 청국 측의 감정을 더욱 상하게 하였던 것이다.

그런 일로 하여 청국 측의 압박이 심해지자, 고종 황제는 우선 월남을 소환하여 그 동안의 외교 활동의 전말과 미국의 사정을 물었다.

"미국에서 청국 공사보다 더 우대를 받았다는데 그것이 사실이오?"

"예, 사실입니다. 이는 우연한 일로 그렇게 되었을 뿐 기뻐할 것이 못되오며, 오직 정치가 올바르고 국세가 진작되어야 길이 열강의 우대를 받을 것인 바, 이는 오로지 전하께서 하시기에 달려 있나이다."

하며 은근히 임금을 깨닫도록 간하였다고 한다.

이렇게 하여 월남은 국위를 선양했다고 해서 황제로부터 칭찬을 받았다.

인간은 좋은 기회를 잘 활용하면 일년이 걸려도 못하는 일을 하루만에 해치울 수도 있는 것이다. 월남은 그의 능력을 다하여 일을 처리한 한 본보기라 해도 지나친 말은 아닐 것이다.

굽힐 줄 모르는 정신적 욕구

미국으로부터 돌아온 뒤 월남은 6년 동안이나 낮은 벼슬로만 있다가 갑오경장(甲午更張) 때에 우부승지로 발탁되어 군국기무처(軍國機務處)의 위원이 되었고, 학무아문(學務衙門) 참의 학무국장을 겸하게 되었다.

이때 정부에서는 처음으로 외국어 학교를 설립하게 되었다. 그러나 일본 공사인 이노우에(井上)는 한국 정부를 돕는다는 구실로 내정을 간섭하여 외국어 교사는 오직 일본인만을 기용하라고 강요하였다. 그 때의 학무대신인 박정양은 처음에는 그것을 반대하다가 끝끝내 버티지 못하고 문제의 해결을 협판(協辦)인 고영희(高永喜)와 월남에게 미루었다.

"안 될 말이오. 당연히 거절해야 할 일이오. 곧 파약을 통고하여야 하오."

"그러면 이 국장이 맡아 처리하시겠소?"

"그리하오리다."

그리하여 월남이 협판과 함께 일본 공사관에 가기를 약속하고 헤어졌다. 다음날 고영희가 동행하기를 회피했기 때문에 월남은 혼자 일본 공사관에 가서 서기에게 그 일을 승인할 수 없음을 통고하고 돌아왔다.

그 다음날 찾아온 이노우에를 보고 월남은 그 무례함을 면박하였으나, 처음에는 오히려 월남이 공박당하였다. 그러나 월남의 강경한 주장과 태도를 막을 수 없게 된 일본 공사는, 마침내 이 문제에 대한 간섭을 중지하기에 이르렀다. 이리하여 외국어 교사는 여러 나라 사람을 마음대로 초빙할 수 있게 되었다.

그 후 1896년에 월남은 내각 총서가 되었고, 관제가 변경됨에 따라 총무국장이 되어 일체의 정무가 월남의 손을 거치게 되었다. 이때부터 다른 사람이 감히 하기 어려운 많은 일을 용기있게 처리하였다.

구한국의 마지막 임금이었던 고종 황제는 본시 마음이 착한 분이었으나 신하를 잘못 만나 결국 나라를 잃고 말았다. 월남이 의정부 총무국장으로 있을 때에는 되도록 황제를 둘러싼 간신배들의 책동을 막는데 온 힘을 기울였다.

간신배의 한 사람인 이용익(李容翊)은 본시 미천한 출신으로 내시들과 짜고 내장원경(內裝院卿)까지 출세한 자이다. 하루는 월남을 찾아와서 너무 몸이 수척해 보인다고 하면서 산삼 몇 뿌리를 내놓았다. 월남은 실없는 말로,

　"이런 것 잘못 먹다가 사람 잡게."

하고 받지 않았다. 그런데 그 후 얼마 지나지 않아서 어찌된 일인지 이용익으로 하여금 평양관찰사에 개성참정 감독관을 겸임케하라는 칙명이 내렸다.

　월남은 그 칙명을 발표하지 않고 있다가, 어느 날 이용익이 내각에 들어온 때를 틈타서

　"평양에서 개성까지 몇 리인고?"

하고 월남이 물었다. 그러자 이용익은 무심히

　"사백여 리나 되지요."

하고 대답하였다. 이 말을 들은 월남은,

　"영감이 아무리 축지법을 잘 쓴다고 하더라도 사백 리 거리에서 두 벼슬을 겸임하고서야 어떻게 그 직책을 다할 수가 있겠소?"

하고 나무랐다. 그러자 이용익은 얼굴이 붉어지며 말을 잇지 못했다. 이것을 본 월남은 다시 정색을 하고 책상을 치며 언성을 높여,

　"나라 일은 어찌되든 자기 일신의 영달만 꾀한다면 그만인가?"

하고 꾸짖은 후, 때마침 한 방에 있었던 내무대신과 탁지대신을 향하여,

　"당초에 이런 안을 상주한 근본 뜻이 무엇이오?"

하고 힐문하였다. 그 말이 옳으니 대신들도 묵묵히 대답할 수 없었고, 이

용익 또한 부끄러워 총총히 퇴출하고 말았다. 며칠 후에 다시 칙교가 내려 이용익의 평안관찰사는 취소되었다.

이 무렵, 일단 폐지되었던 전운사(戰運司)를 다시 설치하기 위해 이를 공포하려 하였다. 이 사실을 안 월남은 이에 적극 반대하여 그 직제를 반포하지 않았다.

그 까닭은 전운사가 아무런 준비금도 없이 백동전을 남발하면 백성이 도탄에 빠지게 되어 필경 동학란(東學亂)과 같은 사태가 일어날 것 같았기 때문에 그것을 완강히 반대한 것이다. 그러나 간신배와 정상배들의 활동이 성공하여 고종 황제까지도 전운사의 부활을 명하게 되었다.

하루는 궁중에서 대신들이 조회를 하는 도중에 참정 대신이 고종을 뵙고 나오자, 월남을 보고

"이 국장, 어찌 그다지도 고집이 과하시오. 이 국장이 전운사의 적제를 반포하지 않는다고 황제께서 지금 진노가 대단하시오."
라고 말했다.

이윽고 임금이 참찬을 불러 들어오라고 하여 민병석(閔丙奭)이 들어갔지만 도무지 나오지를 않자, 모두들

"아깝도다. 아마 이 국장이 오늘 죽나보다."
하고 걱정하였다. 그러자 얼마 후에 민병석이 나오는데, 얼굴에 희색이 만면하여 말하기를,

"이 국장, 살았소. 황제께서 크게 깨달으사 전운사를 두지 않기로 했소. 이 국장의 충성을 도리어 칭찬하십디다."

그 말이 떨어지자, 월남은 주먹으로 마룻바닥을 치며

"이렇듯 총명하신 군주를 잘못 보필해서 나라 꼴이 이 지경에 이르렀도다!"

하며 방성대곡하니, 모든 사람들이 숙연하였다고 한다.

월남 이상재의 78년에 걸친 생애는 참으로 의욕과 바램으로 일관한 '참으로 남자다운 생애'였다고 할 수 있다.

보편적 인간에 따른 관능적인 추궁의 연속이란, 결코 사람으로 하여금 오래도록 만족하게 하지 못한다. 월남에게서 볼 수 있듯이 인간은 인생의 목적과 그 목적을 달성하려는 의욕과 그에 필요한 수단을 얻는 기술을 배워 얻지 못하면 안 되는 것이다.

염세주의 철학자로 유명한 쇼펜하우어는 이렇게 말하고 있다.

"자기 자신의 삶의 가치가 자신의 어떤 소유물보다도 훨씬 풍요로우며 행복을 돕는 것이 확실한 줄 알면서도, 사람들은 정신수양을 쌓기보다는 재물을 얻으려는 쪽에 천 배나 만 배의 힘을 쏟고 있다."

월남이 '자신의 소유물' 같은 것에는 조금도 생각하지 않고 '자기 스스로 옳다고 결정한 방향으로 힘차게 나아간' 사나이였다. 그러나 일반적으로는 도무지 이러한 흉내를 내기 힘들다. 그것은 정신적인 욕구를 지니고 있지 못하기 때문이다. 그것을 갖고 있지 못한 자 — 이른바, 속물(俗物)은 작은 파도에도 쉽게 휩쓸려 떠내려 가 버린다.

운명의 여신의 미소와 사랑을 얻어내려 한다면, 월남과 같이 온 힘을 다하여 자신의 삶을 올바른 길로 밀고 밀어 제쳐버리지 않으면 안 된다.

타산성이 강한 사람은 대개 실패한다

만족스런 이상적인 생활은 금전의 많음에 있지 않고
욕심의 적음에 있다

에픽테토스(Epiktetos, 55?~135?) 그리스의 철학자

겨레를 위하여 생명을 바친 간디(Mohandas Gandhi)가 어렸을 때의
이야기이다.

향료 상인 아버지를 따라 라지콧트로 이사 와서 중학교에 다닐 때, 친
구들이 이렇게 말하였다.

"너도 고기를 먹어라."

그러나 신앙심이 깊고 열성적인 힌두교 집안에서 자란 간디는 망설였다.

"힌두교에서는 고기를 먹지 못하게 되어 있지 않은가?"

"이봐, 간디. 인도가 독립하려면 영국 놈들처럼 우리도 고기를 먹고 튼
튼해져서 굳센 몸을 만들어야 한단 말이야."

그렇지 않아도 온순하고 운동을 싫어하는 조용한 소년이었던 간디는
몹시 약했었다. 그러나 인도가 독립하기 위해서는 건강해야 영국과 대항
할 수 있다는 생각이 들어, 생전 처음으로 남몰래 양고기를 먹었다.

그날 밤 간디는 산양이 뱃속에서 날뛰는 꿈을 꾸며 식은 땀까지 흘렸
다. 간디는 후회하고 있었던 것이다.

간디 소년의 행위는 자기 자신을 위한 것은 아니었다. 뒷날 후회는 했지만, 고기를 먹은 것도 독립된 한 나라를 이룩하기 위한 것으로, 그는 모든 것을 나라를 위함에 바쳤던 것이다.

그런데 일반적으로는 그렇지 못하다. 간디와는 정반대로 모든 것을 자기 중심으로 생각하고 행동하는 것을 우리는 흔히 볼 수 있다.

이 세상에서는 개인의 이익 때문에 모든 일이 행하여지고 있다고 해도 좋을 정도이다. 이익이나 욕심은 여자를 사랑하는 것 이상으로 사람의 눈을 어둡게 하는 힘을 가지고 있다.

그 증거로서 우리들은 의식하든 의식하지 못하든 간에 끊임없이 사리사욕을 채우기 위하여 온갖 힘을 다하고 있지 않은가. 얼핏 보기에는 대단히 자연스러운 행동같이 보이지만, 정당한 원칙이어야 할 'Give and Take'가 타산을 앞세워 우리들의 마음에 뿌리를 내리고 말았다.

이러한 자기의 이익만을 바라는 이기적인 근성이 일을 파탄으로 이끄는 크나큰 원인이 되는 것이다.

"이 세상에서 타산적인 인간이 실패한 삶을 살아가는 것을 얼마나 많이 볼 수 있는가에 대하여 참으로 놀랄 뿐이다. 마음에 대한 최선의 격려에 힘입어 매일매일 정직하게 행동하는 것이 성공한 삶을 이룩하는 가장 확실한 길이라는 단순한 진리를 우리들 마음속 깊이 새기고 있어야 할 것이다."

이렇게 처칠(Winston L.S Churchill)이 말했듯이, 일에 관해서는 '매일매일 정직하게 행동하는 일'처럼 중요한 것은 없다.

'이득만을 구하려는 사람은 언제인가는 큰 손해를 입게 마련이다.'라고

나 할까.

손해나 이득을 얻는 타산적 일을 하면서도, 그러한 이득이나 손해를 넘어서는 행동이야말로 삶의 묘미라 할 수 있는 것이다. 이렇듯 인간이 상대해야 하는 것은 어디까지나 인간으로서 행할 도리이지, 결코 돈으로 따져서는 안 된다.

힘이 부족한 것이 아니라 진실함이 없기 때문이다

사람은 누구나 행복하기를 간절히 바란다.
그렇게 되기 위해서는 온갖 힘을 기울여야 한다.

알랭(Alain 1868~1951) 프랑스의 철학자이자 비평가

근대 음악의 아버지라고 불리우는 바하(Johann Sebastian Bach)는 오르가니스트이자 뛰어난 대위법을 도입한 작곡 기술로 근대 음악의 바탕을 이룩한 위대한 작곡가이다.

일찍이 부모를 여읜 바하는 10세 때부터 오르가니스트인 숙부 집에서 살게 되었다. 그리고 스스로 일을 하여 돈을 벌지 않으면 안 되었다. 이러한 환경 속에서도 바하는 오르간 공부에 침식을 잃을 정도로 몰두하였다.

그가 15세쯤 되었을 때의 일이다. 오르간의 아름다운 음색에 마음이 끌린 그는, 숙부가 가지고 있는 유명한 음악가들의 악보를 베끼기 시작했다.

바하가 너무나 열심히 그 악보를 베끼는 것을 보고, 숙부는 그의 건강을 걱정하여 사보(寫報)하는 것을 금하였다. 그러나 그는 시간이 아까워 참을 수가 없었다. 매일 밤이 되면 숙부가 잠든 틈을 기다려 살그머니 다락방으로 기어 올라가서 달빛을 벗 삼아 악보를 베꼈다. 반년이나 걸려서 악보를 모두 베꼈다는 이야기가 있다.

바하에 있어서 그의 인생은 음악에 헌신하는 것밖에 아무런 가치가 없었다 해도 지나친 말은 아니라 하겠다. 그는 기막힌 수련과 공부를 쌓고 노력을 한 결과, 훗날 위대한 음악가가 될 수 있었던 것이다.

속된 세상 사람들은 짐승과 같이 배불리 먹고 편안히 지내는 생활에 만족하고 있지만, 참된 예술가는 '만족하는 돼지가 되기보다는 만족하지 못하는 인간이 된다.'는 쪽을 택한다.

조선조의 가장 훌륭한 화가인 단원(檀園) 김홍도(金弘道)가 잠깐 연풍 현감으로 벼슬자리에 있었을 때, 그 고을에서 나이가 많은 화가가 찾아와서 자신의 빈곤한 생활에 대하여 넋두리를 늘어놓은 일이 있었다.

"저와 같은 사람은 처자식을 거느리고 있어서 언제나 먹는 것에 급급하여 그림도 제대로 그리지 못하고 있습니다. 현감과 같은 처지가 부러워 못 견딜 지경입니다."

그러자 단원은 지난날의 자기의 처지를 생각하며 말했다.

"먹고 살 수 없다 없다 하면서 먹는 일에만 집착해 있으면 멀지 않은 장래에 정말 먹지 못하게 되는 때가 닥쳐온다. 못 먹으면 먹지 못한 대로 공부하게. 그렇게 열심히 하면 언젠가는 반드시 쉽사리 먹고 살 수 있게 되는 법이다."

또 어느 젊은 제자인 화가가 자신감을 완전히 잃고 찾아와서는 연약한 말소리로,

"저에게는 힘이 없습니다. 재능이 없다고 생각됩니다."

하고 말하자, 단원은 단호한 목소리로 다음과 같이 그 젊은 제자를 꾸짖었다고 한다.

"힘이 모자라는 것이 아니라 진실함이 없기 때문이야. 열심히 그림을 그

려 보게. 이불을 들어올리는 것도 거치장스럽게 여기는 젊은 아낙네도 불이 났다고 하면 옷장 같은 무거운 것도 서슴지 않고 들어 나르지 않는가."

우리들은 먹기 위해 사는 것이 아니라 살기 위해 먹는 것이다. 아무리 어려운 처지에 놓여 있다고 하더라도 바하와 같이 자신의 삶에 대한 진실함을 가질 수만 있다면, 반드시 보다 훌륭한 인생을 보낼 수 있을 것이다.

그러기에 참다운 정열이란 아름다운 꽃과도 같다. 그것이 피어난 땅이 메마른 곳일수록 한층 더 보기에 아름답다.

마음의 눈을 뜨고 한 곳에서 맴돌지 말라

'플라스 울트라(그 너머에 또 있다.)'
스페인에서 해양 탐험이 한참인 무렵에 쓰였던 지폐에 새겨져 있던 글귀

'플라스 울트라'[그 너머에 또 있다]라는 글귀 가운데에는 무한한 것에로의 강렬한 그리움이 스며있다.

인간이 행하는 것이든 말하는 것이든 간에, 이 세상에서 일어나는 일 가운데에는 항상 저편에 또 무엇인가가 있기 마련이다. 장사를 하든 학문을 하든 간에, 그렇지 않으면 일꾼으로서 기량을 닦든 간에, 가는 길은 멀고 험하며 끝없이 영원하다. 이러한 생각을 여러분들은 어떠한 분야에서든지 틀림없이 체험했으리라 생각된다.

인생을 진실하게 살려고 하는 사람은 한 발자국 전진하면 또 한 발자국 앞으로 나아가지 않을 수 없다. 마치 넓은 하늘에 걸린 무지개를 쫓는 것과 같이 앞으로 나아갈 길은 끝없이 계속된다.

이러한 일은 우리들의 일상생활 전체에 걸쳐서도 똑같이 말할 수 있는 것이다. 따라서 우리들은 무엇을 하든 간에 이 '플라스 울트라'란 말을 가슴에 새겨두지 않으면 안 되겠다. 풀리지 않는 끝없는 의욕을 불러일으켜야만 우리들의 인생은 보다 높고 보다 바르게 성장되고 원숙해져 가는 것이다. 이러한 때에 항상 마음에 간직해 두어야 할 것은 마음의 눈을 단단히 뜨고 행동해야 한다는 사실이다.

다음에 구체적인 예를 들어보겠다.

몇 해 전에 있었던 이야기이다. 중앙 알프스에서 행방불명이 되었던 59세의 등산가가 13일 만에 건강한 모습으로 나타나서 주위 사람들을 기쁘게 한 일이 있었다.

그는 매일 12시간씩이나 계속 걸었는데, 길을 잃어버린 장소와 그를 발견한 곳과는 대체로 6킬로미터 밖에 떨어져 있지 않았다고 한다. 그 자신은,

"몇 번씩이나 같은 장소를 왔다갔다 한 셈밖에 되지 않는군."

하고 말하고 있다.

인간은 눈을 감은 채 걸을 경우, 이십 미터의 직선거리라면 누구든지 사 미터 정도의 차이 밖에 나지 않아 찾아갈 수 있지만, 백 미터가 넘으면 원을 그리며 걷게 된다. 자기 자신은 좌우 어느 쪽이든 어느 정도 굽어지는 습관이 있음을 알고 있다 하더라도, 눈을 감고 걷기 시작하면 역시 곧바로 걸어갈 수 없는 것이다.

이렇게 장님걸음으로 뱅뱅 도는 것을 '윤형 방황(輪刑彷徨)'이라고 한다. 그런데 이러한 현상은 그대로 인생의 모든 분야에서도 일어날 수 있는 일이다.

같은 장소를 끊임없이 뱅뱅 돌고 있는 것 같은 인생에 대하여 어느 작가는 이렇게 말하고 있다.

"자기 자신이 하고 있는 일은 배우가 무대에 서서 어떤 역할을 하고 있

는 것에 지나지 않는다고 생각해 보도록 한다. 그러면 그가 맡고 있는 역할의 배후에는 또다른 무엇인가가 존재하고 있지 않으면 안 되는 것 같은 느낌이 든다. 매를 맞으며 쫓기고만 있기 때문에 그 무엇인가를 각성할 틈이 없는 것 같은 자기 모순에 빠지게 된다."

그 무엇인가가 눈뜨지 않으면 모처럼 '플라스 울트라'를 가슴 깊이 새겨 두었다 해도 우리들은 인생에 있어서 '윤형 방황'을 피할 수 없게 되는 것이다.

마음의 눈을 연다는 것은, 무엇인가 깊은 허망의 잠에서 깨어나는 것을 말한다. 그렇다면 그 무엇인가란 도대체 무엇을 뜻하는 것일까? 우리들은 그것을 자세히 살펴보고 판단해야 한다.

모르는 길일수록 길을 잃는 법은 없다

이득도 주지 않고 후한 녹을 받음은 도둑질함과 같다.

대대례(大戴禮) 공자의 72제자의 예에 관한 설을 대덕(戴德)이 정리하여 85편으로 엮은 책) 중에서

별로 이렇다 할 일도 하지 못하면서 보수를 많이 받는다는 것은 도둑과 다를 바가 없다는 이야기이다. 그런데, 오늘날 우리 사회에는 이러한 뜻에서의 도둑스러운 인간이 너무나 많다 하겠다.

상 시몽(Saint Simon)이 말했듯이,

"각자는 그 능력에 따라 일하며, 그 노동력에 알맞은 댓가가 주어져야 한다."

는 말대로 되어야 하겠지만, 현실적으로는 그러하지 못하다.

이득은 주었으나 적은 녹(祿)을 받는 경우가 적지 않은 것은, 이득은 없으나 많은 녹을 받는 패거리들이 버티고 있기 때문이라 하겠다.

그렇다면 어떻게 해야 올바른 자기의 가치를 찾을 수 있다는 말인가. 이 점에 대해서는 생각하는 방법에 따라 인생이나 사회, 자기가 가지고 있는 삶의 왼편이든 오른편이든 간에 잘못된 길로 들어설 두려움이 다분히 있다.

그렇다면 신중하게 여러 각도에서 근본적으로 생각해 보기로 하자.

한 마디로 말한다면,

"누구나 자신이 모은 재산에 대해 만족을 느끼는 사람도 없지만, 자신의 재능이나 지식에 대하여 불만을 가진 사람도 없다."

이것이 바로 문제의 근본이라고 생각된다. 이것을 중국의 속담으로 말한다면,

"길을 알 듯 할 때일수록 길을 잃는 법은 없다."

라고 할 수 있지 않을까.

그런데 딱하게도 우리들은 자기 자신의 재능이나 지식을 대체로 부당하게 높이 평가하고는 '길을 잘 알 듯한 기분'에 젖어들기 쉽다.

그렇기 때문에 녹을 많이 받는 것도 당연한 일이라고 생각하기는커녕, 그것마저도 부족하다는 기분을 갖게 되는 것이다.

정열은 나이와 함께 차츰 사라져 버리지만, 자만심은 결코 없어지지 않는다. 그리고 자만심은 간단하게 독단이라는 늪으로 빠져 들어간다. 자신의 재능이나 지식을 불만스럽게 생각하지 않는 것은 자만심과 독단이라는 것의 작용에 지나지 않는다.

인간의 능력이 자기 생활 밖에는 영위할 수 없는 것이라면 그 자신의 생활도 충분히 영위할 수 없다는 이야기가 되는데, 자만심과 독단이라는 것 때문에 자기 생활만을 생각하고는 태연스럽게 많은 녹을 받아들이는 것이다. 그리고는 딴 사람들의 생활 같은 것은 전혀 돌아보려 하지 않는다.

이러한 인간도 하나의 성공한 사람이라고 말할 수 있을 것이다. 그러나 '많은 녹을 받는다'고 하는 성공을 얻어내기 위하여 인생의 다른 모든 요소가 희생되었다고 한다면, 그 성공의 값어치는 너무나 지나치게 값비싼

것이라 할 수 있지 않을까.

성공이란, 행복의 한 요소에 지나지 않는다.

'많은 녹을 받는다'는 것과 같은 성공은, 쉽게 인간으로 하여금 무미건조한 삶에 빠져들게 하기 마련이다.

아무 이익도 주지 않고 많은 녹을 받는다는 사람은 사랑도 없이 아내를 맞이함과 같고, 행복함도 없이 많은 재산을 가지고 있는 사람과 다를 바가 없다. 인생의 행복이란 정당한 노동에서 얻어지는 효험 있는 약맛과 같은 만족 가운데에서만 얻어지는 것이다. 일하지 않고 얻어진 휴식이란 입맛이 없을 때 먹는 음식과 같다.

어느 소설 속의 주인공은 이렇게 말하고 있다.

"그날 내가 할 만큼의 일을 다 하고나서 정당한 노동에 만족하면서 목욕을 한 다음, 밥상에 놓여진 반주를 한 잔 마시면, 같은 술이라 해도 그 맛이 다르게 느껴진다. 생각하면 노동만큼 사람을 행복하게 하는 것은 없다고 생각되네."

의욕보다 더 나은 인생의 지혜는 없다

일한다는 것은, 먹는 것이나 자는 것보다도
더 인간에게 필요한 것이다.

훔볼트(Karl Wilhelm von Humboldt, 1767~1835) 독일의 언어학자이자 철학자

이 말을 입증하듯 엥겔스(Engels)는

"원숭이 무리와 구별되는 인간 사회의 특징은 무엇인가? 그것은 노동
이다."

라고 말한다. 이 점에 대하여 많은 선인들은 더 구체적으로 말하고 있다.

루터(Martin Luther)는

"노동으로 말미암아 인간이 죽는 일은 없다. 그러나 빈둥거리며 놀고
지내면 신체와 생명이 망쳐지고 만다. 왜냐하면, 새가 날도록 태어난 것
처럼 인간은 노동을 하도록 태어났기 때문이다."

라 하였고, 세계적인 문호 괴테는

"일이 주는 압박은 정신에 대하여 대단히 고마운 것이다. 그 무거운 짐
에서 벗어나게 되면, 그 마음은 한결 자유롭게 되며 생활을 즐기게 된다.
일을 하지 않고 빈둥거리며 지내는 인간만큼 불쌍한 것은 없다. 그러한
사람은 아무리 좋은 천분(天分)을 지니고 있다 해도 오히려 그것에 싫증
을 느낄 것이다."

라고 역설하고 있다.

이 극단적인 실례로, 스위스 태생의 미국의 박물학자인 루이 애거시(Jean Louis Rodolphe Agassiz)의 일상생활에서 찾아볼 수 있다.

비교동물학의 권위자인 그는 무엇보다도 시간을 소중하게 여겨 아껴 썼다. 그가 39세 때, 하버드 대학의 동물학과 교수로 초빙되어 미국에 영주하게 되었을 무렵의 일이다.

언제나 "바쁘다, 바빠"하면서 뛰어다니는 애거시를 보고 태평스러운 친구들이,

"자네는 아직 사십 이전의 젊은이가 아닌가. 좀 더 한가로이 지내지 그래."

하면서 깨우쳐주려 했으나, 이에 대하여 애거시의 대답은 언제나 한결같았다.

"고맙네. 그러나 바쁘다는 것 자체는 조금도 어렵거나 괴롭지 않다네. 어떻게 하면 시간을 보낼까 궁리하고 있는 사람들의 기분을 나는 도무지 이해할 수가 없네. 할 수 있다면, 그러한 시간을 얻었으면 할 뿐일세. 나는 하루가 언제까지나 끝나지 않았으면 좋겠다고 항상 생각하고 있다네."

이만한 의욕이 있다면, 가령 두뇌의 회전이 조금 나쁘다 해도 무엇이든 해낼 수 있으며, 꼭 무엇인가를 이룰 수 있을 것이다.

우리들은 불꽃이 위로 퍼지고 자갈이 아래로 떨어지듯이 행동하기 위하여 이 세상에 태어난 것이다. 아무런 일에도 종사하지 않고 있다는 것은, 인간으로서는 이 세상에 더 이상 존재하고 싶지 않다는 것과 같다.

대체적인 경우, 실패하는 생애에는 다음 세 가지 가운데 어느 한 가지

에 그 근본 원인이 있을 것이다.

① 전혀 일을 갖지 않는다.

② 능력과 견주어 일이 너무 적다.

③ 하고자 하는 일을 갖지 못한다.

인간은 일의 성과가 잘 되고 못되는 것에 의해 명예를 잃는 것이 아니라, 다만 나태한 감정 때문에 명예를 잃게 되는 것이다.

나태한 감정은 항상 부패함을 자아낸다. 이러한 점에 대하여 셰익스피어는 《맥베드》를 통해서 이렇게 설명하고 있다.

"생선은 먹고 싶다. 그러나 발은 적시고 싶지 않다는 모습 그대로이군요. '꼭 해 내겠어,' 하면서도 '역시 안 되겠는 걸' 하며 쉽게 좌절하는 인간, 이렇게 해서 한평생을 뜻없이 지내시려는 건가요?"

우리들은 셰익스피어의 이 말을 통하여 삶을 사는 방법에 마음을 쏟지 않으면 안 된다.

좋은 말만 듣기를 원한다면 큰일을 그르칠 수 있다

침묵이란 나무에는 평화라는 열매가 맺는다.

아라비아의 속담

"너는 민족 운동을 그만둘 생각이 없는가?"

하고 묻는 일제의 검사에게

"그만둘 수 없다. 나는 평생 동안 밥을 먹는 것도 민족을 위해서요, 잠을 자는 것도 민족을 위해서다. 내가 숨을 쉬는 동안, 나는 민족 운동을 계속할 것이다."

하고 대답한 사람은 도산(島山) 안창호(安昌浩)였다. 이 한 마디 말 속에는 한국 민족을 교화시키며 주권을 되찾기 위하여 자기 나름대로 꾸준한 노력을 아끼지 않았던 애국지사의 피끓는 생애가 요약되어 있다.

— 세상에는 기적이 없다. 말없이 꾸준히 노력하는 수밖에 없다. 티끌 모아 태산이 아닌가. 우선 점진적으로 나아가자.

1902년, 이러한 생각을 가지고 그는 고국을 떠나 선진국 학문과 문명을 배우기 위해 미국으로 갔을 때 있었던 일이다.

샌프란시스코 어느 거리에서 한국인 두 사람이 상투를 마주잡고 싸우는 것을 보고 이를 말렸다.

"여보시오, 같은 동포 끼리 이게 무슨 추태란 말이오?"

도산이 말리는 바람에 싸움을 멈춘 두 사람의 동포는 싸우게 된 연유를 이야기하였다. 두 사람은 인삼 장수인데, 사로 협정한 판매 구역을 어겼다고 해서 멱살을 잡은 것이라 한다.

여기에서 도산은 다시 한 번 크게 깨달았다.

"그렇다. 우리가 나라를 잃을 수밖에 없었던 것은 그럴만한 이유가 있었다. 일제의 침략만이 아니라, 오히려 우리가 무지하고 우매하며 예의를 모른 탓이다."

도산은 자신이 해야 할 일을 발견하였다. 집안 청소부터 시작해서 생활 태도를 바로잡자는 것이었다. 그래서 그는 매일 미국에 사는 교포들의 집을 찾아다니며 청소도 해 주고 또 청소할 것을 권유하면서 옷도 자주 빨아 입자고 설득하였다.

처음에는 그의 방문조차 달갑게 여기지 않던 교포들도 차츰 그의 열성에 감동되어, 집 안팎은 물론 옷도 깨끗이 입게 되었다.

그는 또 미국인이 경영하는 농장에서 일하고 있는 교포들에게 말했다.

"미국의 과수원에서 귤 한 개를 정성껏 따며 묵묵히 일하는 것이 우리나라의 독립을 위하는 길입니다."

이 말 속에는 그의 민족 정신의 개조에 대한 신념이 잘 나타나고 있다. 뿐만 아니라, 작은 일로부터 조금씩 남의 눈에 띄지 않는 일을 개혁해 나가려는 의지가 똑똑히 엿보였다.

그의 노력은 보람이 있어 일년 만에 교포들의 생활을 크게 변화시켰다. 미국 사람들이 싫어하는 냄새를 피우지 않고 큰 소리로 떠드는 일도 없어졌으며, 청소도 깨끗이 하고 빨래도 자주 하게 되었다.

그래서 미국 사람들도,

"당신네 조선 사람들의 생활이 일변하였소. 누군지는 모르나 위대한 지도자 없이는 이렇게 될 수 없었을 것이요."

하고 이야기하기에 이르렀다.

그가 세상을 떠난 해인 1938년까지, 그는 미국, 상해, 만주 등지를 돌아다니며 민족 정신을 개조하는 데 일생을 바쳤다.

"큰일은 가장 작은 것부터 시작하고, 어려운 일은 가장 쉬운 것부터 풀어야 한다. 그리고 남이 알아주지 않더라도 꾸준히 일을 밀고 나가야 한다."

이러한 도산의 행적을 보더라도 '인간, 특히 남자는 말없이 꾸준히 일을 하며 그 공적을 내세우지 않는다'는 마음가짐이 필요하다 하겠다. 주위 사람들로부터 칭찬을 받으려 한다면, 자기 자신이 잘한 것만을 내세우지 말고 묵묵히 실천하는 것밖에는 없다.

말을 타지 않으면 낙마도 하지 않는다

우리들의 인생이란 상처에서 느끼는 찢어지는 듯한 아픔과 같다.

헤벨(Hebbell 1813~1863) 독일의 극작가

자신감을 잃고 노이로제에 빠져 있는 것 같은 기분에 젖어 있는 한 제자에게 공자가 말하였다.

"어찌된 거야. 얼굴빛이 좋지 않은데. 어디 몸이 나쁜 것 아닌가?"

"아니에요. 몸이 아픈 것이 아닙니다. 저 자신의 힘이 부족한 것이 유감스러워서 그럽니다."

"너는 네 자신의 힘이 부족하다고 하지만, 정말로 힘이 부족한가 아닌가는 온 힘을 다해 보지 않고서는 분간하기 어려운 것이다. 이를테면 무거운 짐을 지고 먼 길을 걸어가는 사람이, 도중에 기력이나 체력이 떨어져서 넘어지는 수가 있다. 힘이 모자란다는 것은 이러한 경우를 말하는 것이다. 넘어지기도 전에, 즉 자기 자신의 모든 힘을 써보지도 않고 힘이 모자란다는 따위 말을 하는 것은 자기 자신을 변호하려는 구실에 지나지 않는다. 더구나 자기 스스로가 자신의 힘에 대하여 포기하는 듯한 말을 한다는 것은 수치스러울 망정 자신을 변호하는 것도 되지 못한다."

이처럼 공자가 말한 대로, 우리들은 이와 같은 처지를 당하게 되면 얼굴빛까지도 파랗게 질려서 자신의 인생을 '상처에서 생기는 찢어지는 듯한 아픔'으로 느끼게 된다. 그러나 카프카(Kafpka)가 말했듯이,

"이미 모든 것이 파국에 이르렀다고 생각되었을 때에도 다시금 새로운 힘을 불러일으키는 능력이야말로 그것이 바로 그대가 살아 있음을 뜻한다."

는 것이다.

절망이란 어리석은 자만이 내리는 결론에 지나지 않는다. 절망은 단순히 우리들의 비참함을 견딜 수 없는 것으로 만들 뿐만 아니라, 또한 우리들의 허약함을 견딜 수 없는 것으로 만들어 버린다.

인간은 누구든지 정신적으로나 육체적으로나 완전히 기력을 상실하여 "이젠 안 되겠다."하고 그 자리에 주저앉아 버리는 경우가 때로 있다.

프랑스의 실존주의 소설가인 카뮈(Camus)는 《시지프의 신화》에서, 얼굴, 손, 발등 할 것없이 온몸에 핏기가 사라진 채 숨을 헐떡거리면서 바위를 산꼭대기까지 밀어올린 순간, 그 바위가 시지프의 손에서 벗어나 또다시 산기슭 아래로 굴러떨어지는 이야기를 쓰고 있다. 그러한 상황과 마주친다면 누구나 다 절망적인 분위기 속에 갇혀 버리지 않을 수 없을 것이다.

그러나 절망이란 마음은 자살하는 것과 다를 바가 없다. '지금이 가장 나쁜 상태다'라고 할 수 있을 정도라면, 아직 최악의 사태는 아니다, 그러한 막다른 골목에서도 '더욱 새로운 힘을 불러일으키는 것이야말로 살아 있다는 뜻이 담겨져 있는 것이다.

선(禪)에서는 이것을 '큰 죽음이 우선이고, 큰 활약은 현재대로'라는 글

귀로 나타내고 있다. 가장 절박한 때에 에고이즘적인 요소를 남김없이 버리고 철저히 속세에 대한 관심을 갖지 않는 경지에 이른다면, 사태를 역전시킬 수 있는 좋은 기회가 될 수 있다는 이치이다.

인생의 요점은 의욕과 바램에 있다 하겠다. 말을 타지 않으면 낙마는 하지 않겠지만, 위험에 부딪치지 않는 사람은 아무 것도 얻어내지 못한다. 실패를 해 보지 못한 인간은, 대체로 아무런 일도 하지 못한 인간인 것이다.

고귀한 실패는 저속한 성공과의 경계를 얼마나 멀리 뛰어넘을 수 있을까? 별 볼품이 없는 삶을 영위하는 자에게는 실패나 절망도 없겠지만, 성공이나 환희도 없다.

● ● ●

비겁함은 인간을 운명으로부터 구해 주지 않는다

결코 시련이 없는 곳에 성공이 따른 적은 없다

넬슨(Horaito, Nelson 1758~1805) 영국의 지중해 함대 사령관

1805년 10월 21일, 11시 48분

"우리의 조국 영국은 제군들 각자에게 맡겨진 자신의 의무를 다해 줄 것을 기대하고 있다."

넬슨 제독의 이러한 명령에 호응하는 26척의 전 함대 장병들의 우렁찬 함성은 거센 파도 소리처럼 트라팔가르 앞바다에 울려 퍼졌다.

한편, 프랑스와 스페인의 연합 함대 역시 33척으로 가을 햇빛을 받으며 흰 돛을 높이 달고 맹렬히 진격해 오고 있었다. 바람은 잔잔하지만, 파도가 높게 일고 있었다.

만약에 이 해전에서 패한다면 영국은 나폴레옹 1세의 지배하에 놓이게 되는 수모를 겪어야 하는 것을 의미했다. 넬슨이 타고 있는 기함인 빅토리아호는 앞장을 서서 진격을 시작하였다. 격전이 벌어져서 싸움이 어지러워지자, 참모가 소리 질렀다.

"넬슨 제독! 지금의 정세를 타개하려면 적의 군함 가운데 어느 것이든 우리 군함으로 맞부딪쳐 보지 않으면 안 되겠습니다."

"좋아, 해 보자. 시련없이 성공이 따른 적은 결코 없었다."

이러한 육탄(肉彈) 전법은 훌륭하게 성공하여, 영국 함대는 승리의 기쁨을 안았다. 그리하여 나폴레옹은 이 해전의 패배로 인하여 제해권을 잃어 유럽 정복에의 길이 막혀 버리고 말았다.

"인간은 자신의 운명에 도전한다. 한 번쯤은 모든 것을 바쳐 자신을 위험 속에 던져 보지 않으면, 그 댓가로써 크나큰 행복과 자유를 얻을 수 없다." 라고 한 몽테를랑(Montherlant)의 말 그대로이다.

만일 넬슨이 육탄 전법을 써 보지 않았다면, 영국은 행복도 자유도 모두 잃어버렸을 것이다. 때로 운명이란 것은 화투장을 쳐서 우리들에게 승부를 요구하는 것과 같다. 그러나 그 반면에 운명은 우리들에게 승부를 시키지 않고 인생을 뿌리채 뒤엎어버리는 경우도 있다.

1983년 8월 31일, 앵커리지 공항을 출발한 대한 항공의 007편 점보기는 순조로운 비행을 계속하고 있었다. 오랜만에 고국에 돌아가는 승객들은 내일의 기쁨을 참으려는 듯 고요히 잠을 청하고 있었다. 육중한 점보 비행기가 알류산 열도를 벗어나려는 순간, 꽝 하는 폭음과 함께 기체가 산산조각이 나면서 추락해 버렸다. 비행기에 타고 있었던 승객과 승무원 269명은 한 사람도 남지 않고 즉사해 버린 것이다. 승객 중에는 나이어린 어린이로부터 노인에 이르기까지, 한국 사람과 외국 사람, 남자와 여자 등 각양각색의 사람들이 타고 있었음은 물론이다.

그런데 그들이 출발할 때에 갑작스런 사연이 생겨 비행기에 오르지 못한 가족이 있었다.

군에 복무하면서 박사 과정을 마치기 위해 미국에 갔었던 30대의 육군

소령이었다. 박사 학위를 받고 가족과 함께 돌아오는 길인데, 짐이 많아서 허용 중량을 초과하는 바람에 공항에서 실랑이를 벌였다. 007편을 꼭 타야 하겠는데 짐 때문에 하는 수 없이 다음 비행기로 떠나기로 하고 예약을 취소했던 것이다. 불평을 하면서 공항에서 무료한 시간을 보낼 수밖에 없었다.

그러나 상황은 대 역전극을 연출하고 말았다. 이러한 운명의 장난을 도대체 어떻게 풀이하면 좋을까?

이슬람교의 시조인 마호메트(Mahomet)는

"비겁함은 사람을 운명으로부터 구해 주지 않는다."

고 말했지만, 운명은 용감하고도 유능한 인물의 인생마저도 억지로 구부려버리는 수가 있다. 따라서 우리들은 우연이라는 것을 언제나 생각에 넣지 않을 수 없는 존재이다.

야망에 불탄다

제3장

참된 용기를 만들어 내는 행동력

나는 날마다 야심에 취해 잠들고 야심으로 하여 깨어난다.

아우구스티누스(Augustinus, 354~430) 로마 말기의 종교가

나는 희극배우에 불과할 뿐이다

밀라노의 골목을 한 술주정꾼이 지나간다. 다 낡은 망토를 걸치고 말라빠진 몸집의 볼품 없는 노인이지만, 퍽이나 기분이 좋아 보인다. 무어라고 콧노래까지 부르고 있다. 지나치는 사람에게 가끔 욕지거리를 하는 것 같지만, 그 누구도 기분이 상한 나머지 싸움을 거는 사람도 없는 것 같다.

"영감, 발 조심이나 해요."

하며, 그 애교 있는 팔자걸음을 보고 정이 어린 말을 건네는 사람이 있을 뿐이다.

때마침 그곳을 지나가던 아우구스티누스 일행에게도 영감은 명랑한 말투로 말을 걸었다.

"그래그래, 정말 좋아. 그렇게 너무 걱정하지 말아요. 내일은 내일, 오늘은 오늘이 있지 않소. 즐겁고 밝게, 그리고 마시고 노래 부르면서 말이야……. 아니 아니야, 미안 미안."

아무런 뜻도 없이 입에서 나오는 대로 지껄여댈 뿐이었다. 그러나 아우구스티누스에게는 가슴을 찌르는 그 무엇이 담겨 있었다. 위태로운 걸음 걸이로 지나쳐 가는 노인의 뒷모습을 쳐다보며 그는 깊은 한숨을 내쉬었다. 동정어린 생각에서가 아니라, 그 나름대로의 그의 처지와 기분을 부럽게 생각했기 때문이다.

아우구스티누스의 마음은 오늘 궁정(宮廷)에서 행해야 할 연설 때문에 몹시 우울했다. 어린 시절부터 연설에 대해서는 확실히 몸에 익어 있었다. 더구나 현재의 그는 수사학(修辭學)의 신진 학자였다. 아름다운 표현법과 신기한 결론에 도달하는 그의 언변은 듣는 사람의 마음을 사로잡기에 충분했다.

— 그러나 그것이 어쨌단 말인가. 다만, 칭찬을 받기 위해서 마음에도 없는 것을 미사여구(美辭麗句)로 분칠했을 뿐 아닌가. 그러니 추켜 세워져서 으쓱대는 자신의 모습이란 참으로 희극배우의 한 장면에 지나지 않은가.

그의 이러한 고뇌는 단순히 현대의 월급쟁이뿐만 아니라, 오늘날 속된 세상에서 살고 있는 모든 사람들의 공통점이라 하지 않을 수 없으리라.

"저 거지가 나보다 훨씬 행복하다."

아우구스티누스는 그 자리에 선 채 팔자걸음으로 걸어가는 노인을 뚫어지게 바라보고 있었다.

"왜 그래, 어서 가자. 이러다간 늦어진다."

하며 친구들이 재촉했지만,

"조금만 기다려 줘. 저 늙은이는 거지가 아닐까?"

"그럴지도 모르지. 그러나 거지이든 아니든 간에 우리와는 아무런 상관이 없지 않은가?"

"아니, 관계가 있단 말일세."

이렇게 잘라 말하면서 뒤돌아 본 그의 얼굴에는 사람들을 깊은 수렁으로 끌어들이는 것 같은 어두운 표정이 감돌고 있었다.

"저 노인은 몇 잔의 포도주로 한껏 멋진 기분에 사로잡혀 있다. 물론 그는 돈도 없을 거야. 그러나 우리들이 연구나 사색의 고통을 통해서 얻으려 하고 있는 행복은, 그것보다 더 믿을 수 없는 것이 아닐까. 하여튼 저 노인은 즐거워하고 있는데, 우리들은 갈팡질팡만하고 있지 않은가. 그의 마음은 안정되어 있지만, 우리들의 마음은 불안에 떨고 있단 말일세."

"아무리 그렇게 생각한다 하더라도, 혹시 자네가 저 늙은이의 인생을 자네 인생과 바꾸려 하지는 않겠지."

"그건 그렇다. 그러나 지금의 나는 오늘날까지의 고된 연구와 학식을 이용해서 평판이나 돈을 얻기 위해 권력자나 대중에게 아첨하고 있음에 불과하다. 그러한 사실을 생각한다면, 내가 희구하고 있는 영광이란, 저 거지의 기쁨보다도 더 용렬한 것이라 할 수 있다. 그는 내일 아침이 되면 쉽게 취기에서 깨어나 가벼운 머리로 일어날 것이다.

그러나 나는 날마다 야심에 취해 잠들고 야심에 취해 일어난다. 몇 잔의 포도주가 그 거지에게 준 것과 같은 잔잔한 기쁨마저도 현재의 나로서는 얻지 못하고 있지 않은가. 나는 만족스러운 허영심을 가득 채우기 위해 언제나 정신없이 지내기 때문이다. 아무리 거지 신세라 해도 그는 나보다 훨씬 행복하다고 할 수 있다.

오늘도 나는 아무런 공적도 없는 황제를 찬양하기 위해 궁정을 향해 가고 있다. 그리고 마음에도 없는 말을 해야 하고, 그 앞에서 아첨을 떨어야 하지 않는가."

이렇게까지 자신이 행하고 있는 일에 대해서 혐오감을 지니고 있으면서도, 자신이 연구하는 일을 팽개치지 못하는 데 그의 더 큰 고민이 있었던 것이다.

아우구스티누스는 31세가 된 오늘날까지 훌륭한 인생을 살고 싶다는 강렬한 바램을 가지고 있었다. 그러기 위해서 많은 노력을 경주해 왔던 것이다. 그러나 기대하던 결과를 그때까지도 얻을 수 없었다.

강렬한 욕망과 야심이 보다 훌륭한 삶을 살려는 노력을 억눌러 버리기 때문에, 그 욕망과 야심에 끌려간 나머지 그는 오늘도 또 다시 궁정으로 가는 길을 걸어야 했다. 여성, 명예, 돈 등 그의 마음 속에서 움틀거리는 추악한 욕망이 그로 하여금 타락의 길로 이끌어 갔던 것이다. 되돌아가야 하겠다고 생각하지만 발걸음은 자기도 모르는 사이에 궁정 쪽으로 향하고 있는 것이었다.

안전함이 싫어서 함정이 없는 길을 택하지 않는다.

뛰어난 인간을 두 가지 형으로 구분할 수 있다. 즉, 천재형과 딴 사람보다 한층 더한 욕망과 싸우는 노력형이다. 아우구스티누스는 후자에 속하는 대표적 인물이라 할 수 있다. 북 아프리카의 작은 도시인 타가스테레에서 태어난 그의 청년 시절의 고민과 노력은 오늘날 우리들의 젊음과 맥을 같이 하고 있다.

"육욕(肉慾)에 더러워진 불타오르는 청춘에서 발산하는 수증기는 나에게 구름처럼 덮어 씌워져서 나의 마음을 장님으로 만들어 버렸다. 조용한 애정과 어두운 육욕이 나의 마음 속에서 들끓고 있음으로 인하여, 이 두 가지 것을 분간할 수 없게 만들어 버린 것이다. 드디어 나의 연약한 청춘은 육욕의 낭떠러지 밑으로 떨어져 악덕 속에 몸을 파묻게 해 주었다."

그런 결과 그는 '안전함이 싫어서 함정이 없는 길을 좋아하지 않는다.'는 듯이 마침내 비행(非行)의 길을 걷게 되고 드디어는 18세라는 젊은 나이로 한 사내아이의 아버지가 되기에 이르렀던 것이다.

불모의 야심에서 자기 자신을 되찾는다.

그러나 평범함과 비범함과의 차이는 대체로 이런 상태에서 생기게 마련이다. 만약에 그가 보통 사람과 같았다면 그의 청춘은 섹스(sex)와 생활고로 흘러보내고 말았을 것이다.

그렇지만 이 다정다감한 젊은 아버지의 가슴 속에는 강렬한 성욕과 크나큰 야심, 그리고 높은 허영심이 소용돌이치고 있었는데, 그 소용돌이 속에는 불과 같이 타오르는 진리에의 갈망이 소리치고 있었다. 그것은 물질이나 섹스만으로는 결코 가득 채울 수 없는 '정신적 공허(空虛)'—'자기 자신이 살기 위한 바탕에 대한 무한한 의문과 탐구'를 뜻하는 것이다. 그것이 그의 의식과 무의식과의 암초 속에 스며들어 꿈틀거리고 있었기 때문에, 몇 잔의 술에 만족하는 거지 노인에게서 생각지 않았던 부러움이 생겨났던 것이다. 그러나 그로부터 약 2년 후에 그의 '정신적 공허'는 신(神)에 의하여 평안함으로 가득 채워지고 야심으로부터 해방되어, 드디어 고대 기독교의 최대의 교부(教父)가 될 수 있었던 것이다.

그는 온 생애에 걸쳐서 인간에게는 두 가지의 능력—선한 능력과 악한 능력이 있음을 전형적으로 밝히고 있다.

선한 능력이란 올바르게 삶을 성장시키고 발전시키는 힘이며, 악의 능력이란 삶을 업신여기며 질식케 하여 마침내 인간을 파멸의 길로 인도하며 갈갈이 찢어버리는 힘이라 하겠다. 전자에 비해 후자의 힘이 너무나 강함을 다음 글에서 알 수 있다.

"나는 인간의 악이 대단히 뿌리 깊은 것으로 생각하고 있다. 두 사람이나 세 사람의 힘으로 저항한다 하더라도 아무런 힘도 써보지 못하고 밀려나 버리고 말 것 같은 기분이 든다. 나의 아버지, 아버지의 아버지 또는 내가 전연 알 수 없는 다른 사람, 그리고 그의 조상들, 많은 사람들과 맺어진 원한이 한 덩어리가 되어 소용돌이치고 있다. 나는 다만 그 속에서 헤엄치고 있는 불행한 존재에 지나지 않는다."

따라서 악에의 길은 이르기 쉽다. 눈을 감고서도 찾아갈 수 있을 정도다. 무분별한 자는 자신의 악한 능력을 자랑삼아 말하기도 한다. 그렇다고 해서 과연 우리들은 악한 능력을 잊은 채 선한 능력만을 발휘할 수 있을까?

아우구스티누스는 인류 시초의 조상인 아담과 이브가 금단(禁斷)의 나무에 열린 열매를 먹고 에덴 동산에서 추방된 후에 인간에게는 다만, 악을 행하는 자유만이 허락되었다고 믿어왔다. 그러하기 때문에 인간은 마음 속으로부터 신을 믿고 따를 때만이 신으로부터 행복을 얻을 수 있다. —결국 참된 행복은 하나님에로의 신앙 없이는 얻을 수 없다고 설명하고 있다. 그러나 그렇게만 생각되지는 않는다. 금단의 나무 열매 [선과 악을 분별할 수 있는 과일] 을 먹은 인간은 자신의 의식을 가지고 선한 능력과 악한 능력을 선택할 수 있게 되었다.

그것은 두 말할 나위없이 '자유로 향하는 인간의 첫걸음'임에 틀림없다. 신앙심이 없는 사람에게 있어서는 스스로 악에 대한 자각이야말로 바로 선한 자유인에의 길을 열 수 있는 것이라 하겠다.

만용은 혈기에서 용기는 깊은 생각에서

우리나라에 독립을 얻게 한 사람들은……
행복의 비결은 자유에 있고 자유의 비결은 진정한 용기에 있음을 믿고 있었다.

브랑터스(Branteis, 1858~1941) 미국의 최고 재판소 판사

'1901년에 힐(Hill)과 모어건(Morgan), 그리고 록펠러(Rockefeller)가 세계를 개조시켰다.'고 일컬어졌던 대자본들의 세력이 소용돌이치고 있을 때, 브랑터스는 평생 동안 근로자와 일반 국민들을 위해 묵묵히 일하고 있었다.

그에게 있어서의 인간의 행복이란 '우리 모두 행복해지자고 그 사람은 늘 부드럽게 말했어요.'라는 따위의 유행가 같은 것이 아니었다.

인간이 행복을 추구한다는 것은 누구나 인간다운 삶을 영위할 수 있는 자유인으로서 생명과 함께 가 버릴 수 없는 그러한 자유이며, 자유를 지키기 위한 싸움이야말로 참다운 '용기'라는 것이다.

누구나 할 것 없이 이러한 용기를 가져 주었으면 하는 바램이지만, 현실적으로는 몹시 어려운 문제이다.

평범한 사람의 경우는

"만용은 혈기에서 생기며, 용기는 깊은 생각에서 비롯된다."

고 말한 나폴레옹의 생각과 같이 단순한 혈기에서 만용을 휘두르기가 쉽다.

1910년은 우리나라에 합방(合邦)이라는 커다란 사건이 일어난 해였다. 이 엄청난 비보와 함께 애국 지사들은 쓰라린 가슴을 안고 고국을 떠나기 시작했다. 만해 한용운(韓龍雲) 또한 가슴을 설레였다. 가만히 앉아 보고만 있기에는 너무도 엄청났던 것이다. 그래서 곧 행장을 수습하여 두만강 건너편의 연해주(沿海州)를 향해 홀로 떠났다. 그가 32세 때의 일이다.

그런데 아무리 만해의 사상이 확고부동하고 순수하다 하더라도 이것은 너무도 무모한 짓이었다. 그곳에 있던 망명 지사들에게는 한모(韓某)라는 이름을 알 까닭이 없었다. 더구나 그들의 신경이 극도로 날카로와져 있던 때라, 난데없이 작달막한 키의 불승(佛僧)이 나타났다는 것은 어느 모로 보나 심상한 일이 아니었다.

'저 친구는 분명히 일제의 앞잡이다.'

이렇게 일방적으로 속단한 지사들은, 드디어 만해를 죽여버리기로 결심했다. 밤이 되자 몇몇 청년들을 시켜 만해를 급습하고 결박하여 두만강 물 속에 던져 버리고 말았다.

그런데 이때 만해가 과연 어떻게 죽음을 면했는지는 아무도 아는 사람이 없다. 다만, 그가 죽지 않고 살았다는 사실, 그리고 이런 일에 조금도 두려워함이 없이 발걸음을 계속 남만주 지방으로 옮겨 놓고 있었다는 사실, 이것만이 명백할 따름이다.

이러한 곤경에 빠졌던 만해였으나 조금도 뜻을 굽히지 않고 신흥무관학교(新興武官學校)를 찾아 갔다. 정말 말이 안 되는 행동이었다. 무슨 신임장이나 아니면 간단한 소개장이라도 하나쯤 있었어야 했을 것인데, 만해는 자기 마음 하나만 믿고 갔으니 학교 당국의 입장으로는 의아스럽기

이를 데가 없는 일이었다.

'대체 머리는 박박 깎고 자달막한 것이……, 무엇 때문에 여기까지 왔을까?'

하고 의심할 수밖에 없었다. 만해가 학교를 방문한 후 또 다른 단체를 찾아보기 위해 길을 떠나자, 무관학교 간부들은 그를 죽여 버리기로 결정하고 사관 학생 몇 사람으로 하여금 그를 뒤쫓게 하였다.

이윽고 굴나자 고개라는 큰 고개에 이르렀다. 마적 떼가 많이 출몰하기로 유명한 이 고갯길을 그는 밤을 도와 혼자서 넘어 가는 것이었다. 그런데 이 고갯길을 거의 다 올라갔을 무렵, "탕! 탕!" 하고 갑작스런 총소리가 나자, 만해는 뒤통수에 총을 맞고 쓰러져 의식을 잃고 말았다. 그의 뒤를 쫓던 무관학교 학생들이 권총을 쏘아댄 것이다.

학생들은 만해의 시체를 들어다가 덤불 속에 내동댕이치고는 그만 학교로 돌아가 버렸다. 그런데 죽어 있던 만해의 혈관이 조금씩 움직이기 시작하자 깨어난 그는 목과 얼굴에 피가 낭자한 채 덤불 속에 누워 있는 자신을 발견했다.

"아차, 마적을 만났구나."

속으로 생각하며 그는 현청이 있는 통화현(通化縣)까지 가서 겨우 치료를 받았다.

한편, 뒤늦게 만해가 첩자가 아니라, 애국지사임을 알고 무관학교에서는 급히 그를 병원으로 찾아 갔다.

"선생님을 몰라 뵙고 큰 실수를 했습니다. 면목 없습니다."

하며 사과를 하자, 만해의 답변은 오히려 뜻밖이었습니다.

"뭐, 괜찮습니다. 독립군들의 사기가 그렇듯 씩씩한 줄을 미처 몰랐군요. 이젠 마음 놓게 되었습니다. 조선 독립은 아주 낙관적입니다."

아무튼 이렇게 그들을 위로하는 만해였지만, 이 때의 상처는 매우 깊어서 평생 동안 체머리(搖頭症)를 흔들게 한 원인이 되었다. 그러나 그의 상처는 한국의 독립과 자유를 얻기 위한 보배로운 상처였음에는 틀림없었으리라.

이러한 종류의 용기를 발휘하기 어려운 것은, 아무리 죽음이란 위험이 따르지 않는다 해도, 돌림장이가 되어버릴 경우가 많기 때문이다.

한 예로, 고대 그리스의 시인이며 철학자인 크세노파네스(Xenophanes)가 친구들이 함께 노름을 하자고 권하는 것을 뿌리치자, 비겁자라는 낙인을 찍어 버렸다. 그때 그가 대답한 말을 우리들은 잘 새겨보아야 하겠다. 그는 이렇게 대답하였다.

"말씀대로 나는 비겁자이자 겁쟁이다. 그러나 추악한 일에 대해서만 말일세."

···

자신의 모든 것을 눈앞에 닥친 일에 걸어본다

너는 도망 쳐라, 내가 남아서 싸울 테니!

징키스 칸(Jinghis Khan, 1167~1227) 몽고 제국의 창설자

소년 테무진(Temujin : 훗날의 징키스 칸)은 결연히 도둑맞은 여덟 마리 말을 찾아 나섰다. 그러나 하루가 지나고 이틀이 지나도 넓은 초원에는 말의 그림자도 보이지 않았다.

그런데 크게 될 수 있는 인물이란, 평범한 사람이 이젠 안 되겠다고 단념하는 한도를 넘어서서, 단 몇 시간이나 며칠 동안만이라도 더 참고 견디는 힘을 계속 가질 수 있는 사람을 말한다.

사흘째가 되는 날 저녁, 언덕 저 너머로 해가 질 무렵에 드디어 그는 도둑 당했던 여덟 마리의 말을 발견하였다. 친구인 소년 뽈체와 함께 말을 가둬 둔 곳으로 숨어들어가 살짝 말을 풀어 주었으나, 곧 도적떼에게 발견되고 말았다. 고함 소리가 조용한 밤하늘에 울려 퍼지고 말굽 소리가 요란하게 귀를 스쳐갔다.

"테무진, 활을 내게 줘!"

"아니야, 너는 도망 쳐라. 내가 남아서 싸울 테니 말이야!"

그는 항상 참을 만큼 참다가 드디어는 자기 자신의 모든 것을 걸고 용

감무쌍하게 자신의 힘으로 운명을 창출해 냈다. 만약 그가 "나는 도망 간 다."라고 말하는 연약한 사나이였다면, 그의 운명은 결코 아름답게 꽃피지 못했을 것이다.

용기는 항상 사람으로 하여금 번영의 길로 이끌며, 공포는 사람으로 하여금 죽음의 길로 인도한다. 드디어 1189년에 몽고의 여러 부족들은 28세인 테무진을 임금에 자리에 오르게 하였다.

"우리들은 당신을 칸(汗 : 왕이라는 뜻)으로 추대하고 싶다. 당신이 칸이 되기만 한다면, 우리들은 당신을 위해 적을 향해서 앞을 다투어 말을 달리리라. 빼앗은 여자나 아름다운 처녀들을 당신의 천막으로 인도해 줄 것이며, 또한 훌륭한 준마(駿馬)를 당신 곁으로 보내드리리라."

모든 부족들은 이렇게 맹세하면서 테무진을 왕좌에 앉게 하고 징기스 칸이란 존칭을 바치고는, 이 분이야말로 몽고의 주권자임을 선언했던 것이다.

그 후로 징기스 칸은 몽고족을 적대시하는 여러 부족들을 파죽지세로 무찔러, 1206년에는 여러 부족의 통합 왕국…… 칸 위에 있는 대왕이 되었다.

이 두 번째 즉위식은 중국식으로 말한다면 원(元) 나라의 태조 즉위식과 같은 것이었다. 징기스 칸은 요동치는 군중을 향해 중후한 목소리로 소리쳤다.

"짐은 지금 대왕의 지위에 오르게 되었고, 몽고 백성인 21개 부족은 오늘 여기에서 하나의 힘으로 뭉쳐지게 되었다. 우리들은 홍안령을 넘고 알타이와 천산(天山) 산맥을 넘어서지 않으면 안 된다.…… 짐을 믿어라.

짐과 함께 말을 달리자. 짐과 함께 싸우자!"

이렇게 하여 형성된 통일 유목 국가인 몽고 제국의 판도 속에는 몽고족
과 퉁구스족, 터어키족, 티벳족 등이 포함되었다.

・ ・ ・

젊은이는 안전하고 확실한 주식만을 사서는 안 된다

행동 속에 숨겨져 있는 진리가 바로 정의인 것이다.

디즈레일리(Benjamin Disraeli, 1804~1881) 영국의 정치가 · 소설가

공자가 말했듯이

"의로움을 보고도 실행하지 않음은 용기가 없기 때문이다."

라는 것과 같이 용기란 과감히 실행함으로써 더욱 커지며, 공포 또한 머
뭇거릴수록 더 크게 느끼는 것이다. 때문에 위태로운 처지에 이르러 보지
못한 사람에게는 자기 자신의 용기에 대하여 확신을 가질 수 없다. 입만
살아서 큰 소리 치는 것은 누구나 할 수 있으나, 행동이 따르지 않는 용기
란 한 푼의 값어치도 없다고 말할 수 있다.

일반적으로 인간은 행동할 때보다도 입으로 떠벌일 때가 더욱 대담해
지는 법이지만, 참된 용기에는 행동이 따르기 마련이다.

그 한 예를 들어보기로 하자.

미국의 서부 개척사에 빛나는 보안관인 와이어트 아프는 약관 19세 때
에 2인조 흉악범과 30미터 떨어진 거리에서 서로 권총을 겨눈 채 마주서
게 되었다.

"두 놈 모두 총을 버리고 손 들어! 체포하겠다."

기분 나쁜 정적이 흐르는 몇 초 사이……, 극도의 긴장감 속에서 살기가 등등했다. 서로 마주 서 있는 그들 사이에는 금방 권총 소리가 요란하게 날 것만 같았다. 5초, 그리고 10초, 시간이 흐르는데, 드디어 그 흉악범 가운데 한 사람이 소리를 질렀다.

"알았어, 알았어, 젊은이. 자네 말대로 하겠어."

마흔 명 이상이나 사람을 죽인 최대의 살인마라고 할 수 있는 그들 흉악범이 왜 별다른 저항도 하지 못한 채 쉽게 체포되어 버렸을까. 후일 2인조 흉악범들은 이렇게 말했다고 한다.

"그날 노상에서 아프와 마주 섰을 때 솔직한 이야기지만 손발이 꽁꽁 묶인 것 같이 몸이 굳어지는 것 같았단 말이야. 어리석은 일이지만, 그 녀석 기백에 그만 압도되어 나도 모르는 사이에 이 꼴이 됐다네."

진리는 강하다. 그것은 행동이 따르면 정의로 변한다. 용감한 사람은 정의를 행동으로 실천하여 사회에 큰 공헌을 하게 된다. 그러나 상식이 지배하는 속세의 사람들에게는 정의가 주는 사랑이란, 부정을 못본 체 하고 넘기는 공포심에 불과한 것이 된다. 따라서 의로움을 보고도 아무 것도 하지 않은 채 방치해 버린다. 그것은 마치 바람 부는 것을 걱정하는 자가 씨앗을 뿌리지 않고 나무도 심으려 하지 않는 것과 같다 하겠다.

그러니 백 년을 양과 같이 순하게 살기보다는 하루라도 사자와 같이 용감히 사는 쪽이 사나이 인생으로는 더욱 훌륭한 것이 아닐까. 행운의 여신은 언제나 용기 있는 자에게 손을 뻗는다는 것을 믿고, 사나이라면 의로움을 보고 한 걸음 앞으로 나서야 하지 않을까.

장 콕토(Jean Cocteau)가 말했듯이

"젊은이는 안전하고 확실한 주식만을 사서는 안 된다."

는 것이다.

가령, 일제 치하에서 애국지사들이 안전함이나 확실함을 도외시하고 용감하게 노도와 같은 열정을 선택했기 때문에, 우리나라의 독립을 훌륭히 얻어낼 수 있었던 것이 아닐까.

우리들은 신중하게 생각한 끝에 한 번쯤은 자신의 모든 것을 걸고 몸을 위험 속에 내던질 만한 용기를 갖지 않고서는 행복이나 자유를 차지할 수 없을 것이다.

글쎄라는 말은 사람을 나약하게 만든다

대체로 남을 믿는 사람들은 자기가 성실한 사람이기 때문에
다른 사람도 그러하리라고 생각하는 것이다.
또 남을 의심하는 사람은 자기 자신이 속임꾼이므로 다른 사람도 그러하리라 생각한다.

홍자성(洪自城) 중국 명나라 말기의 사상가

"나는 당신을 믿고 있다. 그러기 때문에 글쎄 하고 생각하지는 않는단 말이야."

이러한 정도의 믿음이라면 결코 참된 믿음이라고는 할 수 없다. 참된 신뢰감이나 신념이란 '조금도 의심치 않고 믿고 의지한다.'는 것이다. 이 것은 참으로 어려운 일이다.

"신념과 담력에 의해 뱃사공들은 크나큰 파도와 싸운다."

영국의 시인 워즈워드가 말했듯이, 어떠한 광란 노도(狂亂怒濤)에도 굴하지 않는 신념과 담력의 진정한 힘은 하루 아침에 길러지는 것은 아니다. 더구나 참된 신념은 이성이나 분별·경험과 동떨어진 것이 아니며, 이것들은 충분히 다 겪음으로써 하나의 인격으로 형성되는 것이다. 이러한 신념은 어떠한 잡음도 필요로 하지 않는다.

"대체로 씩씩하고 마음이 강한 지조 있는 자는 윗사람에게 아첨하지 않는다."

라는 말은, 신념의 본질을 충분히 구체적으로 표명한 것이라 할 수 있다.

맹목적으로 복종하거나 아첨하는 말 따위는 신념이 없는 어리석은 자들의 처세술에 지나지 않는다.

그런데 난처하게도 인간 사회에서는 곧은 신념을 지난 사람일수록 주변 사람들로부터 비난과 공격의 대상이 되게 마련이다.

우두와 같은 훌륭한 면역법을 발견한 제너(Edward Jenner) 같은 사람도, 그가 20여 년에 걸친 자신의 연구 성과를 발표했을 때, 주위로부터 심한 꾸짖음과 분노에 찬 목소리에 휩싸이지 않을 수 없었다.

"제너 박사, 당신은 벽촌에서 젖소와 함께 살면서 소의 병균을 사람의 혈액에 주입했다고 하는데, 그것은 인간과 동물과를 구별하지 못하는 행위에 틀림없지 않소. 당신은 하느님과 의학에 대한 반역자요. 지금 당장 스스로 반성하고 사죄해야 한다고 생각하오."

"나는 하느님이 우리들 의사에게 맡겨준 사명은 인명을 구하는 데 있다고 확신합니다. 저의 연구 시험은 보시는 바와 같이 면역법의 유효성을 훌륭히 실증하고 있습니다."

"한두 가지 실험 결과를 가지고 결론을 내릴 수는 없소. 당신의 연구란 미치광이 짓에 불과한 것이요."

"아닙니다. 나는 여기에 23가지의 실험 결과를 가지고 있습니다. 저도 의사입니다. 그 실험 과정에서 발병이나 그밖의 사고가 생겼다면 어찌 이를 감출 수 있겠습니까?

여러분, 나는 낳은 지 열하루 밖에 안 된 내 자식의 팔에도 직접 실험을 해 보았습니다. 어떻게 해서라도 '마마(天然痘)로부터 인류를 구하자'는 애타는 바램과 자기 자신의 연구에 대한 확신이 없었다면, 어찌 내 자식에까지 우두를 놓아 면역법을 실시하려 했을까요?"

오늘날 지구 위에 사는 인류는 제너의 바램과 확신의 성과에 대한 덕을 얼마나 많이 받고 있는가.

믿는다, 믿음을 갖는다는 것은 조금도 의심치 않는다는 것을 말한다. '글쎄'하고 의심하는 것은 잘못된 행각이다. 이것은 인간을 약하게 만들어 버릴 뿐이다.

나름대로의 신념을 발휘하라

아무리 굳은 신념이 있더라도 침묵하고 가슴 속에 묻어두기만 한다면 아무런
가치가 없다. 죽음을 걸고라도 자신의 신념을 발표하고 실행하는 용기가 필요하다.

롤리(Walter Raleigh, 1552~1618) 영국의 탐험가

뜻하지 않은 왜적의 침략을 당한 우리 군대는 미처 대항할 겨를도 없이 각지에서 참패만 거듭한 나머지, 백성들의 비명 소리는 산천을 덮고 피는 냇물이 되어 흘렀다.

묘향산에서 불도를 닦기에 전념하고 있었던 서산대사(西山大師)는 이러한 정세를 보자, 다음과 같이 말하였다.

"승려란 살생을 하지 않는 것을 중요한 계율(戒律)로 삼고 있다. 그러나 이러한 계율이 살인마와도 같은 자들의 침략을 그대로 방관함으로써 그들에게 간접적으로 협력하라는 것은 결코 아니라고 생각한다. 오히려 그런 무리들을 쳐부수는 것이 부처님의 가르침을 올바르게 수행하는 것이라 믿는다. 또한 승려도 사람인 이상 겨레의 한 사람으로서 보고만 있을 수 없는 일이다."

그때 서산대사의 나이는 73세였다. 그러나 나이도 그의 뜻을 꺾지는 못했다. 그는 분연히 칼을 들고 병력을 모으기로 결심했다.

그 당시 선조(宣祖)는 난을 피하여 의주(義州)로 가 있었는데, 서산대

사는 그곳으로 왕을 찾아가 그의 뜻을 전하고 나라를 위해 싸울 것을 아뢰었다.

그를 만난 선조가 물었다.

"난리가 이와 같은데, 과연 부처님의 자비로서 막을 길이 있겠는가?"

하자, 이미 마음을 정하고 있었던 그의 대답은 분명했다.

"있습니다. 승려들도 이 나라의 사람이니 손에 무기를 들고 일어나야 합니다. 늙고 병 들지 않은 승려들은 다 소승이 이끌고 싸움터로 가겠습니다. 그러면 다른 병사들의 용기도 충천하리라 믿습니다."

이 말을 듣자 선조가 되물었다.

"무릇 승려가 무기를 든다는 것이 가능할까?"

"불도의 계율로 금한 행동이지만, 악독한 무리에 대항하여 나라와 겨레를 지킨다는 일은 결코 대의명분에 어긋남이 없어 계율을 지키지 않음이 아니라고 생각됩니다."

이윽고 선조는 그에게 전국의 승병 총대장이 되어 줄 것을 명하자, 곧바로 그는 전국에 있는 각 사찰에 격문을 보내어 조국을 지키기 위해 일어나 싸울 뜻이 있는 자는 모두 평안도 순안에 있는 법흥사(法興寺)로 모이게 했다.

그는 이대로 두었다가는 왜적 때문에 나라의 주권을 유지할 수 없어 수모를 겪게 되고, 이에 따라 백성들도 큰 고난을 받게 된다는 것을 알았다. 그의 대국을 내다보는 눈에는 조금도 잘못된 점이 없었다.

이렇게 일을 냉정하게 통찰할 수 있는 힘은 자기 자신의 개인적 처지를 떠나서 생각하지 않으면 도저히 드러나게 할 수 없는 일이다.

그렇다면 이러한 위급한 상황 아래에 있으면서도 어떻게 그는 나라의 장래에 대하여 앞을 내다볼 수 있었을까?

그 가장 큰 원인은 그가 불문에 들어가 피나는 노력으로 불도를 닦으며 학문에 정성을 다했다는 데 있다 하겠다.

서산대사는 16세에 고아가 되어 발이 미치는 대로 돌아다니다가 지리산에 들어가 불교에 관심을 갖게 되었다. 여러 사찰에서 설법을 듣고 또 불경을 연구하다가 깨달을 바가 있어 스스로 머리를 깎고 승려가 되었다. 불교에 귀의하게 되자 지난 일은 모두 잊어버리고 오대산과 금강산 등지에 있는 여러 이름난 사찰을 돌며 수행을 거듭한 끝에 보다 높은 경지에 이르러 차츰 숭앙을 받기에 이르렀다. 또한 승려로서의 확실한 평가를 받기 위해 승과(僧科)라는 과거에 응시하여 장원 급제에 해당하는 대선(大選)의 지위에 올랐으며, 그로부터는 계속하여 불교계의 높은 지위에 추대되었다.

또 한편으로는 성리학(性理學)의 권위로 이름 높았던 이율곡(李栗谷)과 같은 학자들과 교분을 가져 동서 양당으로 나뉘어 추악한 당파 싸움을 벌이고 있는 현실을 개탄하며 이를 바로잡을 생각에 몰두하였다.

그러므로 그의 시야는 다만 불도를 널리 펴는데 그치지 않았으며, 당파 싸움에 눈이 먼 위정자를 넘어서 나라와 겨레의 먼 앞날을 생각하게 되었던 것이다.

이 때 서산대사가 가장 아끼던 제자인 사명당(四溟堂)은 금강산 유점사(楡岾寺)에 있었다. 왜병이 이미 경내까지 침입해 들어오자, 사명당은 서산대사의 격문을 받들어 승려들을 모아놓고 외쳤다.

"여러분! 부처님은 살생을 하지 말라고 가르쳤소. 그러나 왜적이 부처님의 가르치심을 잊고 우리 중생을 살생하고 있으니 참을 수 없는 일이오. 더구나 나의 스승인 서산대사께서도 동포의 한 사람으로서 보고만 있을 수 없는 일이라 하셨소. 모두 일어납시다. 우리도 병사가 되어 나라의 은혜에 보답합시다."

이 말을 듣자, 그 자리에 모였던 칠백여 명의 승려들은 한결같이 '무찌르자!'하고 외치며 왜적을 막으러 나섰다.

그러기에 넓은 시야에 바탕을 둔 굳은 신념으로써 호소하는 힘은 목숨을 건 것이었기 때문에 모든 사람에게 용기를 주게 된다.

법을 지킬 수 있는 용기

법을 두려워하면 늘 즐겁고 공도(公道)를 속이면
날마다 근심 속에 살게 된다.

명심보감(明心寶鑑)

고려 시대에 있었던 일이다.

이행검(李行檢)은 전법사(典法司)의 벼슬자리에 있었다. 성미가 곧아서 그릇된 일은 하나도 용납하지 않았다.

이때 정화원비(貞和院妃)는 임금의 총애를 받고 있음을 기화로 여러 가지 방자한 일이 많았다. 함부로 백성을 잡아다가 종을 만들어 버리기가 일쑤였다.

그러한 피해를 입은 백성 가운데 한 사람이 전법사에게 호소해 왔다. 그러나 전법사 판서인 김서(金壻) 등은 세도 부리는 정화원비의 비위를 거스르지 않으려고 법도 무시한 채 그 백성은 종이 되어야 한다는 판결을 내리려고 했다.

그러나 이행검만은,

"불가하오. 어찌하여 법을 어길 수 있겠소. 권도(權道)로써 법을 어김은 가장 옳지 못한 일이요."

하며 끝까지 법의 정신을 앞세워 반대했기 때문에 결말이 나지 않았다.

그러던 중에 이행검이 앓게 되어 관가에 나오지 못한 틈을 타서 김서 등은 그 기회를 이용하여 부랴부랴 그릇된 판정을 내리고 말았다.

이 소식을 들은 이행검은 법대로 처리되지 않은 그 결정에 고민하던 중 꿈을 꾸었다. 다름 아닌 하늘에서 칼이 내려와서 전법사의 벼슬아치들을 내려치는 꿈이었다.

이튿날의 일이었다. 김서는 갑자기 등창이 나서 죽었고, 다른 동료들 도 급사했는데, 그만은 죽지 않고 액을 면할 수 있었다고 한다. 법을 올바 르게 시행하지 않은 자에 대한 경각심을 일깨워준 이야기라 하겠다.

그 무렵, 안동 땅의 도호부사로 유석(庾石)이라는 사람이 있었다. 그 곳의 판관은 신저(申著)라 했다.

중앙정부로부터 산성을 수리하라는 명령이 내려졌을 때, 신 판관은 백 성들을 혹사하면서 그 일을 기화로 사복을 채우기에 급급하였다. 그런데 유석은 어디까지나 백성들의 편의를 보아주고 순리대로 일을 처리하려고 했다.

이렇게 되자, 유석은 신 판관의 미움을 사게 되어 엉뚱한 모함으로 귀 향을 가게 되었다.

유석이 귀양길을 떠나는 날, 백성들은 길을 막고 한탄하며 소란을 피 웠다.

"이 고을 백성들이 어버이같이 의지하던 공께서 유배를 가시면 저희들 은 어찌해야 좋겠습니까?"

하고는, 압송하러 온 포졸들을 향하여

"이놈들! 감히 어느 어르신네라고 잡아간단 말이냐?"

고 떠들어댔다. 이것을 말리면서 유석이 말하였다.

"어찌 되었던 법에 따라 받게 된 벌이니, 그 길을 막지 말라."

하여 겨우 소동을 진정시켰다.

그리고 나서 유석은 처자를 거느리고 떠나는데, 말이 세 필 뿐이라 걷는 사람이 많았다. 딱한 사정을 안 백성들은 말을 몇 필 더 마련할 테니 출발을 늦추도록 권했다. 그러나 유석은 허락하지 않고 떠날 것을 재촉했다.

더구나 유석의 아내가 하는 말은 참으로 당당하였다.

"이제 주인께서 법에 따라 죄인이 되셨으니 우리 가족도 마찬가지 죄인이오. 죄인의 몸으로 무슨 면목이 있어 고을 사람이나 말을 괴롭히겠소. 그대로 떠나도록 버려두시오."

공명정대하고 용기 있는 이 말에 고을 사람들은 숙연히 귀양길을 떠나는 그 가족을 전송했다고 한다.

두 사람 모두 '법이 사람에 대해서 권위를 가져야 하며, 그 반대가 되어서는 안 된다.'는 것을 확실히 생각하게 하는 이야기라 하겠다.

· · ·

인생에서 가장 비참한 것

사람을 죽여도 좋다는 말인가. 언제나 그리스도의 가르침을 믿으며
사랑을 베풀어야 하는 내 자신이….

리빙스턴(Livinfstone, 1813~1873) 영국의 의사이자 선교사, 탐험가

독화살이 쌩쌩거리며 날아온다. 리빙스턴 일행은 두 번째 아프리카 탐험을 하는 도중에 부족들 사이에서 벌어지고 있는 싸움 속에 휘말려 들고 있었다. 이쪽 원주민들이 자꾸 쓰러져 죽어간다.

조용하기만 하던 밀림은 마침내 유혈이 낭자한 수라장으로 변해 갔다. 소름이 끼치는 괴상한 소리가 요란하게 울리고 피비린내 나는 바람이 가득했다. 그리고 가슴을 조이게 하는 살기가 시시각각으로 공포를 자아내게 한다.

"리빙스턴! 자네도 이것을 가지고 싸우게! 때가 때인 만큼 우리들도 싸우지 않을 수 없지 않은가."

일행 가운데 한 친구가 권총을 건네 주었다.

"평화의 적이다. 쏘아 버려!"

하며, 옆의 친구가 재촉한다. 방아쇠를 당기려면 검지손가락에 조금만 힘주어 당기면 된다. 그러나 리빙스턴은 그럴 수가 없었다. 그는 망설였다.

'인간을 죽여도 좋단 말인가…….'

평소에 그리스도의 가르침을 믿으며 사랑을 베풀어야 한다고 주장하는 내가 말이다. 그렇다고 해서 지금 그들과 싸우지 않는다면 자신은 물론 일행 모두가 죽게 된다.

리빙스턴은 하는 수 없이 인간을 향해 정의의 방아쇠를 잡아당겼다. 인간이 만든 연장을 가지고 인간을 죽이기 위해서 말이다.

그는 이 때의 사건이 일생 동안 가장 마음 아팠던 일이어서 죽을 때까지 고민했다고 한다.

"인간은 살아 있는 동안에 여러 가지 일을 바라고 염원한다. 그러나 그것들을 꼭 실현할 수 있다고는 할 수 없다. 자신의 기대에 어긋나는 것이 얼마나 많겠는가."

라고 석가(釋迦)가 말했듯, 아무리 굳은 신념이나 신앙을 가지고 정진해 가도 우리들은 필연코 목표대로 실현할 수는 없는 것이다. '결코 행한다면 귀신도 이를 피한다.'는 말대로 될 수는 없다.

또한 스스로 마음 속 깊이 맹세하고 '이것만은 결코 하지 않으리라'하고 인생의 근본 방침을 확립하더라도 리빙스턴과 같이 현실적으로는 그 방침을 관철할 수 없는 극한적인 상황을 당할 경우도 있는 것이다.

그렇다면, 인생의 목표나 근본 방침을 가지고 그 실현을 위해 노력한다는 것은 무의미하고 가소로운 것일까? 결코 그렇지 않다.

만약에 인간이 자신의 인생 목표나 근본 방침, 또는 꿈이나 바램을 갖지 않는다면, 우리의 인생은 개미나 개, 그리고 고양이의 생애와 무엇이 다르다고 말할 것인가. 인생에서 가장 비참한 것은 꿈이나 바램이 실현되지 않는다는 것이 아니라, 꿈이나 희망이 전혀 없다는 점이다. 그리고 인생의 비참한 패자란 스스로의 근본 방침을 관철하지 못한 사람이 아니라, 그러한 방침을 처음부터 갖지 못했던 자가 가장 비참한 패배자인 것이다.

이러한 점에서 볼 때, 현대에 살고 있는 우리들에게는 바야흐로 인간의 실격적 상황이 벌어지고 있다 하겠다.

최신 통계를 보면, 어떤 물음에 대하여 '알 수 없다.', '어느 쪽이든 상관없다.', '어쨌든 괜찮다.'는 등등 의사 판단을 확실히 하지 않는 회답이 많다고 한다. 참으로 놀랍고도 무서운 풍조가 아닌가.

보잘것없는 일에 신경을 쓰지 말라

진리의 힘은 강하다. 진리의 승리에는 고난이 따르고 고통이 따르지만
진리가 파악되기만 하면 결코 물러나지 않을 것이다.

쇼펜하우어(Schopenhauer, 1788~1860) 독일의 철학자

조선조 말엽인 순조 때, 김정호(金正浩)는 정확한 우리나라 지도를 만들어야겠다는 굳은 결심으로 전국을 두루 조사하고 다녔다.

그의 생활은 매우 궁핍했고, 가족 이외의 협조자라고는 없는 형편이었다. 그러나 우리나라 전역을 그린 상세한 지도를 만들어야겠다는 결심에는 조금도 변함이 없었다. 그래서 두 번째 백두산 답사를 위해 길을 떠나게 되었다.

바로 그 전날 밤에 일어난 이야기이다. 현지 답사를 위한 준비물을 아내의 도움으로 갖추고 있는데, 큰 거미가 벽을 기어오르지 않는가. 이것을 본 아내가 말했다.

"길을 떠나신다는데 밤거미가 나오는 것을 보니, 이번 여행은 아무리 생각해 보아도 심상치 못한 것 같습니다. 날을 다시 받아서 떠나시는 것이 어떤지요."

한 번 집을 나서면 몇 달씩 걸리는 길이라 노자도 없이 떠나는 남편이 도중에 무슨 병고라도 치르지 않을까 걱정이 되어 권한 말이다.

그러나 김정호는 밤거미를 잡아 밖으로 내던지면서,

"그런 생각 마시오. 거미는 산 동물인데 어찌 밤낮을 가릴 줄 알겠소. 그 밤거미와 나는 아무런 관계도 없으니 쓸데없는 생각은 하지 마시오." 하며 태연하게 대답하는 것이었다. 얼핏 보기에 별스럽지 않은 일 같이 생각되지만, 현실적으로는 김정호와 같은 태도를 취하기란 극히 어려운 일이다.

왜냐하면, 그 당시만 해도 미신은 저속한 영혼을 수용할 수 있는 유일한 종교였으며, 백성의 대부분은 이러한 생각 밖에 갖지 못했기 때문이다.

베이컨(Francis Bacon)이 《학문의 진보》에서 말했듯이

"미신과 종교는 원숭이와 인간과의 차이와 같다."

고 하지만, 우리들은 일반적으로 그 차이에 생각이 미치지 못한다. 그러기 때문에 믿어서 구원 받는 것이 아니라, '믿어서 홀린' 결과를 초래하게 되는 것이다.

하여튼 꺼림직한 마음으로 밤을 보내고 이튿날 길 떠날 준비를 갖춘 김정호는 마루에 걸터앉아 새 짚신을 신으려 하는데, 새 짚신의 도갱이 끈이 뚝 끊어져 버렸다. 그러자 아내는 깜짝 놀라며 말했다.

"한 번도 아니고, 두 번씩이나 이상스런 일이 일어나는 것을 보니 정말 조심스러워집니다. 출발하는 것을 다시 생각해 보세요. 저는 예사스럽게 생각이 들지 않습니다."

"짚신 도갱이 끈은 가죽도 아니요, 쇠붙이도 아닌데 새 것이라고 해서 끊어지지 말라는 법은 없소. 걱정 마시오."

그는 태연스럽게 말하고는 백두산을 향해 답사 여행을 떠났다고 한다.

그는 전국 방방곡곡을 찾아다니며 지도를 만드는 것으로 명예나 이득을 얻으려 했던 것은 아니다. 현지 답사를 위한 여행은 자신의 신념과 비용으로 이루어졌으며, 말년에는 투옥까지 당하는 역경에 처했으나, 오로지 《대동여지도(大東輿地圖)》와 같은 훌륭한 지도와 지리책을 만든다는 일념에서였다.

그가 완성한 《청구도(靑丘圖)》와 《대동여지도》, 그리고 《대동지지(大東地志)》는 조선조 이후에 지리학과 지도학의 발달에 귀중한 기초적 자료로서 크게 이바지했을 뿐만 아니라, 그 정밀하고 자세함에 외국인들도 놀란다고 한다.

'이것만은 꼭' 이루어야 하겠다고 겨냥한 목표를 달성하기 위해서는 미신 같은 자질구레한 일에는 '나와 아무런 관계'가 없다고 생각할 만큼의 굳은 신념을 지니지 않고서는 이를 이룩할 수 없는 것이다.

독선을 버린다

제4장

시야를 넓히기 위해 한 번쯤 자기 자신을 버려보자

세계의 재난 가운데 하나는 무엇인가.
그것은 특정한 것을 단적으로 믿는 습관이다.

러셀(Russell, 1872~1970) 영국의 철학자, 수학자, 사회평론가

인류의 비원(悲願)을 짊어졌던 '노오'

1961년 가을, 소련은 초대형의 핵실험을 재개한다고 발표하는 바람에 동서 양 진영이 맞닿은 베를린에는 때아닌 검은 구름이 뒤덮여 핵전쟁의 위험이 날로 더해가는 듯했다.

이 급격한 사태 악화에 대처하기 위해서 러셀은 90세에 가까운 늙은 몸을 이끌고 자진해서 평화운동에 앞장섰다.

그는 런던의 의사당 광장에 만 명의 시민들을 모아놓고 핵무기 반대 집회를 열 계획을 세웠다. 그런데 영국 위정자들은 치안을 어지럽힌다는 이유로 그 모임을 막으면서 그에게 법정에 출두할 것을 명하였다.

"앞으로는 대중을 선동하는 위법 행위를 저지르지 않겠다는 맹세를 할 수 있겠습니까?"

판사의 물음은 그 법정을 가득 메운 사람들의 가슴을 찌르는 듯이 울려 퍼졌다. 참으로 소크라테스의 재판을 생각게 하는 한순간이었다.

"노오!"라고 대답하면 인간의 비원을 짊어진 이 평화의 기수는 다시금 투옥되지 않을 수 없는 자리였다. 과연 "예스"냐, "노오"냐 하는 대답에 달려 있었다. 사람들의 절대적인 신뢰와 존경을 받는 가운데에도 한 가닥 불안감이 깃들고 있었다.

물을 뿌린 듯이 조용한 법정, 그 정적을 끓고 러셀은 힘주어 분명하게 "노오"라고 대답하였다.

판결은 2개월 동안의 금고형〔건강 상태를 생각해서 7일간으로 감형되었다〕을 내렸다. 그는 세계의 모든 사람들의 존경과 공감을 받으며 브리크스톤 형무소의 정문을 들어섰다.

더욱 넓은 시야를 가진 사람을

러셀에 관해서는 『더 타임즈』의 문예 부록에 다음과 같이 쓰여져 있다.

'합리주의자, 불가지론자, 정치학자, 사회학자, 현실주의자, 진보주의자, 천재적이며 빛이 번쩍이는 듯 나타나는 독창적 사상가.'

이에 더하여 그는 적극적인 평화주의자로서, 이미 제1차 세계대전 때에는 전쟁에 뛰어드는 정부에 정면으로 항거하여 투옥된 일까지 있었다.

"전쟁, 그것은 결국 얻을 것 없는 살생에 불과한 것이다. 좋은 전쟁이나 나쁜 평화란 있을 수 없다. 있는 것은 다만, 나쁜 전쟁과 좋은 평화뿐이다."

이것이 러셀의 신념이었다. 이 신념은 투옥된 후에도 조금도 흔들리지 않았다.

"감옥은 육체의 자유를 빼앗을 수는 있지만, 정신의 자유마저 빼앗을 수는 없다."

자기 자신의 신념에 찬 말대로 그는 인류 최대의 위기에 직면하자, 다시 일어나서 단호하게 "노오!"하고 소리칠 수 있었던 것이다.

"오늘날 인생의 목적에 대해서는 지금까지보다도 훨씬 더 큰 총명함이 요구되고 있다. 그러나 이 미치광이 같은 시대에 있어서 그 어느 곳에서 훌륭한 지식을 발견할 수 있을까."

러셀의 이러한 걱정은 여러분들의 마음 속에도 크든 작든 반드시 숨어 있으리라 생각된다. 강자의 판단 부족으로 한 번 버튼이 잘못 눌러지면 다시는 돌이킬 수 없는 사태가 벌어질지도 모른다는 것이 이 시대의 최대의 위험이 아닌가?

"어느 나라에도 보다 넓은 시야를 지닌 사람들은 있을 것이다. 그러한 능력을 가진 사람들이야말로 인간들 편에 서서 소리 높이 부르짖어야 할 것이다. 인간의 미래에는 예측할 수 없는 위험이 도사리고 있다고 말이다.…… 세계가 현재의 불안한 고뇌에서 탈피하려는 사태 처리를 잔인한 야바위꾼들에게 맡기지 말고, 참된 지혜와 용기를 가진 사람들에게 맡겨야 한다는 것을 인식하는 날이 오리라고 나는 기대하고 있다."

그러한 기대를 실현하는데 있어서 무엇보다도 장애가 되는 것은 '무엇인지 특정한 것을 독단적으로 믿는 습관'—즉, 독선이라고 러셀은 역설하고 있다. 그는 자기가 쓴 책 가운데에서 그 구체적인 보기를 얼마나 많이 예로 들고 있는가를 볼 수 있다.

지식을 갖추지 못한 사랑은 독선적인 사랑이다.

《무엇을 믿는가》라는 글에서 그는 이렇게 말하고 있다.

"중세기의 어느 나라에서 전염병이 발생하자 성자(聖者)는 주민들에게 모두 교회에 모여 살아나기 위해 기도하자고 권고했었다. 그 결과 전염병은 구원 받기 위해서 모인 군중들 사이에 무섭게 그리고 빠른 속도로 퍼져 나갔다. 이것은 지식을 갖추지 못한 무모한 사랑의 한 보기이다."

지식이 없는 사랑이란 독선적인 사랑에 지나지 않는다. 이러한 경향은 소위 품위 있는 사람일수록 더욱 강하다고 그는 말한다.

"품위 있는 사람들은 자신이 행한 일이 가장 타당한 것 같지만, 자세히 살펴보면 쾌락에 대한 의혹이 있음을 엿볼 수 있다. 예를 든다면, 그들은 자기 자신이 자선 사업가라는 것을 보여 주기 위해 어린이들을 위한 공공 운동장을 만들어 준다. 그러고는 사용하는데 필요한 규칙을 너무 많이 만들기 때문에, 어린이들은 모두 큰 길가에서 노는 것보다 더한 즐거움을 갖지 못하게 된다.

또 젊은 직장 여성들 역시 같은 직장의 젊은 남성들과 될 수 있는 대로 대화할 수 없도록 만들어져 있다. 내가 아는 바로는 가장 품위 있다고 자처하는 이러한 사람들은 잘못된 태도를 가정에까지 가지고 가서 자식들에게 교훈적인 유희로 삼고 있다."

이렇게 시야가 좁은 독선은 누구의 마음 속에나 뿌리가 내려져 있지만, 그 경향이 강한 사람일수록 인간 사회의 여러 가지 악(惡)의 크나큰 근원이 되고 있다고 말할 수 있을 것이다.

세계의 사상을 뒤엎은 인물

앞에서 말한 점에 대하여 러셀은 81세가 되었을 때, 라디오 방송을 통하여 다음과 같이 말하였다.

"세계의 재난 가운데 하나는 무엇인가? 그것은 특정한 것을 독단적으로 믿는 습관이라고 나는 생각한다. 그리고 그것들은 모두 의문에 가득차 있으며, 이성적인 인간이라면 자기 자신이 절대로 올바르다는 따위의 말을 믿으려 하지 않을 것이다. 그러나 우리들은 항상 우리들의 의견에 대하여 어느 정도의 의문을 갖지 않으면 안 된다고 나는 생각한다."

그런데 이 점은 대단히 어려운 문제이다. 세상에는 무엇인가를 강하게 믿는 나머지 조금도 양보하지 않는 고집이나 편견을 가진 자가 얼마나 많이 득실거리고 있는가?

금전이나 명예, 그리고 감투만을 절대시하는 자, 세상의 체면에 무엇보다도 많은 신경을 쓰는 속물 인간 등등, 그들의 태도는 사이비 종교에 열광하는 신도들과 조금도 다를 바가 없다.

이러한 독선을 훈계하기 위하여 러셀은 다음과 같이 말하면서 굳굳이 실천해 나갔다.

"개인적인 행복만을 위한 노력을 버리고, 일시적인 욕망에 대한 모든 열의를 단호히 추방하며, 영원한 것에 대한 정열을 불태운다."

인류에게 타격을 준 세 사나이

딱하게도 러셀이 말하는 '무엇인가 특정한 것을 독단적으로 믿는 습관'은 때때로 인류 전체와 통한다. 전 인류적인 독선을 타도하려는 자는 모든 박해와 압박을 각오하지 않으면 안 된다. 왜냐하면, 그것은 인간 사회에 대한 반역이며 혁명과도 같은 큰 타격을 주기 때문이다.

이 점에 관하여 오스트리아의 세계적 정신분석학자인 프로이드(Simund

Freud: 1856~1939)는 친구에게 이렇게 말했다고 한다.

"인류는 오늘날까지 세 가지 큰 타격을 받았다. 나도 그 가운데 하나를 가한 사람이라고 할 수 있다."

"그것은 무슨 뜻인가?"

하고 그의 친구가 묻자, 그는 빈정거리는 듯한 웃음을 띠우며 대답했다.

그 세 명의 인물이란, 즉 코페르니쿠스와 다윈 그리고 나다. 그 이유는 먼저 코페르니쿠스가 지동설을 발표하여 그 이전까지의 지구 중심의 생각을 뒤집어 놓았다는 것, 다음에 다윈은 진화론을 발표하여 인간이 원숭이로부터 진화했다는 사실을 밝혀서, "하느님의 형상을 본따서 만들었다."는 것으로만 생각하고 있었던 인류의 자만심을 부숴버렸다.

그리하여 인간은 '자아를 완전히 지배하고 통제하고 있다'고 생각했었는데, 실은 잠재의식에 이끌리고 있는 불쌍한 동물에 지나지 않는다는 사실을 나는 학문적으로 해명하였다. 말하자면, 나 자신인 프로이드가 제3의 타격을 준 사나이란 말이다."

이 세 사람들은 학설을 발표한 그 당시만 해도 주위로부터 대단한 박해를 당하였다.

인류에게 큰 타격을 준 사람은 이 세 사람들만은 아니다. 그러나 독단이나 편견에 도전한 자는 예외없이 색다르게 보여 때로는 생명까지도 빼앗기지 않으면 안 되었다.

러셀이 말하듯 "우리들은 항상 우리들 자신의 의견에 어느 정도의 의심을 갖지 않으면 안 된다."는 것을 상기할 필요가 있다.

인간의 능력은 분야에 따라 다르다

사람에게는 능함과 불능함이 있다.
내가 공명(孔明)이 될 수 없으며, 공명 또한 내가 될 수 없다.

이토오 진사이(伊藤仁齋 : 1628~1705) 일본 근세 유학자

공명(孔明)은 중국 촉(蜀) 나라의 어진 신하로서 그 이름도 높은 제갈
공명(諸葛孔明)을 말한다. 그를 다음과 같이 평한 글이 있다.

"공명만큼 허영심이 적은 사람은 보기 드물다. 어느 경우에 처해서도
그는 자기의 믿는 바대로 행하며, 거기에는 늘 만족하고 안심하며 자신의
힘을 기울인다. 또 그는 결코 자신과 남을 견주어 보지 않는다. 오로지 자
기만의 것을 행하며 운명에 따라 자신을 개척해 가며 전진했다."

이러한 부류의 인물은 현대 사회에서는 매우 보기 드물다. 일반적으로
누구나가 자기보다 뛰어난 '다른 사람과 같은' 삶을 영위하려 한다. 그러
나 '사람마다 각각 능함과 능하지 못한 점이 있으며, 인간의 능력에는 분
야에 따라 제각기 다른 것이다. 아무리 뛰어난 능력이 있다 해도 그것이
적합하지 않은 분야에서는 말하자면 보기 좋은 개살구에 지나지 않는다.

예를 들자면, 존 웨인과 같은 남성적인 배우가 짙은 사랑을 다룬 영화
에 출현한 것을 본 적이 있는가. 그들은 악역을 맡아 활극에나 나와야지
사랑 이야기에 나오면 어색해 보일 것이다. 이것은 인간의 소질이나 능력

에는 한도가 있다기보다는 오히려 맡은 분야에 따라 다름이 있다고 하지 않을 수 없다.

이것을 하나의 보기를 들어 이해해 보기로 하자.

조선조 현종 때에 곽산 원님으로 임치종(林致宗)이라는 부호가 있었다. 그의 집안은 문벌도 없는 중인(中人)이었다. 임치종은 집이 가난해서 어느 상점의 사환 노릇을 하는 동안에 놀라운 상술을 발휘하여 문상(門商)이 되었고, 후에 곽산 고을의 원님 벼슬까지 한 사람이다.

어느 날, 서로 친구 사이라는 세 젊은이가 임치종을 찾아와서 장사 밑천을 꾸어 달라고 청했다. 그들은 아직 장사가 어떤 것인지도 모르고 장사만 하면 돈을 벌 수 있다는 단순한 생각만 가진 젊은이들 같이 보였다. 그러나 인색하지 않은 임치종은 그들의 열성에 이렇게 대답하였다.

"돈을 빌려 주되, 자네들 능력을 보고 원하는 금액을 주겠네. 우선 자네들의 능력을 보여 주게."

하면서 단돈 한 푼씩을 나누어 주었다. 젊은이들은 기가 막혔으나 임치종의 뜻을 알아차리고 한 푼의 돈을 밑천으로 돈벌이 경쟁을 하기로 했다.

한 사람은 짚 한 단을 사서 짚신 다섯 켤레를 삼아 한 푼씩에 팔아 네 푼의 이익을 보았다. 또 한 사람은 창호지와 댓개비를 사서 부채 네 개를 만들어 한 개에 두 푼씩 받아 일곱 푼의 이익을 얻었다.

남은 한 사람은 간지(簡紙) 한 장을 사서 의주부사에게 공부할 뜻을 호소하는 편지를 보내어 과거 볼 준비금으로 열 냥을 얻어냈다.

임치종에게 와서 돈을 번 사연을 이야기 하자, 짚신 장수에게는 백 냥을, 부채 장수에게는 이백 냥을 꾸어 주었다. 그리고 부사를 감동시켜 돈을 얻어낸 젊은이의 행동은 좀 허황된 것이었지만, 뜻이 크기 때문에 천 냥을 꾸어 주었다.

1년 후에 백 냥을 꾸어간 젊은이와 이백 냥을 얻어간 청년은 세 배씩의 이익을 올렸다. 그러나 천 냥을 가지고 간 사람은 평양 기생에 반해 빈털 터리가 되어 돌아왔다. 그리고 하는 말이,

"계집에 빠져서 장사는 해 보지도 못했으나 깨달은 바 있으니 또 한 번 속는 셈치고 장사 밑천을 대어 주시오."

하는 것이다. 임치종은 그 말이 사내다워서 또 천 냥을 꾸어 주었다. 그러 나 젊은이는 그 돈을 또다시 유흥비로 탕진해 버렸다. 이래서는 임치종에 대한 의리가 서지 않겠다고 생각했을 때에는 돈이 백 냥밖에 남아 있지 않 았다.

그는 남은 돈 백 냥을 가지고 개성으로 가서 인삼씨를 사다가 깊은 산 속에 들어가 씨를 심었다. 그리고는 칠 년 동안 임치종 앞에 얼굴도 나타 내지 않았다.

임치종은 그의 소질이나 능력을 잘못 판단했구나 하고 생각하고 있었 는데, 칠 년이 지난 가을에 그 젊은이는 인삼을 열 섬이나 캐어가지고 찾 아왔다. 그래서 임치종은 홍삼을 쪄서 중국에 팔아 일거에 수십만 냥을 벌자, 그 돈의 반을 본인에게 주었다고 한다.

이 세 젊은이들은 각기 자신의 소질과 능력을 나타낼 수 있는 능력을 분별하여, 자신이 '할 수 있는 일, 즉 능력'을 분야별로 적극적으로 수행 했던 것이다.

이것을 회사의 경우로 따져 본다면, 밖으로 돌아다니는 외무사원으로

적합한 사람이 있는가 하면 사무실에 가만히 앉아 장부를 정리하는 사무적 능력을 발휘하는 사람이 있다.

대학에 있어서도 연구 분야에서는 뛰어난 업적을 나타내도 강의하는 것은 신통치 않은 교수가 있는가 하면, 그와 정 반대인 선생도 적지 않다.

이러한 점에 대해서 프랑스의 사상가 로망 롤랑(Rolland)은 《매혹된 영혼》에서 다음과 같이 말하고 있다.

"영웅이란 자신이 할 수 있는 일을 실천한 사람이다. 그러나 범인(凡人)은 그가 할 수 있는 일은 하지 않고, 할 수 없는 것만을 바란다."

이 말은 자기 자신의 소질이나 능력을 충분히 발휘할 수 있는 분야를 찾아낼 필요가 있음을 뜻하는 것이라 하겠다.

소크라테스가 말한 무지의 지식

'자신에 대한 지식'에는 자기 자신을 보다 훌륭하게 하려는 노력,
그리고 실천이 꼭 따르게 마련이다.

소크라테스(Socrates BC 469~BC 399) 고대 그리스 아테네의 철인

소크라테스는 제자에게 이렇게 말하였다.

"너는 델포이 신전에 조각되어 있는 '너 자신을 알라'는 글을 보았으리라. 그 말에 대하여 깊이 생각해 본 적이 있는가?"

"아니요, 전혀 생각해 보지 않았습니다. 자신에 대해서는 너무나 잘 알고 있기 때문입니다."

"그렇다면 물어보자. 너는 자기의 이름 정도밖에 알지 못하고 있는 인간도 자신을 알고 있는 자라고 할 수 있다고 생각하는가. 그렇지 않으면, 가령 말을 사려고 하는 사람이 말의 힘이 센가 약한가, 거센 말인가 아닌가, 빠른가 늦은가의 모든 조건을 조사해 볼 때까지는 자기가 사고자 하는 말에 대해 안다고 생각하지 않는 것과 같이 자신은 어떤 인간이며, 무엇을 제일 잘 할 수 있는가를 아는 사람이야말로 진실로 자신을 아는 자라고 생각하지 않는가?"

"사실 저는 지금껏 자신에 대해서 그렇게까지 깊이 생각해 본 적이 없었습니다."

"그렇다면, 너는 오늘부터 자기 자신을 알도록 노력하지 않으면 안 된다. 자신을 아는 일만큼 중요한 일은 없다. 왜냐하면 자신을 아는 사람에게는 자신에게 이익이 되는 것이 무엇인가를 알 수 있으므로, 자기 자신이 할 수 있는 것과 없는 것을 분별할 수가 있다.

그리하여 자기가 잘 알고 있는 것은 실천할 수 있으며, 필요로 하는 것을 찾아내어 윤택한 생활을 할 수도 있다. 또한 알지 못하는 것은 피할 수 있어 과오를 범하지 않게 되며, 드디어는 훌륭한 사람이 되어 많은 사람들로부터 존경 받게 될 것이다.

이에 반하여 자신을 잘 모르는 자는 무슨 일을 하든지 실패하거나 손해를 보거나 또는 징계를 받을 뿐만 아니라, 드디어는 누구에게나 업신여김을 받고 명예스럽지 못한 삶을 보내게 되기 쉽다.

국가 역시 자신의 힘을 제대로 알지 못하고 자기 나라보다도 강한 나라와 싸운다면, 멸망하거나 자유를 빼앗겨 버린다. 그러한 사실은 너도 봐서 잘 알고 있겠지."

"네, 알고 있습니다. 그러나 자기 자신을 안다는 일이 얼마나 중요한가를 지금 처음으로 알게 되었습니다."

그러나 소크라테스에 의하면 '자기 자신에 대한 지식'은 다른 지식과는 전혀 다르다고 한다. 왜냐하면 자신이 아무리 생각해 봐도 게으름뱅이라는 사실을 확실히 알게 되면, 누구나 게으름뱅이가 되어서는 안 되겠다고 생각하게 되기 때문이다.

즉, '자신에 대한 지식'에는 자기 자신이 보다 훌륭하게 되려고 하는 노력과 실천이 꼭 따르게 마련인 것이다. 그 노력과 실천이 진실할수록 자신의 결함을 더욱 분명하게 알 수 있게 되어 겸손한 태도로 향상과 진보를 구하지 않을 수 없게 된다.

따라서 '자신에 대한 지식'은 결코 단순한 구실만으로 그치지 않는다. 소크라테스는 이것을 '무지(無知)의 지식'—자신의 무지함을 아는 것이라고 말하고 있다.

방관자의 태도를 취하지 않는 참된 인생살이

다른 사람에 대하여 방관하는 태도를 취할 수 있는 사람인가, 아니면 항상 함께
고뇌하고 기뻐하며 같이 죄를 받을 수 있는 사람인가에는 결정적인 차이가 있다.

호프만스타르트(1874~1928) 오스트리아의 시인, 극작가

어느 마을에 부부싸움이 그칠 날이 없는 과자 가게가 있었다. 날마다
벌어지는 요란한 부부싸움 때문에 주위 사람들은 어수선했으나 누구 하
나 말리려 하지 않았다.

일반적으로 다른 사람의 충돌이나 불행에 대하여 동정하는 것은 자기
와 관계가 있다고 생각할 때에만 관여하게 되는 것이 우리 인간의 속성이
다. 대부분의 사람들은 자신과 관계가 없는 충돌이나 불행에 대해서는 동
정하기보다는 적지 않은 기쁨마저 느끼는 것이 보통이다. 그러나 그 부부
싸움에 대하여 이웃의 한 사람은 방관자의 태도를 취하지 않았다.

어느 날, 그는

'좋아, 내가 이 부부싸움을 말려야겠다.'

이렇게 마음먹고는 싸움이 한참 벌어지고 있는 틈을 타서 그 과자 가게
로 뛰어들었다. 입에 담지 못할 욕설을 퍼붓는 부부에게는 눈도 돌리지
않고 가게 안 진열대에 늘어놓은 과자를 두 손에 가득 들고는, 밖에서 놀
고 있는 동네 아이들을 큰소리로 불러 모았다.

"자! 여기 있는 과자를 얼마든지 줄테니 모두 와서 먹어라. 뭐, 체면 차릴 것 없다."

아이들은 환호성을 올리며 달려와 먹기 시작했다. 싸움을 하면서도 곁눈질로 그 광경을 지켜본 과자 가게 부부는, 그만 혼비백산하여 하던 싸움을 멈추고 과자를 나누어 주는 그의 손을 잡으며 대들었다.

"도대체 당신은 무슨 짓을 하고 있는 거요? 여기 있는 과자는 모두 파는 것들이오."

그러나 그 사람은 끄떡도 하지 않은 채, 그 부부들 돌아다보며 다음과 같이 타이르는 것이다.

"당신들은 지금 죽어라, 죽이겠다 하며 싸우고 있지 않은가, 부인이 죽는다면 아내를 죽인 주인도 살인범이 되어 처형 당하기 마련이다. 그래서 나는 당신들이 죽고 난 후에 공양하느니 죽기 전에 명복을 빌어 두는 것이 좋을 것 같아 당신들 대신 아이들에게 보시(普施)하고 있는 중이다."

주인이나 아내는 이 말을 듣고는 한 마디도 대꾸할 수가 없어 그 자리에서 싸움을 멈췄을 뿐만 아니라, 그 이후로 두 사람 사이에는 아무런 충돌도 일어나지 않았다는 것이다.

이 이야기는 여러 의미로 해석되겠지만, 싸움을 말린 사람처럼 '함께 고민하고, 함께 기뻐하며, 함께 죄를 받을 수 있는 사람'이 아니었다면, 그 싸움을 말리기는커녕 오히려 불붙은 데 부채질하는 꼴이 되었을 것이다.

이 세상에는 어리석은 사람이나 성격이 나쁜 사람도 많지만, 그들에 대하여 언제나 방관자의 태도를 취해서는 안 된다. 그것은 물건을 교역하는 데에는 금화도 있어야 하지만, 동전도 있어야 한다는 이치와 같은 것이다.

인생을 행복하게 하려면 사소한 일에도 괴로워하라

적대시하는 나라나 침략하려는 나라가 없으면
군주나 국민 모두 경계심이 누그러져 드디어는 멸망하고 만다.

맹자(孟子, BC 272~BC 289) 중국의 철인

이 세상에는 고통이나 근심이 그칠줄 모른다. 그러나 그런 것들이 모두 없어져서 안락한 처지에 놓이게 된다면 자연히 마음의 긴장이 풀어져서 인간은 파멸에의 길로 줄달음치게 된다. 그러한 경향을 다분히 가지고 있는 것이 우리의 인간이다.

"인생을 행복하게 하려면 생활이 가져다주는 사소한 일에도 괴로워하지 않으면 안 된다. 일상적 작은 일에서도 지옥과 같은 고통을 느끼지 않으면 안 된다."

는 말을 기억해야 한다. 우리들은 보통 때의 사소한 일로 고통을 당하지만, 인생의 작은 고통이나 불행은 우리들로 하여금 큰 불행이나 재난을 넘어설 수 있는 역할을 다해 주는 것이다.

개인은 물론, 한 국가에 있어서 '상대 적국이 침략하려고 노리는 나라가 없는 처지'에 있다면 행복하게 생각할지 모르나 실제로는 결코 그렇지 못하다. 안일하고 나태함은 한 인생의 운명은 물론 나라를 멸망의 늪으로 이끌어가기 마련이다.

이렇게 생각해 볼 때 조선시대에 있었던 어느 정승 부인의 지혜로운 이야기가 머리에 떠오른다.

정조(正祖) 때 호조판서를 지낸 김재찬(金載瓚)의 어머니 윤 씨(尹氏)는 남편이 영의정이었기 때문에 정승 부인이라 불리웠다.

하루는 아들이 왕의 급한 어명을 받고 궁궐에 불려갔다 돌아와서는 머리를 싸매고 누워 밥도 먹지 않고 수심에 잠겨 있었다. 모친 윤 씨가 그 이유를 물었더니.

"실은 청 나라 사신이 나흘 후에 귀국한다면서 백은(白銀) 오천 냥을 당장에 구해 내라고 합니다. 지금 국고에는 그만한 것이 없어 구할 길이 막막하니 외교상 중대한 문제라 아니할 수 없습니다."

하고 말하는 것이다. 그 말을 들은 어머니는,

"호조판서까지 지내면서 그만한 융통성도 없다는 말이냐. 내가 그보다 많은 은을 줄테니 기운을 차리거라."

하는 것이다. 아들은 의아함을 금치 못하고 안심할 수 없었지만, 어찌할 도리가 없어 어머니가 하라는 대로 했다.

그것은 얼마 전에 팔아버린 집을 당장 다시 사라는 것이었다. 호조판서의 청이요, 집값도 시세의 배나 준다는 조건을 내세우자 집 주인은 곧 집을 비워 주었다.

정승 부인 윤 씨는 다시 사들인 집으로 가더니, 바로 그집 부엌 바닥을 파라고 명했다. 얼마 파지 않아서 부엌 바닥에서 큰 독이 세 개가 나왔다. 그 독에는 마제은이 가득했는데, 명 나라의 연호가 새겨져 있었다.

아들인 호조판서가 깜짝 놀라자, 그 은항아리에 대한 이야기를 어머니가 해 주었다.

　"우선 이 은에서 청 나라 사신에게 오천 냥을 갖다 주어라. 이것은 본디 명 나라 군대가 임진왜란 때 군용금으로 가져왔다가 이 집에 묻고 간 것이니, 결국 자기 나라 돈을 도로 가져가게 된 셈이다. 나는 이 집을 사서 수리하다가 부엌에서 은이 가득 찬 독을 찾아내었는데, 그것을 다시 묻고는 곧 집을 팔아 버렸던 것이다. 그 때는 가세도 구차했지만, '사소한 일로 졸부가 되면 상서롭지 못하다'는 생각에서였다. 만일 그때 벼락부자가 되었더라면 네가 돈 쓰기에 바쁜 난봉꾼이 되어 공부도 안 하고 외환(外患)이나 보통 때의 어려운 이에 부딪쳐도 적당히 해결하려는 마음에서 결단력이나 창조적인 능력이 길러지지 않았을 것 같아서였다. 그러면서 자연히 무력감을 가지게 되고, 그것이 마음의 안정을 잃게 하여 마침내는 무기력한 마음이 생기게 되지 않을까 걱정했단다. 그래서 오늘날까지 미루다가 내가 이것을 공개하고 파내게 한 것이다."

　어머니의 말을 듣고 김재찬 판서는 크게 깨달은 바가 있었다. 보통 때 '일상생활의 사소한 일'에 고통을 받지 않고 풍요롭게 살았다면, 지금과 같이 나라가 위태로울 때 그는 자신의 임무를 다하지 못하고 '드디어 당하는' 처지에 놓였을 것이다.

　그러기에 맹자는 '우환 속에 살고 안락함에 죽는다.'고 말했던 것이다.

. . .

자신에 대하여 혁명의 햇불을 올린다

나는 나 자신을 독립시켜 교육하지 않으면 안 됩니다.

입센(Ibsen, 1828~1906) 노르웨이의 극작가

노라는 남편 앞에 앉아서 마음 속에 생각하고 있었던 모든 것을 털어놓았다.

"아버지는 저를 인형 같은 아이로 키웠습니다. 그리고 당신은 저를 인형 같은 노리개 아내로 삼았습니다. 오늘에 이르러 이 집에서의 생활을 돌이켜보면, 8년 동안 저는 거지와 다름없는 생활을 해왔습니다."

"지금까지 있었던 일은 다 잊어버려요. 말하자면 유희하던 시기는 지나갔으니, 이제부터는 새로 교육 받는 시기로 하지 그래."

남편인 헤르메르는 당황한 목소리로 말했다. 그러나 노라는 냉정하게 말을 이었다.

"당신도 나를 교육할 만한 자격이 없습니다. 그보다 선결 문제가 있습니다. 나는 나 자신을 독립시켜 교육 받게 하지 않으면 안 됩니다. 그러기 위해서는 당신과 헤어져야 합니다."

인형으로 취급되었을 뿐, 단 한 번도 사람답게 인정을 받아본 적이 없었던 노라의 마음에는 자기 혁신의 폭풍우가 불어닥치고 있었던 것이다.

다른 동물에 있어서는 자기 자신에 대해서 전혀 아는 바 없다 해도 그 것은 당연한 일이라 하겠다. 그러나 인간에 있어서는 부도덕한 행위와 다를 바 없다. 자신에 대한 무지(無知)는 그 뿌리부터 말한다면, 어디까지나 자발적인 것으로, 스스로 얻은 결과라고 할 수 있다.

왜냐하면 우리들은 자기 자신의 성격에 대하여 주위로부터의 비판이나 조언을 듣고 반성이나 숙고(熟考)를 한다면―즉, 그 일에 열중하려는 마음만 가진다면 자신의 결함이나 약점에 대하여 또는 자기의 생각이나 행위의 진실한 동기에 대하여 날카로운 이해를 얻어낼 수 있기 때문이다. 따라서 많은 사람들이 자신에 대하여 전혀 모르는 상태에 있다는 것은, 자기 자신을 안다는 것이 고통스럽거나 아니면 자신에 관한 환상에 대한 쾌감을 더 좋아하기 때문일 것이다.

특히 여성의 경우에는 그 경향이 더욱 뚜렷하다. 그녀들 태반은 '인형 같은 아이로 자라고, 인형 같은 아내로 생활하는' 것을 무의식 중에 좋아하고 있기 때문이다.

그러므로 여성 쪽에서도

"여성의 성격을 특징지울 만한 것은 아무 것도 없다고 말할 수 있다." 는 극히 자기 비하로 표현되어 버릴 수 있다.

사회와의 관계를 일체 갖지 않은 자신, 그러한 사람은 인형과 무엇이 다르다고 구별할 수 있을까.

한 인간이 자기 자신의 생활 이외의 타인의 삶에 관심이 없다면, 그 사람은 자신의 생활도 바르게 살지 못할 것이다.

남녀를 구별할 것 없이 한 사람의 인간이 자신의 삶, 자신에 대한 반항과 자유를 느끼며, 될 수 있는대로 더 많이 생각하고 느낀다는 것, 그것이 삶의 참 모습인 것이다.

사회적 동물인 인간이 삶의 터전인 사화로부터 격리된 환경 속에 방치된 채로 있다면 인형적(人形的)인 존재로 살아가야 하는 운명을 피할 수 없게 된다.

● ● ●
교양 없는 자가 되기보다는 거지가 되라

많은 책을 읽는 자보다 유용한 책만을 골라 읽는 자가 뛰어나다.

아리스티포스(Aristippos BC 435~?) 고대 그리스의 철학자, 카레네 학파의 창시자

아리스티포스는 철학에서 무엇을 얻었느냐는 물음을 받았을 때,

"주저하는 일없이 누구와도 사귈 수 있는 능력이다."

라고 대답하였다. 그의 말대로 막힘 없고 변화무쌍하며 임기응변으로 답변하는 재주는 끝이 없다. 어떤 사람이 비꼬는 말투로 이러한 말을 한 적이 있다.

"나는 철학자들을 부잣집에서 자주 만나 보지만……."

그 말투에는 철학자답지 못한 행실을 보여주더라는 비난 섞인 뜻이 담겨 있었으나, 그는 태연하게

"그것은 병든 사람이 있는 집에서 의사를 자주 만나는 것과 비슷한 일이다. 그러나 의사보다 병든 사람이 되고 싶은 사람은 아무도 없을 것이다."

라고 응수했다고 한다.

또 시케리아 섬의 슈라크사이의 왕이 아리스티포스에게

"부자는 좀처럼 철학자 집의 문을 두드리지 않는데, 철학자는 무슨 일로 부잣집의 문에 들어서는가?"

하고 물었을 때, 이 쾌락주의 철학자는 서슴없이 이렇게 대답했다.

"철학자는 자기 자신에게 필요한 것을 알고 있지만, 부자는 그것을 알지 못하기 때문입니다."

그가 이러한 어투로 말한 것은 단순히 자기 자신만을 위해서는 아니었다. 그의 친구가 왕에게 부탁할 일이 있었는데, 아무리 간청해도 들어주지 않았으므로 그는 친구를 위해 왕 앞에 엎드려 청하여, 드디어 그 승낙을 받아냈던 것이다.

이러한 광경을 보자, 주위 사람들은 가만히 있지 않았다.

"아리스티포스의 그 비굴한 태도는 도대체 무엇이람……. 그래도 그를 철학자라 할 수 있겠는가?"

이렇게 비웃는 사람이 적지 않았으나, 그는 예사로운 얼굴로 쌀쌀맞게 한 마디 던졌다.

"당신들의 웃음거리가 되지 않을 수 없는 사람은 내가 아니라, 발에 귀를 가진 왕이다."

나 아닌 다른 사람이란 대체적으로 재판관과 같은 우월감을 표시하는 자들이다. 그들이 말하는 것에 하나하나 매달린다면 인간은 아무 일도 못하게 된다. 그들이 기다림이나 생각을 따르려 하기보다는 아리스티포스가 행한 대로 '내 인생은 나의 것'이라는 긍지를 간직하지 않으면 안 된다.

그는 이렇게 고통 받는 자신의 삶에 대해 말했다.

"교양 없는 자가 되기보다는 오히려 거지가 되는 쪽이 훨씬 낮다. 거지에게 모자라는 것은 돈이지만, 교양 없는 자에게 모자라는 것은 올바른 인간성이다."

그는 박학하고 유식함을 뽐내는 자에게 대하여,

"많이 먹는 자가 자기 자신이 필요한 분량만큼 먹는 자보다도 건강하다고 할 수는 없다. 그와 같이 많은 책을 읽은 자보다 쓸모 있는 책만을 골라 읽는 자가 뛰어나다 하겠다."

하고 비판했다. 그는 사실 책뿐만 아니라, 인생의 모든 분야에서 쓸모 있는 것만을 골라내어 읽었다.

마음가짐보다 실천이 필요하다

마음 속으로부터 동정해 주시는 기분은 고맙지만,
오늘 필요한 것은 지갑 밑바닥까지 털어주는 동정입니다.

〈서양 옛 일화집〉에서

어느 곳에 한 가난한 늙은 부인이 살고 있었다. 그녀는 암소 한 마리를 기르고 있었는데, 그것이 유일한 생활 수단이었다. 그런데 어느 날 대수롭지 않은 원인으로 그 암소가 죽어버렸기 때문에 하루 아침에 생활의 터전을 잃었다.

이것을 본 이웃집 주인이

'이대로 두었다가 저 할머니는 얼마 안 가서 굶어 죽을 거야. 무슨 도리가 없을까?'

하며 걱정하던 그는, 마을 사람들로부터 성금을 모아 새로 암소 한 마리를 사 주리라 생각하고는 마을 사람들의 집을 찾아다니기 시작했다. 그가 성심 성의껏 사정을 설명했더니, 모두 다

"정말 딱하게 되었군. 어떻게든 생활 터전을 마련해 주어야 할 텐데."

하며 입으로는 최대한의 동정을 표시하면서도 실제로 성금을 내려는 사람은 한 사람도 없었다. 가장 믿었던 사람을 찾아갔을 때에도 그 집 주인이 나와서 말하기를

"정말 안 되었군요…… 그 할머니 역시 기댈만한 친척이 없으니 참으로 마음 속으로부터 동정을 드립니다."

하고 말할 뿐이었다. 이웃집 사람은 이 말을 듣자 하는 수 없이 본론을 말했다.

"마음 속으로부터 걱정해 주시는 것은 고맙지만, 오늘 필요한 것은 지갑을 툭 털어주시는 그러한 행동이 필요합니다."

라고 털어놓았다고 한다.

하여튼 우리들은 다른 사람의 불행에 대하여 가만히 보고만 있을 만큼 마음이 독하다. 그 정도가 아니라 다른 사람의 불행에 대해여 때때로 적지 않은 기쁨마저도 느끼게 하는 감정이 우리의 내면에 자리잡고 있는 것이다.

이러한 점에 대해여 어느 문필가는 그의 독특한 관찰력으로 다음과 같이 표현하고 있다.

"사람의 마음에는 서로 모순된 두 개의 감정이 있다. 물론 누구나 타인의 불행에 대해서 동정하지 않는 사람은 없다. 그런데 그 사람이 그 불행을 어떻게 해서든 뚫고 나가게 되면, 이번에는 이쪽이 무엇인가 허전한 기분을 가지게 된다. 좀 과장해서 말한다면, 또 한번 그 사람이 같은 불행에 떨어져 버렸으면 하는 기분마저 가지게 된다. 그리고 어느 사이엔가 소극적이긴 하지만, 어떤 적의마저 그 사람에게서 느끼게 된다."

이러한 기분을 은근히 느껴 본 사람이 얼마나 많을까?

일반적으로 다른 사람의 고통이나 불행은 넋두리에 지나지 않고, 배부른 자는 다른 사람도 배부르리라고 생각하기 마련이다. 그리고 다른 사람의 불행을 안타깝게 생각하는 것은 자기 자신과 관계가 없을 때뿐이다. 그러기 때문에 '마음 속으로부터의 동정'은 하지만 '지갑 속을 털어서까지 베푸는 동정'은 하지 않는다.

　이러한 것이 우리들의 인간성이라고 한다면, 우리들은 그것을 초월하지 못하는 이상, 참으로 인간다운 인간성을 체험하지 못할 것이다.

인간은 지구의 연대 책임자이다

이 세상에서 인간만큼 흉악한 동물은 없다.
늘대는 서로 잡아먹지 않지만, 인간은 인간을 산 채로 통째 삼켜 버린다.

가르신(Garshin, 1855~1888) 러시아의 작가

포르투갈의 엔리케 왕자가 쓴 《연대기》에는 235명의 원주민이 아프리카로부터 잡혀와 라고스 마을 근처의 들판에서 노예로 팔려가는 모습이 자세히 기술되어 있다.

그것은 바스코다가마(Vacsco da Gama)가 인도를 향하여 출항하기 54년 전(1443년)의 8월 8일에 일어난 일이다.

"아무리 냉정한 마음을 가진 사람이라 하더라도 이 무리들을 눈앞에 보고 딱한 정을 일으키지 않는 사람이 있을까. 어느 원주민은 머리를 깊이 숙이고 서로 마주보는 얼굴에 눈물이 가득했다. 또 어떤 사람은 하늘을 우러러보며 슬프디 슬픈 한숨을 쉬며 구원을 청하는 듯 소리 지르고 있었다. 이 모든 비극이 마치 그들의 운명이나 되듯이 중얼거리며 절망적인 모습으로 울먹이는 사람도 있었다.

그러나 그 절망의 탄식 소리가 절정에 이른 것은, 일을 맡아 하는 관리들이 와서 5분의 1은 왕자에게, 그리고 나머지는 교회나 파트롱(petron) 그리고 선원에게 나누어 주려고 다섯 무리로 서로 갈라놓을 때였다.

그 결과 아버지와 자식이, 남편과 아내가 형제와 자매들이 서로 헤어지게 되었다. 친구나 친척 같은 관계는 일체 무시된 채 운명대로 끌려가게 되었던 것이다. 서로 서로 몸을 꼭 얼싸안고 아들은 아버지 곁으로 결사적으로 뛰어가는 것이었다.

또 어머니는 아이의 팔을 꼭 껴안고 빼앗기지 않으려고 땅에 엎드려 몸부림치다가 상처를 입고 꿈쩍도 하지 않는다⋯⋯.

들판을 가득 메운 구경꾼들도 이 광경을 보고 참을 수 없는 듯 떠들어대는 바람에 이들을 갈라놓았던 관리들을 어리둥절하게 만들었다."

이것은 '인간을 산 채로 통째 먹어버리는' 것과 다를 바가 없다. 자칫 잘못하면, 우리들 인간은 누구나 약한 자에 대하여 오만불손해지며, 태연하게 개나 돼지와 같이 취급하려는 경향을 가지고 있다.

때로는 프랑스 파리에서 현실적으로 일어난 한 사건이 보여주듯이 무참하게 '서로 뜯어먹기'도 서슴지 않는다. 인간이라면 피부가 검든 누렇든, 문화의 정도가 아무리 낮든 간에 각각 인간으로서의 마음을 지니며 자부심도 가지고 있는 것이다. '서로 잡아먹는 식'의 행위는 절대로 용서할 수 없는 일이다.

이러한 일을 막기 위해서 생텍쥐베리(Saint-Exupery)의 다음과 같은 글을 명심해 두었으면 한다.

"왜 서로 미워하는 것일까? 우리들은 같은 지구에 의하여 운반되고 있는 연대 책임자이며, 같은 배를 탄 선원들이다. 새로운 종합된 것을 만들어내기 위해서 여러 가지 문화가 대립하는 것은 좋은 일일지 모르나, 서로가 서로를 미워한다는 것은 죄악이다."

치명적인 약점을 극복한다

••
인간을 더욱 크고 강하게 만드는 지혜

••
운명에는 우연이란 없다

••
자신의 기분만으로 사물을 판단하지 말라

••
빈 병은 두들기면 시끄럽다

••
가사만 입었다고 중이 될 수 없다

••
오만함은 멸망에 앞장 선다

••
인간의 약점을 뒤집어 말한 '육도(六道)'

••
진리는 사람이나 때에 따라 달라진다

••
힘과 선의는 서로 맞지 않는다

인간을 더욱 크고 강하게 만드는 지혜

여인들이여, 그대들은 아는가?
그대들 몸 속에 이브가 숨어 있다는 것을……

테르톨리아누스(Tertullianus, BC 160~BC 220) 라틴 신학의 시조

극락의 문이며, 지옥의 문이기도 한 여성

얼마 전에 있었던 일이다. 나의 친한 친구가 한숨어린 말로 중얼거리는 것이었다.

"나는 올해로 쉰 네 살이 됩니다만, 정말 불안해서 못 견디겠습니다."

"무엇이 그렇게 불안합니까?"

"여자 때문입니다. 지금 이런 형편이라면 일흔이 되든 여든이 되든 간에 다른 여자가 그리워서 여기저기 헤메이고 다니게 되는 것 아닌가 하고 사뭇 걱정이 됩니다. 요새 몇 달 동안 안사람 몰래 정기 예금을 털어서 백만 원이나 여자 때문에 써 버렸단 말입니다."

세상에는 그와 대동소이한 고민 때문에 마음을 앓고 있는 남성이 얼마나 많을까. 남성들에게 있어서 성욕이란 치명적인 약점이며, 반대로 여성에게 있어서 그것은 극락으로 가는 문이 될 뿐만 아니라 지옥으로 가는 문이 될 수도 있다 하겠다. 이 의문을 확실하게 대답해 준 사상가의 말을 인용하여 깊이 생각해 보기로 하자.

"여인들이여, 그대들은 아는가. 그대 몸 속에 이브가 숨어 있다는 것을, 그대는 지옥의 문으로서 금단(禁斷)의 나무 열매를 정신없이 먹어 치운다. 하느님이 그 모습에 걸맞게 만들어 주신 지혜로 인류를 멸망토록 이끄는 것은 그대들이다."

이렇게 말하는 카르타고 태생의 기독교 신학자인 테르톨리아누스의 '이브가 숨어 있다'는 말은 무엇을 뜻하는 것일까.

여성은 두 가지의 호기심을 지니고 있다.

나는 먼저 그것을 여성만이 가진 호기심이라고 풀이하고 싶다. 그와 같은 호기심에는 두 가지 종류가 있으며, 그 한 가지는 조금도 꾸밈 없는 천진함에서 생긴다는 것이다. 여성의 천진난만함, 꾸밈 없는 감정에는 남성의 무책임한 변명을 날려보낼 만한 힘이 있다.

그것은 어린이들이 지니고 있는 천진난만함과도 상통한다. 이러한 여성의 영혼을 넘겨다 볼 수 있는 것은 천국을 들여다보는 것과 비슷하다.

그러나 또 하나의 호기심은 욕심에서 나온다. 이것은 나쁜 점이다. 이브의 이기적인 욕망에서 일어난 호기심에 자극되어 뱀의 유혹에 빠져 드디어는 파멸을 초래하게 된 것이다.

어디서부터인지 모르게 나타난 뱀이 이브에게 달콤하게 속삭였다.

"주저할 것 없어요. 어느 나무에서든지 먹고 싶은 열매를 따 먹으면 돼요."

여성의 처지로서 유혹에 대한 적당한 방어법에는 여러 가지가 있겠지만, 가장 확실한 방법은 겁쟁이 노릇을 하는 것이 적절할 때가 많다. 그러나 이브는 오히려 대담한 쪽이었으며, 무엇보다도 호기심이 뜻밖에 강했던 여자였기에 생각없이 금단의 열매를 따 버렸던 것이다.

대부분의 젊은 여성의 가슴 속에는 무분별한 호기심을 움직이게 하는 악마가 숨어 있다. 뱀의 유혹은 여성의 내부에 깊이 숨어 있는 악마의 소리임에 틀림없다. 높은 절벽이나 깊은 못 가장자리를 걷는 것 같은 위험한 쾌감은, 옛부터 젊은 여성에 있어서는 무엇보다도 즐기고자 하는 생동에서 비롯되었다고 할 수 있지 않을까.

그리고, 그 여성 특유의 행동이 남성의 눈에는 극히 신비스럽게 보이며, 때로는 참을 수 없는 매혹적인 것으로 보인다. 그래서 뜻하지 않게 꾀임에 빠지는 남자는 항상 그것이 극락의 문으로 가는 길이라 생각하게 되지만, 실은 지옥의 문으로 이어지는 한 가닥 불행의 길인 것이다. 왜 그러한가.

'경솔했었군요.' 하는 그 깊은 의미

인간에게는 스스로 의식되지 않는 에고이즘—곧 무의식 중에 이기주의가 있다. 그것은 일반적으로 남성보다는 여성 쪽이 더 강하다. 이브가 아담에게 금단의 열매를 따서 먹게 한 것은 결코 친절 때문만은 아니었다. 그녀는 자기 자신에게서 나온 호기심을 채우기 위해서 마음 조이는 단독 범행을 피하고 신뢰할 만한 하나의 공범자를 유혹했을 뿐이다.

그러나 이브의 마음 속에는 자기 자신의 불안과 공포를 누그러뜨리기 위하여 아담을 끌어들였다는 의식은 조금도 나타나 있지 않다. 그것은 위장이라기보다는 전혀 의식되지 않는 에고이즘의 발로이기 때문이다. 거기에는 심정의 암투라고 할 여성의 치명적인 약점이 있으며, 남성에게 있어서는 바로 그곳이 지옥의 문이 되는 것이다.

가장 구체적인 보기를 하나 들어 보자.

어느 이혼한 여성이 나에게 이러한 투로 하소연한 일이 있었다.

"보잘것없더군요. 많으나 적으나 차이는 있겠지만, 남자들이란 다 큰 아이들에 지나지 않더군요."

하며, 이것만은 절대로 틀림없다는 확신에 찬 말투로 말하는 것이었다. 그러나 그러한 남자를 선택한 것은 그녀 자신이 아니었던가.

일반적으로 여성들 가운데에서는 '보잘것없더군요.'하고 스스로 고백함으로써 남성의 동정이나 공감을 자신에게 집중시키려 하는 여자가 적지 않다.

그와 같은 여성의 경우, 자신의 에고이즘을 의식하고 있지 않기 때문에 눈물을 흘리는 동안에, 거짓은 진실이 되고 진실은 거짓이 되어 버린다. 그녀들은 싸움을 기피하면서도 싸움에 이기고 있는 것이다.

여성의 '속이는 힘'은 남성의 약점 때문에 생긴다.

여성들의 위장은 그녀들 자신이 의식하지 않는 에고이즘 위에서 성립되는 것이므로, 남성이 현혹되는 것 또한 무리한 일은 아니다. 그녀들은 본 마음으로는 남성에게 자기 자신을 내맡기고 싶으면서도, 자신에 대하여 강하게 집착한다. 그 사이에 생기는 의식은 여자의 에고이즘에 바탕을 둔 것임에도 불구하고, 보통의 남자들에게는 그것을 통찰한 능력이 없다.

테르톨리아누스는 이러한 것을 지옥의 문이라 하여 경계하도록 권하였다. 헤겔(Hegel) 식으로 말한다면 '이성의 간사한 재주와 지혜'이며, 쇼펜하우어 식으로 표현하자면 '자연은 사자에게 발톱과 이를, 코끼리와 멧돼지에게는 어금니를 갖게 한 것과 같이 여성에게는 자신을 지키는 연장으로 속이는 힘'을 주었다고 할 수 있다.

그렇다면 도대체 무슨 연유로 자연은 여성에게만 자기를 지키기 위한 연장으로 '속이는 힘'을 준 것일까. 왜냐하면 여자의 힘은 남자의 약점에 의하여 만들어지기 때문이다. 이 세상에는 여자의 '속이는 힘'에 의해 지옥에 떨어진 남자가 얼마나 많은가.

"우리들의 살갗은 왜 이렇게도 부드러울까요. 이토록 약하면서도 매끄러워 거친 일을 할 수 없게 되어 있는 것일까요? 결국 우리들의 마음씨가 부드러운 나머지 그러한 겉모습을 갖게 된 것 아닐까요?"

셰익스피어의 말대로 여성들은 자기 자신들의 '사랑하는 힘'을 높이 평가하고 있기 때문에,

"남자란 모두 여자들 곁을 맴도는 늑대란 말이야."

하고 겁없이 비난의 소리를 퍼붓는다.

그러나 그것은 상대뿐만 아니라 자기 자신에 대해서도 '속이는 힘'을 무의식적으로 발동하는 데 지나지 않는다. '그 몸 속에 이브가 숨어 있다는 것'에 생각이 미치지 못하기 때문에 이기주의 등으로 일컬어지는 말을 떳떳하게 사용할 수 있는 것이다. 여기에는 진심으로 받아들이는 남성의 약함과 그것을 자행하는 여성의 강함이 함께 공존하고 있는 것이다.

지금까지 설명한 것을 한 마디로 줄여 말한다면 '남자의 약점이 여자에게는 힘을 만든다'고 할 수 있겠다. 여자의 유혹의 손에 걸리면 거짓은 순

식간에 진실이 되어버리고, 진실은 거짓이 되어버리지만, 남자는 그러한 여자의 무절제와 무사고한 것에 더욱 매력을 느낀 나머지 스스로 지옥에의 길로 줄달음질치기 시작하는 것이다.

쇼펜하우어는 이렇게 말했다.

"자연은 아가씨들의 남은 생애와 맞바꾸는데 단 이삼 년 동안이면 족할 만큼 아름다움과 매력, 그리고 풍만함을 주었다. 그것은 그 이삼 년 동안에 남자의 상상력을 잡아끌어서 남자를 열정에 사로잡히게 한다. 그래서 상대편 여자를 한평생 어떤 형태로든지 최선을 다해 도와주어야 하겠다고 생각하게 된다. 만약에 남자가 이성적으로 판단할 능력을 갖고 있다면, 여자에 대한 충분한 증거가 아무 것도 없음을 알게 될 것이다."

그의 말대로지만, 운명적으로 남자는 여자라는 울타리 속의 수인(囚人)이 되고자 한다. 말하자면 '뚜껑이 없는 볼품없는 남비가 된다'는 격이다.

"정치가 부패의 극에 달하여 프랑스 혁명이 일어나게 된 원인은 적어도 루이 13세의 궁전에서 벌어진 부인들의 사치와 낭비 때문이었다."
라고 쇼펜하우어가 설명한 사태에까지 다다르게 된다. 따라서 남자는 여자와의 잘못된 관계가 없으면 없을수록 안전하며 순조롭게 삶을 즐길 수 있다. 그러나 남자란 예외없이 여자와의 관계를 넓고 깊게 가지려 한다.

그리고 남자와 여자와의 약점이 서로 연관되어 있는 것을 때때로 사랑 또는 사모한다는 유혹의 말로 가장하여 상대에게 치명상을 입히는 데까지 몰아간다. 참으로 가련한 정념(情念)이 아닌가.

운명에는 우연이란 없다

운명 속에 우연은 없다.
사람은 어떤 운명과 마주치기 이전에 자기 자신이 그것을 만들고 있다.

토마스 · W · 윌슨(Thomas W. Wilsin, 1856~1924) 미국 28대 대통령

가령 '운명 속에는 결코 우연이란 있을 수 없다'고 단언할 수 없다 해도 인간의 운명에는 상당한 필연성이 따른다는 것은 확실하다.

그 한 보기로 모라비아(Moravia)의 소설 《로마의 여인》을 들 수 있다.

16세의 소녀 아드리아나는 딸의 아름다운 모습을 볼모 삼아 치부하려는 어머니의 권고로 모델이 되어 어느 화가의 아뜨리에를 드나들게 되었다. 드디어 그녀는 부호의 운전사인 지노와 서로 사랑하게 되지만, 어머니가 좋아 할 리 없었다. 딸만한 미모라면 좋은 가문에 시집 갈 수 있다고 기대하고 있었기 때문이다. 그러나 젊은이의 열정은 거침없이 타오르기만 했다. 딸은 애욕의 늪에 빠져 있었던 것이다.

그러나 어느 일요일, 함께 소풍 갔던 내무성의 고급 관리의 육정에 희생이 된 이후, 그것이 계기가 되어 그녀는 창녀로 전락해 버린다.

사실, 그녀의 이러한 전락은 '운명의 장난'으로만 생각하고 싶지 않다. 딸의 미모를 상품으로 삼은 어머니 밑에서 자란 그녀는 성의 전락에 빠지기 이전에 스스로가 그러한 처지를 만들고 있었다고 생각된다.

모든 남자는 성기를 가지고 여성들을 소유하려 한다. 이러한 존재인 어머니의 영향을 받아 딸도 성의 노예로 전락되어 버리는 예가 많다. 이러한 여성의 육체적인 감각은 대체로 원시적인 암컷의 행동에 지나지 않는다.

그녀들은 오스카 와일드(Oscar Wilde)가 말한 대로

"사랑 받을 것만을 요구하며, 이해해 주기를 요구하지 않는다."

《로마의 여인》에서의 주인공 아드리아나는 돋보이는 한 본보기였다. 밤거리의 여자로 전락한 그녀는 얼마 안 있어 첫 애인인 지노와 다시 결합했으나 보석상 살인범 손조뇨와도 육체 관계를 갖게 된다.

그러면서도 다시 제3의 사나이—반정부 비밀 단체에 속해 있는 쟈코모를 사랑하게 되고, 그가 경찰에 잡히자 그를 석방시키기 위하여 이미 친분이 있는 내무성의 고급 관리에게 다시 몸을 제공할 것을 약속한다.

남자든 여자든 간에 성적 행위에 관해서는 이렇게도 약하고 단정하지 못한 것일까. 남녀를 가릴 것 없이 인간의 성 본능은 의식 또는 무의식 중에

① 정신적 사랑에 의하여 통제되고 보다 격렬해지던가

② 죄에 의해 남용되어 파멸을 가져오게 하던가

하는 이 두 가지 중의 하나를 선택하게 되지만, 전자를 택하는 사람은 흔하지 않다. 아드리아나의 경우는 이것을 선택할 운명과 마주치기 이전에 벌써 후자 쪽으로 빠져들고 있었다.

이러한 여성이 육체를 '죄에 의하여 남용'되면, 그녀의 육체와 관계를 맺고 있는 남자들 거의 모두가 비참한 운명을 피할 수 없게 된다. 결국 손조뇨는 내무성의 고관을 살해하고, 쟈코모는 권총 자살을 하고, 그녀는

살인범의 아기를 갖게 된다…….

과연 인간이란 죄 많은 존재인가, 아니면 환경이 인간을 죄의 구렁텅이로 끌어들이는 것일까. 이럴 경우 인간이란 너무나 나약한 존재이다.

자신의 기분만으로 사물을 판단하지 말라

우리들은 항상 자신에게 물어보아야 한다.
만약 남들이 하고자 하는 일을 할 경우에 그 결과가 어떻게 될 것인가 하고…….

샤르트르(Sartr, 1905~1980) 프랑스의 실존주의 문학가이자 철학자

《법화경》에 보면, 어느 마을에 덕망 높은 부자가 살고 있었다. 그의 재산은 대단하여 많은 종을 거느리고 넓고 큰 저택에서 살고 있었는데, 그 저택에는 뒷문이 없고 대문 하나만 있었다. 이 '대문이 하나' 뿐이라는 데 뜻이 있어 보인다.

어느 날, 그 부자 어른이 외출한 사이에 갑자기 저택 한쪽에서 불이 나서 잠깐 동안에 집 전체가 불에 휩싸여 버렸다. 나들이 갔다가 돌아온 그는 압도하리만큼 맹렬하게 타오르는 불길 때문에 미처 손을 쓸 수가 없었다. 대문 밖에 우뚝 선 채 정신없이 불타고 있는 자기 집을 멍청하게 바라보고 있을 때, 한 사나이가 허겁지겁 달려 와서 그에게 소리 질렀다.

"어르신네 자제분들은 불이 난 것도 모르고 집안에서 놀고 있습니다. 지금 당장에 빨리 무슨 수를 쓰지 않으면 안 됩니다."

그 부자는 놀라 당황했다. 집 안에는 아이들이 서른 명이나 놀고 있었다. 그는 넋을 잃고 자기도 모르게 곧바로 불 속으로 뛰어 들어갔다.

집 안에서는 아이들이 즐겁게 놀고 있었다. 거센 불길이 바로 그들 가까이까지 닥쳐왔는데도, 아이들은 놀이에 열중하여 위험하다는 것을 모르고 있었다. 그 부자는 힘껏 소리 질렀다.

"모두 어서 밖으로 나가거라. 지금 이 집이 불타고 있어. 큰 불이야! 빨리 빨리 이곳에서 도망쳐 나가라. 우물거리다가는 모두 타 죽어 버리겠다."

그러나 아이들은 아버지의 비통한 부르짖음에 귀를 기울이려 하지 않았다. 아이들 모두가 놀이에 마음을 빼앗겨 버렸기 때문이다.

아이들만이 아니라, 대체로 어른들도 자기 자신의 기분만으로 사물을 보기 마련이다. 여기에 공통된 인간의 치명적인 약점이 숨어 있는 것이다.

덕망 높은 그 부자는 어찌할 바를 몰라 서성거리다가 하는 수 없이 아이들을 나무판자로 실어나를까 생각했으나,

"—이 집에는 작은 대문 하나 밖에 없다. 대문을 빠져나올 때 떨어져 사고를 당하기 십상이다."

구원에 이르는 문은 언제나 좁고 작으며, 그 문은 사람마다 하나 밖에 없는 것이다. 이러한 이치를 잘 알고 있었던 그는 이번에는 다른 말로 아이들을 타일렀다.

"지금 저 문밖에는 멋진 수레들이 너희들을 기다리고 있단다. 어서 빨리 가서 제각기 좋은 수레를 골라 싫증이 날 때까지 마음껏 타거라."

아이들은 앞을 다투어 문밖으로 빠져 나갔다. '거짓말도 방편'이란 것은 바로 이러한 경우를 말한다. 다만, 그 어른은 한 수단으로 쓴 거짓말을 거짓말로 내버려 두지 않고, 자신이 말한 대로 아이들에게 수레를 만들어 주었다고 전해 오고 있다. 인간이 위험에 빠지지 않기 위해서는 언제나 스스로 안전하다고 생각하지 않는 것이 무엇보다 중요한 마음가짐이다.

빈 병은 두들기면 시끄럽다

생각하지 않는 사람의 수다는 끊임없는 재잘거림에 불과하다.

보브나르그(Vauvenargues, 1715~1747) 프랑스의 인생 비평가

'화살은 한 번 활시위를 떠나면 다시 돌아오지 않는다.' 이와 같은 말을 하고 나서 손으로 입을 막아봤자 아무 소용이 없다. 재잘거림이란 스스로가 저지르는 반역이라 할 수 있다. 이 반역 때문에 파멸로 끌려간 사람이 얼마나 많은가.

그렇기 때문에 고대 그리스에서는 말이 많게 되는 최초의 증세는 '입이 싼 병' 또는 '못 듣는 병'이라 할 만큼 말 많은 사람의 귀는 마음으로 통하는 구멍이 없고 곧바로 혀로 통한다고까지 말하였다.

어느 날 모든 학문의 아버지라고 불리는 아리스토텔레스가 대단히 말 많은 사람과 만난 적이 있었다.

얼마동안은 아리스토텔레스도 "정말 놀랍군.", "정말이야? 사실이라 믿어지지 않네."하면서 말도 되지 않는 이야기를 듣고 있었다. 그러다가 참다못해서

"무엇보다도 놀랄 일은 자네 이야기의 내용보다 발 달린 사람이 자네 이야기를 잘도 참고 견딘다는 것일세."

하고 야단친 적이 있었다고 한다.

어느 시대에서나 '빈 독은 두들기면 시끄럽다'는 것이다.

《영웅전》으로 유명한 플루타크의 윤리론집에 있는 이야기를 들어보자.

어떤 이발소에서 손님들이 모여 이야기가 오가고 있었는데,

"디오니소스의 독재 정치 때문에 정말 야단이야. 하여튼 너무 횡포가 심해서 안 되겠어."

"그러나 그가 정권을 잡은 지 꽤나 오랜 세월이 지났는데, 쉽게 물러날 것 같지 않아."

이렇게 이야기를 수군거리고 있을 때, 이발소 주인이 자랑스럽게 웃으면서 끼어들었다. 그리고 하는 말이,

"아, 디오니소스 말이지요……. 그 분의 목에 사오 일이 멀다 하고 내 면도칼이 닿는답니다."

이 말이 순식간에 퍼져 관헌의 귀에까지 전해지자, 이발소 주인은 잡혀가서 참형을 받았다고 한다.

또 다른 이야기가 있다.

로마의 원로원에서 며칠 동안 비밀회의가 계속되고 있었을 때의 일이다. 그 회의에 출석했던 한 의원의 부인이 어떻게 하든 회의 내용을 알아내려고 남편에게 안달을 부렸다. 그녀는

"당신은 자기 아내도 신용할 수 없단 말인가요. 저는 절대로 아무에게도 말하지 않겠어요. 제발 저에게만 회의 내용을 가르쳐 주세요. 정말 저를 믿어 주세요."

하고 애원하는 바람에 남편은 하는 수 없이 무거운 입을 열었다.

"당신에게 졌소. 실은 무서운 일이 일어났다오. 사제(司祭)의 보고에 의하면 종달새가 황금관을 쓰고 창을 든 채 날아다니고 있었다는 소문이야. 그래서 그것이 길한 것인지 불길한 것인지 조사하고 있는 중이라오. 이런 이야기는 절대로 다른 사람에게 해서는 안 되오. 당신 가슴 속에만 묻어두고 꼭 입 다물고 있어야 해."

이 이야기는 "당신에게만 하는 말이지만."하는 식으로 말이 말을 물어 화살같이 퍼져나가 남편이 갈 장소에 남편보다 더 빨리 전해졌다는 이야기다.

이 경우에는 의원인 남편은 진짜 회의 내용은 말하지 않고 아내의 '입이 싼 병'의 형편을 진찰한 격이 되었기 때문에 아무런 재난도 일어나지 않았다.

만일에 비밀인 회의 내용이 흘러나왔다면 치명적인 상처를 입었음에 틀림없었을 것이다.

...

가사만 입었다고 중이 될 수 없다

인간은 내용보다 겉보기로 판단하기가 더 쉽다.
누구나 눈을 가지고 있지만 통찰하는 재능을 가진 사람은 드물다.

마키아벨리(Machiavelli, 1469~1527) 이탈리아의 정치 사상가

우리들이 물건을 사러갔을 때 가게에 진열된 상품을 열심히 살펴보지만, 막상 사람을 대할 때에는 겉보기만으로 쉽게 판단해 버린다.

예를 들면 '가사만 입었다고 중이 될 수 없다'는 것을 잘 알고 있으면서도, 우리들은 무의식 중에 내용보다는 겉보기로 판단하기가 더 쉽다는 말이다.

프랑스 속담에 '아름다운 눈을 가지고 있지만, 아무 것도 볼 수 없는 사람이 있다.'는 말이 있다.

따라서 통찰하는 재능을 가진 방향으로 마음을 써야 할줄 알면서도 실제로는 전혀 반대로 누구나 겉보기만을 장식하려는데 잘못이 있다는 것이다.

"적극적인 마음가짐이 남자를 만들지, 좋은 옷이 남자를 만드는 것은 결코 아니다."

"여자들이 놀랄 만큼 헌신적으로 정성을 쏟는 경우가 있다. 예를 들면 화장할 때와 같은 것이 바로 그것이다."

이러한 구절들을 책에서 볼 수 있다.

특히 최근에는 '내용보다는 겉보기'가 남자나 여자나 할 것 없이 중하게 여기는 경향이 뚜렷이 나타나고 있다. 이러한 점에 깊이 관련된 고골리(Gogoli)의 명작 《외투》를 소개해 본다.

페테르스부르그에 있는 한 관청에서 10년을 하루같이 열심히 근무하는 하급 관리가 있었다. 그가 하는 일이란 정서(正書)하는 일로, 그의 풍채는 돋보이지 않았다. 그래서 윗사람과는 상대도 되지 않았고 젊은 관리들조차 그를 비웃으며 가까이 하려 들지 않았다.

그런 사나이가 어느 겨울날, 갑자기 외투를 새로 지어 입었다. 입고 있던 외투가 너무 낡아서 이젠 더 이상 입을 수 없게 되었기 때문이다.

새로 맞추어 입은 외투 때문에 그는 무섭게 절약을 해야 했으며, 저축하기 위해 이를 악물고 참고 견디어 나가야만 했다. 그러한 사정을 아는 상관은 그가 새 옷을 입은 것을 축하해 주기 위해 파티까지 열어주었다. 그도 한없이 기뻤고 행복했다. 새 외투는 파티를 끝내고 돌아오는 그를 따뜻하고 포근하게 감싸주었다.

그런데 집으로 오는 도중에 난데없이 도둑을 만났다. 행복을 잃어버리기란 이렇게 쉬운 것일까. 눈 깜짝할 사이에 새 외투를 강탈당하고 말았다. 그는 너무나 슬프고 억울한 나머지 드러눕게 되었고, 드디어는 병이 심해져서 죽고 말았다.

그러한 일이 있고 나서 얼마 지나지 않아 페테르스부르그 시내에는 필사적으로 잃어버린 외투를 찾아다니는 유령이 나타나게 되었다고 이 작품을 끝맺고 있다.

《외투》의 줄거리와 같은 경우에도 '내용보다는 겉보기'를 중요시했다는 데 큰 문제가 있다고 하겠다. 다만, 여기에 등장하는 인물의 경우에는 겉보기를 내세우려고 한 것이 아니라, 자기 자신의 가능한 한도 내에서의 겉보기를 유지하려 했을 뿐이다.

옷이 생활에 필요하다는 관점에서 살펴본다면

─의복은 무엇 때문에 입는 것일까. 추위를 막고 더위에 견디기 위해서일 뿐이다.

이렇게 말할 수 있지만, 그것만으로 만족할 수 없다는데, 인간의 약점과 문화적 미점(美點)이 있는 것이다.

오만함은 멸망에 앞장 선다

교만함은 패망의 선봉이요, 거만한 마음은 넘어짐의 앞잡이니라.
겸손한 자와 함께 하여 마음을 낮추는 것이 교만한 자와 함께 하여
탈취물을 나누는 것보다 나으니라.

구약성서 잠언(箴言) 16장 18~19절

오만이란 자기 자신 이외의 모든 것을 깔보고 업신여긴다는 뜻이 틀림
없다. 그것은 가면을 쓴 자만이라 해도 좋을 것이다. 그 가면은 생각지 않
게 벗겨지는 경우도 있다.

에리히 프럼이 지은 《꿈의 정신분석》에서 다음과 같은 흥미 있는 대목
을 볼 수 있다.

—총명한 부인이 다음과 같은 꿈을 꾸었다.

나는 한 마리의 고양이와 백 마리의 새앙쥐를 봤다. 그리고 생각했다. 내
일 아침에 남편에게 왜 백 마리의 새앙쥐가 한 마리의 고양이보다 강하지
못한가, 왜 그들은 고양이를 이겨내지 못하는가를 물어보아야겠다고…….

그것은 독재자가 수백만의 민중을 지배할 수 있으며, 더구나 그들로부
터 저항을 받는 일이 없다는 역사적 문제와 조금도 다를 바 없다고 남편이
대답할 것을 나는 알고 있다. 그러나 이 문제는 사람을 어리둥절하게 만
드는 내용으로서, 그의 대답이 틀린 것이라는 것을 나는 잘 알고 있다.

이와 같은 내용의 꿈을 꾼 다음 날 아침에 그녀는 남편에게 꿈의 첫 부

분을 이야기하고 물었다.

"백 마리의 새앙쥐가 한 마리 고양이를 이겨내지 못한 꿈을 꿨다는 것은 어떤 뜻을 가진 것일까요?"

그러자 남편은 서슴지 않고 꿈에 대해 그녀가 생각한 것처럼 대답하는 것이었다.

이틀 후, 그녀는 짧은 자작시 한 편을 남편에게 읽어 주었다. 그 시는 눈 덮인 들판에서 백 마리의 새앙쥐에 둘러싸인 검은 고양이에 대한 내용이었다.

새앙쥐들은 고양이가 검은 털을 가지고 있어서 흰 눈과 비교되어 너무나 확실히 눈에 띈다는 사실 때문에 고양이를 놀려대고 있었다. 그래서 고양이는 자기 자신이 보이지 않도록 희어지고 싶었다.

그 시의 한 구절이 이렇게 쓰여 있었다.

'지금 나는, 간밤에 난처해 하던 까닭을 알겠노라.'

남편에게 이 시를 읽어주었을 때, 그녀는 시와 꿈과의 관계에 대하여 조금도 생각을 못하고 있었다. 남편이 꿈과 연관된 사실을 알아차리고는 말했다.

"당신의 시는 그 꿈을 풀이해 주고 있군. 당신은 내 생각과 똑 같이 자신을 새앙쥐가 아닌 고양이로 생각하고 있는 것이야. 그리고 꿈 속에서 본 백 마리의 새앙쥐라 하더라도 자기 자신을 넘어뜨릴 수 없다고 의기양양해 하고 있는 것 아닐까. 그러나 자신에 대해 대단히 우월함을 느끼고 있는 새앙쥐라도, 만약 당신이 정말 똑똑하게 보인다 해도 비웃을 수 있다는 굴욕감을 스스로 표현하고 있는 것이지."

정도의 차이는 있지만, 이 여성이 가진 오만함이나 우월감은 때로는 눈 뜨고 볼 수 없을 지경에까지 이르고 있다. 이와 같은 꿈을 꾼 여성과 같이 자기 자신은 고양이로 가정하고 주위의 인간은 새앙쥐 정도로밖에 생각하지 않는 오만함을 가지고 있는 것이다.

《코란》에서도 '천국은 불손한 무리들의 살 곳이 못 된다.'고 설득하고 있는 것과 같이 '오만함은 멸망에 앞장서며 인간을 연옥으로 이끌어가는 참으로 안타까운 비극이라 하겠다.

인간의 약점을 뒤집어 말한 '육도(六道)'

육바라밀(六波羅蜜)이란 보시(布施) · 지계(持戒) ·
인욕(忍辱) · 정진(精進) · 선정(禪定) · 지혜(智慧)를 말한다.
불교에서 이것을 실천하면 열반에 이른다는 여섯 가지 덕목

평범한 사람들에게 육바라밀(六波羅蜜)과 같은 덕목을 실천하기란 어렵다. 이것들은 인간이 공통적으로 가지고 있는 치명적인 약점을 뒤집어 나타낸 것이라 할 수 있다.

먼저 보시(布施)에 대하여 생각해 보자.

러시아의 작가 고르키(Gorkil)가 말했듯이

"우리들은 모두 받기 위해서 사는 것이지, 주기 위해서 사는 것은 아니다."

라는 것과 같이. 사람에게 재물을 주고 진리를 교시하며 안심을 베푸는 보시를 실천하기란 어렵다. 우리들의 인생은 일상생활에 있어서 이와 전혀 반대되는 방향으로 가고 있는 것이 아닐까.

다음은 지계(持戒)에 대하여 생각해 보자.

계(戒)란 비행을 막고 악행을 하지 않음을 뜻한다. 따라서 계율을 잘 지켜서 마음을 닦아야 한다.

그런데 어려운 것은 '악덕은 마치 사랑과 같다. 그것을 위해서는 무엇이든 희생한다.'는 말과 같이, 우리들은 무엇이든 틈만 있으면 비행에 이끌려 악행을 하게 되는 약함을 극복하지 못한다. '소인은 한가로이 앉아 불선(不善)을 행한다.'는 것이 일반적이어서 지계의 실천이란 불가능에 가깝다.

세 번째의 인욕(人慾)은 '고통이나 굴욕을 당하여도 참고 견디어 보복하지 아니함'을 실천하자는 것이다. 욕되는 일을 참는 힘이 강하다는 것은 영혼에 있어서 숨겨진 보배라 할 수 있지만, 그렇다고 해도 참는데는 한도가 있는 것이다.

그러나 참는데 한도가 있어서는 안 된다고 하니, 현실과 더불어 사는 인간으로서는 무리한 요구라고 밖에 생각되지 않는다.

영국의 속담에 '인내라는 꽃은 어느 집 마당에나 피는 꽃은 아니다'라는 말이 있다. 그러나 그 꽃이 핀다면 어떠한 상처를 입어도 치유될 수 있는 훌륭한 약이 된다고 가르치고 있다.

다음은 정진(精進)이란 말의 뜻은 '기운 좋은, 정력적인' 등을 일컬으며 '목적하는 방향으로 모든 정성을 다하여 나아간다.'는 것과 뜻을 같이 한다. 이 경우에 가장 문제가 되는 것은 '목적하는 방향'이다.

에고이즘이나 물질적 충족만을 목표로 삼는다면 정진할 수 없다. 모든 잡념을 버리고 한마음으로 다른 다섯 가지 바라밀(波羅蜜)을 닦는 것을 목표로 하여 노력을 계속하라는 뜻이므로 평범한 생각으로는 정진할 수 없다는 것이다.

다섯 번째의 선정(禪定)이란, '진리를 올바르게 생각하고 조용히 한 곳에 마음을 모은다.'는 뜻으로, 마음을 집중하여 안정케 한다는 것이다. 이

것 또한 대단히 어렵다. 우리들의 마음은 흐트러지기 쉽고 간단히 포기하며 침착함을 오래도록 유지하기 어렵다.

끝으로 지혜(智慧)란 '반야(般若)'라고도 하며, '유혹에서 벗어나 여러 가지 존재의 배후에 있는 어떤 실상을 깨닫는 슬기'를 뜻한다. 그러므로 여기에서 말하는 지혜는 '인격과 깊이 결부되어 있는 실질적 지혜'보다도 훨씬 높은 최상의 지혜로서, 이것을 넘어선 직각적, 직감적 작용을 말하는 것이다. 즉, 마음의 틀이 떨어져 나가는 모양이 되어야 한다는 것이다.

이러한 여섯 가지 덕목을 놓고 생각할 때, 우리들은 어느 것 하나 쉽게 배울 수 없어 애써 수양한 노력으로 얻을 수 있다면, 인생에 새로운 모습이 펼쳐질 것이다.

진리는 사람이나 때에 따라 달라진다

인간은 만물의 척도이다.
사람이 다르고 때가 다르면 진리 또한 달라진다.

프로타고라스(Protagoras BC 481~BC 411) 고대 그리스 철학자

어느 날의 일이다. 명성이 높은 소피스트 (프로타고라스였을 것이라고 전해진다) 에게 한 젊은이가 찾아와 제자가 되기를 희망하면서 다음과 같이 약속했다.

"만약에 선생님이 지도해 주시는 덕택으로 저의 변론술이 완전한 지경에 이르게 된다면, 그 때에는 많은 사례금을 드리도록 하겠습니다."

사례금을 준다는 말에 이끌린 것은 아니지만, 선생이 열심히 지도해준 덕분에 드디어 그 젊은이의 변론술은 눈부시게 발전하게 되었다. 그러나 그 젊은이는 도무지 사례금을 주려고 하지 않았다.

이윽고 화가 난 선생은 재판소에 고소했다. 그들이 법정에서 싸운 변론은 인간의 에고이즘을 서로 다른 관점에서 훌륭하게 밝혀주고 있다.

선생의 주장은 이렇다.

"재판장님! 재판 결과 피고인 젊은이가 질 경우에는 재판의 법규에 따라 당연히 저에게 일정한 금액의 돈을 사례비로 지불하지 않으면 안 됩니다. 그리고 반대로 만약에 젊은이가 이길 경우라 하더라도 그것은 저의

지도가 훌륭했기 때문에 그의 변론술이 향상된 증거가 됨으로, 그러할 경우에도 그는 저에게 사례금을 지불할 의무를 다하지 않으면 안 될 것입니다."

얼핏 생각하면 바로 틀림없는 말이라고 생각된다. 이에 대하여 젊은이는 참으로 능하게 반대 변론을 펴 나갔다. 그의 논조는 '둥근 계란도 자르기에 따라 네모진다.'는 전형적인 한 사례였다.

젊은이가 말했다.

"재판장님께 말씀드립니다. 만약에 제가 이 법정에서 패하게 된다면 그것은 저의 변론술이 아직껏 향상되지 못했다는 사실을 나타내는 것으로, 저는 선생에게 사례금을 지불할 필요가 없다고 생각합니다. 그러나 다행히도 제가 이길 경우에는 역시 재판의 법규에 준해서 저는 어떠한 금액의 돈이라도 지불할 의무는 없다고 생각됩니다. 재판장님! 그렇지 않습니까. 아무쪼록 공정하게 판결해 주십시오."

이 두 사람의 주장에는 모두 일리가 있다. 그러나 그들의 치명적인 약점은 두 사람 모두 에고이즘의 이론에 근거를 두고 있다는 점이다. 그런데 양쪽 모두는 이러한 점에 생각이 못 미치고 있어서 상대를 '이기주의자'라고 거세게 공격하는 꼴이 된다.

"이기주의란 말은 거의 언제나 다른 사람이 자기 자신과는 같지 않으리라는 생각을 전제하고 있다."

라는 말은 거의 어떤 사람에게나 예외없이 들어맞는 말이다.

일상생활 가운데에서 우리들은 앞에서 든 것과 같은 자기 나름의 쟁론을 얼마나 많이 되풀이하고 있는 것일까. 상대에게 입만으로 이긴다는 것은 조금도 중요하지 않다. 이론의 진정함이 존중되지 않으면 안 된다.

쓸데없는 소리를 할 정도라면, 오히려 발을 헛디뎌 미끄러지는 쪽이 훨씬 더 낫다.

힘과 선의는 서로 맞지 않는다

강한 자가 약자에게 성실한 적은 없다.
프랑스의 옛 우화에서

힘이 강한 자일수록 살아 있는 것을 통째로 먹어버리는 습성을 가지고 있다. 지배자가 역정을 냈을 때, 그 앙갚음은 항상 민중에게로 돌아간다. 그러나 강력한 자가 한 번 자기의 힘을 받쳐줄 곳을 잃어버리면, 약자들 중에서도 가장 극단적인 패자로 변해 버리는 경우가 많다. 그 때까지의 불성실함이 십 배, 백 배가 되어 당사자 마음에 되돌아오기 때문이다.

그 충격적인 보기를 들어 보려고 한다.

제2차 세계대전 중에 유태 사람에 대하여 온갖 횡포를 다한 나치 친위대의 아이히만(Adolf Eichmann)이 1960년 5월에 이스라엘의 첩보기관에 의하여 체포되었을 때의 일이다.

잡힐 때의 광경을 첩보기관의 지도자였던 이샤 할렐르 씨가 말한 것을 들어 보자.

"처음으로 아이히만을 보았을 때 어떤 느낌이었는가?"

"놀라움과 기대가 서로 엇갈리는 기분이었지. 그는 우리 동포를 6백만 명이나 죽인 사나이였으니까. 극히 위험한 짐승 같은 사나이로 기대하고 있었다네. 악독한 나치이니까 말일세.

그런데 눈앞에서 서 있는 사나이는 나약한 모습으로 바들바들 떠는 작은 몸집의 한 남자에 지나지 않았어. 목숨만은 살려 달라고 몇 번이나 애원하고 있었는데 겁쟁이의 본보기 같은 사나이였어.

그를 체포했을 때 말고는 누구 하나 그의 몸에 손을 대려 하지 않았지. 그러나 그는 당장에라도 죽게 되는 것이 아닌가 하고 벌벌 떨며 두려워하고 있었지.

음식을 주면 독살되는 것이 아닌가 하고 떨면서, 누군가가 먼저 먹기 전에는 손을 대려 하지 않았어. 수염을 깎아 주겠다고 하면 목을 잘리는 것이 아닌가 하고 의심하는 눈치였다네. 운동을 시키기 위해서 바깥으로 데리고 나가려면 마당에서 총살되는 것이 아닌가 하고 두려워하는 손댈 수 없을 정도의 겁쟁이였지.

유태인을 전멸시키기 위해 총 지휘를 맡았던 친위대장이란 이미지와 이 작은 사나이와는 아무리 생각해 보아도 나의 머릿속에서 합쳐지지 않았어. 몇 백만이라는 유태인에게 죽음을 선고했던 권세와 우월감은 그에게서 한 조각의 흔적도 찾아볼 수 없었단 말일세.

스스로를 지배하는 민족이라고 자부하던 자랑은 어디로 사라져버렸단 말인가. 나는 마음 속으로 굴욕감을 느끼지 않을 수 없었어. 나의 동포는 이렇게 겁쟁이고 자존심이라고는 조금도 없는 사나이에게 죽음을 당했다는 한심스러운 생각으로 가득 찼었다네."

이와 같이 권력자가 권력의 자리에서 떨어져 나갔을 때에는 거의 예외 없이 극단적인 약자로 변신해 버린다. 나폴레옹도 세인트헬레나로 유배

되어 고독을 강요당하자, 허둥지둥하며 어린애 같은 볼품없는 사나이가 되어 소화불량으로 고통을 겪다가 죽고 말았다.

　어느 경우에서도 힘에 의지하는 자는 '약자에게 성실한 적이 없었다.' 힘에 의지하고 있는 동안에는 그것에 생각이 미치지 못했다는 점에 인간의 구원 받지 못할 약점이 있는 것이다. 권세와 선의와는 영원히 맞지 않는 것이라 하겠다.

마음을 단련한다

· · ·

머리를 깎기보다는 마음을 깎아라

|

가장 중요한 것은 산다는 그것 자체가 아니고
어질게 사는 것, 아름답게 사는 일이다.

소크라테스 (Socrates, BC 470~BC 399) 고대 그리스의 철인

미인과 누드에 관한 철학적 탐구

어느 날 소크라테스의 집에 모여든 젊은이들이 한창 여성 이야기로 꽃을 피우고 있었다.

"테오도테란 여자는 정말 멋있는 여자야. 그만한 미인은 보기 드물거든."

"이야기는 들었지만, 그렇게 아름답단 말인가."

"그리고 말이야. 화가가 초상화를 그리기 위해서 찾아가면, 그녀는 서슴지 않고 거의 완전 나체가 되어준다고 하더군."

"정말 멋있겠구나……."

"그렇다는 이야기였어. 말로는 도무지 표현할 수 없을 만큼 아름다운 것 같아."

"그렇다면 지금부터 그녀를 찾아가서 구경하는 수밖에 없겠군."

하고 끼어든 사람은 소크라테스였다.

젊은이들은 놀랐다. 테오도테란 여자는 고급 창녀였는데, 그러한 괴상한 여자의 집에 아테네 시에서 제일 가는 명사가 대낮에 그것도 의젓하게 찾아가자고 하니 말이다.

—선생은 도대체 무슨 심사로 저럴까.

젊은이들의 의심스러운 눈초리에 철학자 소크라테스는 확고한 말로 대답하였다.

"언어로 표현할 수 없는 아름다움이란 듣는 것만으로는 알 수 없다."

말하자면 실제로 보고 확인해 보자는 것이다.

철학이란 상식에 물구나무 선 꼴이다.

그래서 그들 모두는 소크라테스를 따라 테오도테의 집으로 가 보았더니, 다행이 그녀는 화가의 모델이 되어 일에 열중하고 있는 중이었다.

정말 아름다웠다. 모두들 정신없이 쳐다보고만 있었다. 그런데 화가가 붓을 놓고 쉬는 동안에 소크라테스는 그의 본디 성격대로 철학적 탐구심을 발휘하기 시작하였다.

"여러분, 테오도테 양이 우리들에게 자신의 아름다움을 보여준 것에 대하여 우리들이 그녀에게 사례를 해야 할 것인가, 아니면 우리들이 보아준 것에 대하여 그녀 쪽에서 사례를 해야 할 것인가. 만약에 보여 주는 것이 이 여성에게 이익을 더해 주는 것이라면, 그녀는 우리들에게 감사하지 않으면 안 될 것이며, 또 본다는 것이 우리들에게 이익을 더해 주는 것이라면, 우리들이 그녀에게 감사하지 않으면 안 되게 되는 것이기 때문에……."

"그렇게 생각하면 확실히 그렇기도 하군요."

하고 함께 찾아온 일행 가운데 한 사람이 중얼거렸다.

이 점에 대하여 독자 여러분은 어떻게 생각하는가. 하여튼 기원전 5세기 무렵에 크게 활동했던 이 철학자의 의견에 좀 더 귀를 기울일 필요가 있다.

"테오도테 양은 벌써 우리들의 칭찬을 받게 되었다. 우리들이 많은 사람들에게 그녀의 아름다움을 널리 퍼뜨리면, 그녀는 보다 많은 이익을 얻게 되는 것이 아닐까. 그렇다면 우리들은 어떻게 될까……. 우리는 그녀를 쓰다듬어 보고픈 생각이 일어나서 심란한 정념을 가지고 떠나게 된다. 그리하여 떠나고 나서 생각해 보면 연모의 정 때문에 더욱 견디기 어렵게 된다. 그 결과 우리들은 스스로 이 여자에 대한 숭배자가 되고, 이 여자는 존경 받는 존재가 되어버리는 결과가 되는 것이지."

"바로 그렇군요."

하고 테오도테는 부드러운 목소리로 말했다.

"그대로라면, 제가 여러분에게 사례하지 않으면 안 되겠군요."

때때로 '철학이란 상식이 물구나무 선 꼴이다.'라고 일컬어지지만, 철학자 소크라테스는 절세의 미인을 상대로 하고서도 보통 때의 철학적 태도를 무너뜨리지 않았다. 그 뿐만이 아니라, 그는 죽음을 눈앞에 두고서도 그런 태도를 취했던 것이다.

'남아 있는 시간'을 어떻게 하면 가장 훌륭하게 살 수 있을까.

소크라테스가 무고한 죄로 투옥되어 처형되는 날을 기다리고 있었을 때, 친구인 그리턴이 탈옥할 준비를 갖추고 도망칠 것을 권유하러 찾아왔었다. 그러자 소크라테스는,

"그리턴 군, 나는 자네의 우정에 대해서 참으로 기쁘게 생각하네. 정말 고맙네. 그러나 탈옥할 계획은 곧 중지해 주기 바라네. 이제 이렇게 된 이상 모든 것을 운명의 손에 맡겨 버리세. 귀중하다는 것, 어질다는 것은 오래 산다는 것과는 전혀 다른 문제인 것이야. 자기 자신이 어떠한 인간인가에 대해서는 생각하지도 않고, 다만 자기 자신의 생명을 보존하면서 얼마간의 시간만이라도 더 산다는 것 따위는 남자로서 문제 삼을 것이 못 된다네. 인간은 누구나 언젠가는 반드시 죽기 마련이지. 그러기에 우리들이 항상 생각하지 않으면 안 되는 것은 죽음을 피하려 하는 것이 아니고 살만큼의 시간 동안을 어떻게 하면 가장 뜻있게 사는가 하는 것이 문제야. 남겨진 시간은 짧으나 나는 이대로 주어진 일생을 보내려고 생각하네."

라고 말하며 탈옥을 권하는 계획을 거절했다고 한다.

조금도 망설임이 없다. 그는 미인을 보고서도 '좇지 않았을'뿐만 아니라, 자신의 생명 또한 '좇지 않은' 사나이였다. 선을 좇고 미를 추구하는 데에만 열중했기 때문이다.

"가장 중요한 것은 산다는 그 자체가 아니라 어질게 산다는 것, 아름답게 산다는 일이다."

라고 평소에 지녔던 소신과 사상을 밝혔다. 그는 무고한 죄 때문에 부당하게 처형 당함을 눈앞에 두고도 자신을 조금도 굽히지 않고 자세를 흐트러뜨리지 않았다.

인간이 '살고 있다는 것의 뿌리'를 철저하게 추구한다.

보통 사람들은 목숨을 걸고 '추궁해야 할' 것을 발견하지 못하고 있다.

그것을 발견하지 못하였기 때문에 눈앞의 것을 무엇이든지 추구하게 되는 것이다.

옛 사람이 '즐거움이란 기대어 설 수 있는 기둥과 앞에 놓인 술, 그리고 양쪽에 앉은 여자와 호주머니 속의 돈'이라고 남자의 즐거움을 말한 바 있지만, 이러한 즐거움은 거의 모든 사람에게 통용된다.

소크라테스도 예외일 수는 없다. 그도 이러한 종류의 즐거움을 결코 마다하지 않는 사나이였다. 그러나 그는 목숨을 걸고 추구하는 것이 있었기에 즐거움에 집착하거나 즐거움에 정도를 넘는 일을 하지 않았다.

그는 이렇게 말하였다.

"신체의 뿌리가 썩어 있다면 얼마만큼의 먹을 것이나 마실 것이 있고, 또한 돈이나 권력이 있다 하더라도, 어느 누구도 사는 보람이 있다고는 생각하지 않을 것이다. 하물며 우리들이 살고 있는 뿌리인 정신이나 영혼이 흐트러져 썩어있다면 산다는 보람이 없는 것 아닐까."

그는 인간이 '살고 있다는 것의 뿌리'를 무엇보다도 강하고 거세게 추구하는 일에 자기 자신의 온 생애를 걸고 있었던 것이다.

그의 경우, 그것이 '어질게 살며, 아름답게 사는 것'이었지만, 우리들의 경우에는 그것이 잘 되지 않는다. 우리들의 바램은 항상 돈이나 재산과 연관되어 있다. 왜 그럴까?

돈이란 것은 우리들의 생각지 않은 바램이나 여러 가지 욕구를 시간과 장소에 따라 모습을 바꾸어 가득 채워 주기 때문이다. 그런데 돈 이외의 귀중한 재물이나 물질은 모두 단 하나의 욕구를 채워주는 것에 불과하다.

그러기 때문에 도스또엡스키는 '돈은 주조(鑄造)된 자유이다.' 라고까지 말하고 있다.

그런데도 불구하고 돈을 얻기 위해 바쳐지는 인생은, 만약에 돈을 모우는 것이 '살고 있다는 것의 뿌리'를 튼튼히 하고 발전시키며 기쁨으로 바꿀 수 없다면 사는 보람을 느낄 수 없을 것이다.

레바논의 속담에 있듯이

'네가 가진 돈은 너의 노예지만, 너는 네가 갖지 못한 돈의 노예이다.'

말하자면, 돈은 훌륭한 하인임에 틀림없지만, 동시에 나쁜 주인이기도 하다는 것이다.

소크라테스와 같이 '살고 있다는 뿌리'의 추구에 온 생애를 걸고 있는 사람에게 있어 돈은 결코 좋은 주인이 되지 못한다. 그에게 그의 좋은 하인에 지나지 않는다. 돈에 집착하지 않기 때문이다.

돈에 집착하고 있을 때에는, 그것을 갖지 못한 사람은 용기를 갖지 못한다. 그리고 많은 돈을 가진 사람은 근심을 가지게 된다. 또 그것을 가져 본 사람은 괴로움을 갖는다. 그런데 돈 그 자체가 나쁜 것은 아니다. 돈에 대한 집착이 여러 가지 악의 바탕이 되는데, 그 집착은 극히 강하고 거세다.

정면으로 마주 서서 강렬한 집착의 사슬을 끊어버리려고 하지만 곧 되풀이 되고 만다. 그것을 단절하기 위한 최상의 방법은 자신의 눈을 내면의 세계로 돌리게 하여 '살고 있다는 것의 뿌리'를 추구하는데 있다 하겠다.

···

불행을 참아낼 수 있는 인간의 의지

하느님이 행하시는 일을 보라.
하느님이 굽게 하신 것을 누가 곧게 펴겠느냐.

《구약성서》 중 전도서 7장 13절

신앙은 '하느님이 굽게 한 것'까지도 솔직하게 받아들일 수 있을 때 참된 믿음이 될 수 있는 것인데, 현실적으로 그것은 정말 어려운 일이다.

'믿으라, 그러면 구원을 받을 것이다.'라는 구절을 자주 인용하지만,

―믿는다고 해서 하느님은 우리들을 반드시 구해 주지는 않는다. 그 증거로 두터운 신앙심을 가진 많은 사람들이 불운함에 울고 불행함을 탓하고 있지 않은가. 우리들이 참으로 자비롭다고 믿고 있는 하느님마저도 우리들의 인생을 얼마나 고통 속으로 몰아 넣고 있는가.

우리들은 비참한 자기의 운명을 더듬어 가거나 평탄치 않은 상황 아래에 놓여지기 때문에 위와 같은 불평이나 불만을 하지 않을 수 없게 된다. 그 반면에 인간의 삶에 쫓기면 쫓길수록 하느님이나 부처님에게 의지하려 한다. 드디어는 모순됨을 알면서도,

"아무리 해도 믿을 수 없다. 그렇지만 어떻게 하든 구원을 받고 싶다고 소리치고 싶은 심정이다."

이러한 것에 대하여 고대 그리스의 시인 호메로스는 말한다.

"슬플 때에만 하느님을 찾고 슬픔에서 해방되면 곧 보잘 것 없는 일에 열중한다. 하느님은 우리들 딱한 인간들을 이렇게 만들어 놓으셨다."

기원전 10세기 경에 살았던 그리스의 시인 호메로스가 이렇게 말한 것으로 보아, 인간은 예부터 진실하게 하느님을 믿지 않게 만들어졌는지 모른다.

때로는 가슴을 활짝 펴고 우쭐대면서

"나는 하느님을 진심으로 믿고 있다. 나의 신앙에는 틀림이 없다. 그러기에 나는 이미 구원을 받고 있는 것이다."

이러한 말을 버젓이 하는 사람들과 마주칠 때가 있다. 그러나 그는 가짜임에 틀림없다. 그들은 의식적인 면에서 하느님에 현혹되어 무의식 속에서 싹트고 있는 에고이즘에 대해서는 생각이 못 미치고 있는 것이다.

이 세상에 정의를 앞세운 가짜 용사가 있듯이, 가짜 신자 또한 얼마나 많은가. 교회나 사원에 가기만 하면 모두 신자가 되는 것은 아니다.

대체적인 경우, 믿음을 가진 사람이란 무신론인 왕 앞에서는 무신론자가 되어버리는 줏대 없는 인간에 지나지 않는다. 그러한 무리들은 자기 형편에 따라 '하느님이 굽게 한 것'을 강제로 바르게 펴려고 한다. 그리고 자기 자신의 일방적인 기대와 어긋나면 하느님을 저주한다.

"하느님이나 부처님이 어디에 있어."

하며 대단히 성급한 결론을 내려 버린다. 그러한 성급함과 조급함이 문제인 것이다.

"훌륭한 행실을 하는 사람에게 하느님은 불행을 가져다주는 일이 있으나, 그러한 경우에도 하느님은 그 사람들에게 그러한 불행을 견디어 낼 수 있는 강한 힘을 주신다."

라고 생각하지 않는 한, 참된 신앙에의 길은 아무리 해도 열리지 않을 것
이다.

　파스칼은 그가 쓴 《명상록》에서 지적한 대로

　"하느님을 안다는 것에서 하느님을 사랑한다는 것으로의 과정은 이렇
게도 먼 것인가?"

하는 글은 마음 깊이 새겨볼 만한 일이다.

신의 속박은 인간의 뛰어난 부분을 살린다

인간은 속박에 의해서만
자기 자신을 절멸(絕滅)에서 구할 수 있다.

지드(Andre Gide, 1869~1951) 프랑스의 작가

"세상이란 왜 이토록 냉정할까요. 전과자인 나 같은 것을 상대해 주는 사람은 아무도 없습니다."

이렇게 혼자 중얼거리면서 걸어가는 사나이 몸에 알프스에서 불어오는 차디찬 바람이 스쳐 가고 있었다. 그의 이름은 위고(Hugo)가 지은 《레미제라블》에 등장하는 쟝 발장이었다.

그는 동생들을 위하여 빵을 훔친 죄로 형무소에 수감되었다. 그러나 나이어린 동생들의 굶주림을 생각하면 탈옥하지 않을 수 없었다. 그래서 몇 번이나 탈주하려 했으나 곧 잡혀서, 그때마다 형벌이 더해졌기 때문에 19년이라는 긴 세월을 감옥에서 보내지 않으면 안 되었다.

그러다가 오늘에서야 겨우 석방은 되었으나, 그를 하룻밤 재워줄 집이나 밥을 먹여 줄 사람은 없었다. 그 뿐만 아니라 너무나 초라한 그의 모습 때문에 거리의 개들마저 몹시 짖어댔다.

드디어 그는 광장 한 모퉁이에 있는 돌걸상을 찾아내자, 그의 피로한 몸을 내던지듯이 누워버렸다. 걸상은 얼음장 같이 차서 뼈 속까지 냉기가 스며들었다.

그가 자포자기한 채 몸을 움츠리고 있을 때, 마침 한 늙은 부인이 교회에서 걸어나왔다. 그를 보자 미레르 신부의 집을 가리켜 주며 찾아가 보라고 하였다. 교회 바로 옆에 있는 그 집의 불빛만이 환하게 길을 비춰 주고 있어 얼어버린 마음과 몸을 한없이 따뜻하게 녹혀 주는 것 같았다. 그는 말할 수 없는 평안함을 느끼게 되었다.

그 집을 찾아 가자 신부는,

"의사와 성직자의 집 대문은 언제나 열려 있지 않으면 안 됩니다. 왜냐하면 괴로움에 시달리는 사람, 구원을 청하는 사람이 밤중에도 찾아올 수 있도록 해야 하기 때문입니다."

평소부터 이러한 생각을 간직하고 있었던 미레르 신부는 웃음 띤 얼굴로 쟝 발쟝을 맞아 주었다. 더구나 "나의 형제여!" 하며 마음으로부터 환대해 주었다.

쟝 발쟝은 감사한 마음으로 가득했다. 그러나 오랜 세월 동안 몸에 배어 있는 도벽은 감사하는 마음과는 따로 움틀거리고 있었다.

저녁밥을 먹고 나서 신부가 마련해 준 침실로 가자, 식사 때에 사용한 그 은그릇을 가정부가 찬장에 넣어 두는 것을 눈여겨 보아두었던 그는 한밤중에 은그릇을 훔쳐 가지고 달아나버렸다. 그러나 쟝 발쟝은 곧 세 사람의 경관에게 잡혀, 이튿날 아침에 신부 집으로 다시 끌려왔다.

이를 본 신부는 그 상황을 얼핏 알아차리고

"그 사나이는 도둑이 아닙니다. 은접시는 내가 그에게 준 것입니다."

하고 변명을 해주자, 경관들은 쟝 발쟝을 풀어 주고 그대로 돌아가버렸다. 그들의 모습이 사라지자 신부는 그에게 부드러운 말투로 타이르는 것이었다.

"이것 봐요, 쟝 발쟝. 당신의 죄는 이미 하느님에 의해 용서 받았습니다. 이제부터는 새로운 인생의 길을 찾아 가도록 하는 것이 좋겠소."

이때를 고비로 쟝 발장은 새 인간이 되어, 그 후 많은 사람들로부터 어진 어버이로 추앙 받게 되었다.

죄에 따른 속박은 인간을 파멸의 늪으로 쫓아버린다. 그러나 하느님에 의한 속박은 인간의 가장 뛰어난 것을 스스로 살리게 만든다. 하느님은 인간의 이상(理想)이기 때문이다.

• • •

머리를 까기보다는 먼저 마음을 깎아라

도심(道心) 속에 의식(衣食)은 있지만, 의식 속에 도심은 없다.

전교대사(傳教大師, 765~822) 일본의 승려로서 천태종(天台宗)의 시조

도심(道心)이란 불도에 의지하고 믿는 마음, 불타의 깨달음을 얻으려는 마음을 뜻한다. 쉽게 풀이하면 도덕심 또는 양심이라고 할 수 있다.

그런데 최근에 와서 이러한 양심을 가지고 있지 않은 성직자를 흔히 볼수 있다. 이와 같은 도덕심만 가지고 있다면 생활의 기본조건은 걱정하지 않아도 저절로 해결될 수 있다. 그러나 그들은 일의 근본과 여줄가리를 뒤바꿔 생각하여 예배 볼 때 받는 돈이나 재물 모으기에 열중하고 유치원이나 결혼식장 등의 경영에 골똘하는 것을 볼 수 있다.

즉, 자기 자신의 의식주를 꾸려나가는 데에만 마음을 빼앗기고 있다. 이러한 점을 승려인 전교대사(傳教大師)는 한 마디로 다음과 같이 갈파하고 있다.

"의식(衣食) 속에 도심은 없다."

옛부터 '머리를 깎기보다는 마음을 깎아라'고 하듯이. 머리를 깎아 승려의 모습을 지녔더라도 마음이 의식주에 쏠려 있다면 웃음거리가 될 뿐이다.

겉모양이나 관념뿐인 신앙은 세상을 어지럽게 할 뿐이며, 또 행동이 따르지 않는 신앙은 죽은 신앙에 지나지 않는다.

독일의 정치적 문예평론가인 베르네(Werner)는

"더없이 행복한 인간도 신앙이 없다면 무엇이라고 할까……. 그것은 뿌리도 없고 오래 가지도 못하는 꽃병 속에 꽂아놓은 아름다운 꽃과 같다." 라고 말하고 있다.

진실한 신앙이라면 마음의 시(詩)가 되며 생활의 부패를 막아주는 향료 역할을 해 주기도 한다. 그러기 때문에 '머리를 깎기보다는 마음을 깎아라!'든가 '옷에 물들이기보다는 마음에 물들여라'는 말이 생긴 것이다. 말하자면, 에고이즘으로부터 탈피하는 것이 참다운 신앙을 지닌 양심이라는 것이다. 이러한 경우에 신앙은 어디까지나 진실된 것이 아니면 안 된다. 여기에서 말하는 '참된 것'이란 "자기 자신을 죄 많은 인간이라 스스로 인정하고, 자신의 어진 행동을 자기의 덕으로 귀의시키지 않는 것."을 뜻한다. 거만하거나 의기양양한 태도와 참된 신앙과는 결코 공존할 수 없다.

이러한 심정을 설명한 구절을 예로 들어 본다.

"인기척 드문 고원에 홀로 서서 백설이 쌓인 산, 그것을 중심으로 이어진 계곡들, 끊임없이 쏟아져 내리며 움직이는 듯한 높은 산봉우리를 둘러쌌다가 또다시 펼쳐지는 백설들, 그리고 숨어 있듯 핀 고산식물들, 그 사이를 흘러내리는 얼음 같이 찬 한 줄기 냇물. 나는 홀린 듯 멍하니 바라보기만 할 뿐이다. 그러자 갑자기 정신이 든 나는 대지에 엎드려 누구엔가 감사하지 않으면 안 된다는 생각이 몸 속에서 용솟음치는 것을 느꼈다."

한 번 음미해 볼만한 글귀이다.

어려울 때일수록 인간의 참값이 문제가 된다

인간의 일생에는 정열의 불이 붙을 때와 사그러질 때가 있다.

앙리 드 레니에(Henri de Regnier, 1864~1936) 프랑스의 시인

청년 포병 대위인 나폴레옹은 1793년 6월에 혁명정부로부터
"포병을 이끌고 남 프랑스의 뜨롱 공격에 참가하라."
는 명령을 받았다. 이때의 뛰어난 전공(戰功)을 인정 받아, 그는 프랑스 혁명의 혼란 속에서 포병 소장으로 특별 승진되었다. 아직 25세인 한 청년 장교가 갑자기 장군 소리를 듣게 되었으니 참으로 '불이 붙을 때'를 맞이한 셈이다.

그러나 옛글에도 있듯이
"재앙과 복록은 길을 같이 하며 성함과 쇠함은 손바닥을 뒤집음과 같다."
는 말과 같이, 그 후 얼마 안 가서 그는 혁명정부 내부의 권력 싸움에 휘말려 현역 장성의 명부에서 삭제되고 말았다. 그리하여 갑자기 강등되는 바람에 '불이 사그라질 때'인 괴로운 시간 속에서 방황하게 되었다.

세상이 어지러워져 파리의 물가가 한없이 상승하자, 그런 상황에서의 나폴레옹은 하루하루를 지내기가 몹시 힘들었다. 옷은 물론 구두까지 다 낡아 버렸고, 1미터 66센치미터 밖에 안 되는 작은 몸집은 깡말라 피부색

마저 검어졌다. 머리칼은 그 넓은 이마에 헝클어져 내려 영웅다운 모습은 어디에서도 찾아볼 수 없었다.

볼품 없는 하숙집 구석방에 틀여박혀 한숨만 내쉬는 그의 모습은, 현재의 궁색함과 미래의 대한 불안과 절망에 쫓기고 있는 평범한 젊은이에 지나지 않았다.

누구나 할 것 없이 인생에는 삶의 불꽃이 완전히 사그러져서 모든 것이 재로 변해 버리는 때가 꼭 닥치는 법이다.

이러한 점에 대하여 영국의 시인 셸리는 그의 시 〈서풍에 부치는 노래〉의 마지막 구절에서

"겨울이 오면 봄이 어찌 멀었으리오."

하고 노래 불렀다.

셸리가 말하는 봄은 '불이 붙을 때'이며, 겨울은 '불이 사그러지는 때'에 해당된다. 이 두 때가 서로 마주치는 것을 모두 피해서 인생을 무사히 살아간다는 것은 어떤 사람이든 마음대로 할 수 있는 일은 아니다.

그런데 나폴레옹은 약 일년 가까이 '불이 사그러지는 때'의 어려움 속에서 홀로 방황하고 있었다. 그러나 1795년 10월에 일어난 혁명의 파도를 다시 타고 '불이 붙는 때'를 맞이했던 것이다.

그 후에 나폴레옹은 곧바로 연승 가도를 달려서 드디어 전 유럽을 한 손에 움켜쥐게 되었다.

1800년 2월, 집정정부를 세워 우쭐대는 나폴레옹을 보고 한 여성은 이렇게 말하였다.

"그를 뒤따라 북적거리는 군중들 사이를 헤치며 계단을 오르는 그의 눈

길은 아무 것에도 쏠려 있지 않았으며, 특별히 누군가를 바라보는 것도 아니었다.…… 그의 눈길은 운명에 대한 무관심과 인간에 대한 업신여김 밖에 나타나 있지 않았다."

그녀가 말하는 '인간에 대한 업신여김'과 겸손함이 조금도 없는 그의 오만함은 '불이 사그러질 때'에 자기 자신의 내부를 자세하게 보지 않은 데에 근본적인 원인이 있다 하겠다.

• • •
정말로 살아 있는 것같이 보일 때

죽은 사람이란, 죽었을 때 마치 정말로 죽은 것처럼 보인단 말이야.

모옴(W.Somerset Maugham, 1874~1965) 영국의 작가

모옴이 만년에 쓴 장편소설 《면도날》의 앞 부분에 주인공인 라리와 그의 연인 이사벨이 다음과 같이 이야기를 주고받는 대목이 있다.

"그러면 왜 당신은 부자가 되지 않았나요?"

"왜 내가 부자가 되지 않았느냐고? 그것은 말야, 돈이란 것이 나의 흥미를 끌지 못했기 때문이지."

이사벨은 깔깔대며 웃었다.

"바보 같은 소리하지 말아요. 돈이 없으면 살 수 없잖아요."

"난 조금은 가지고 있어. 그래서 실은 그 덕택에 하고 싶은 일을 할 수 있는 기회가 많단 말이야."

"건달 생활하는 것 말인가요?"

"그래."

하고 엷은 웃음을 지으면서 그가 대답했다.

"당신은 나를 어렵게만 만들고 있네요. 그렇지요, 라리."

하고 그녀는 긴 한숨을 내쉬었다.

"미안해. 그렇게 하지 않고 내 생활을 끝낼 수만 있다면, 난 그렇게 하지는 않을 거야."

"그런 생활은 끝낼 수 있어요."

그는 머리를 흔들었다. 그리고 잠깐 동안 입을 다물고 깊은 생각에 잠겼다. 드디어 그가 다시 입을 열고는, 그녀가 깜짝 놀랄 말을 하는 것이었다.

"죽은 사람이란 죽었을 때, 비로소 죽은 것 같이 보인단 말이야."

"도대체 그 말은 무슨 뜻이죠?"

그녀가 어리둥절하며 물었다.

그녀가 묻지 않더라도 명백하다. 그것을 뒤집어 생각하면 이 말의 뜻을 쉽게 알 수 있다.

'살아 있는 인간이란 살아 있을 때 비로소 살아 있는 것같이 보인단 말이야.'

이렇게 풀이한다면 '살아 있는 것 같이 보이는' 것, '살아 있을 때'란 도대체 어떠한 경우를 말하는 것일까?

인생은 때때로 채색된 그림자 위에 있는 것 같이 쓸쓸하고 허무한 존재이다. 또 자기 자신의 마음을 배반하지 않고서는 살아갈 수 없다. 누군가 다른 사람을 불행하게 만들지 않고서는 자기 자신이 올바르다고 생각하는 일을 해 나갈 수 없다.

이러한 일을 되풀이하면서 '살고 있을 때'가 어찌 '마치 참으로 살고 있는 것 같이 보인다.'고 할 수 있을까. 그러기 때문에 인간은 영원하고도 절대적인 것으로의 염원을 간직하고 있는 것이다.

...
인생의 승부는 이 세상만으로 끝나지 않는다

인간은 이 세상에 사는 짧은 세월 동안에 삶의 열매를 거두려 하지만,
실은 그것이 익는 데는 수천 년이 걸린다.

카로사(Hans Carissa, 1878~1956) 독일의 시인이자 작가

목사인 아버지의 영향을 받은 세계적인 인물 알버트 슈바이쳐는 철학을 공부하여 목사가 되었고, 한편으로는 파이프 오르간 연주자로서 특히, 바하(Bach)의 작품 연주가로서 유명했다. 그래서 그는 교회와 학교에서 없으면 안 될 존재였다.

그러나 그의 희망은 '너의 집처럼 우리 집에도 먹을 게 많다면……'하는 가난한 사람들과 지구상에서 가장 뒤떨어지고 불쌍한 사람들을 위해 일해야 하겠다는 신념을 실천하는 일이었다. 그리고 이 일을 영원히 계속할 수 있는 기틀을 만들어야 하겠다는 것이 그의 포부였다.

1904년 어느 가을날, 그는 파이프 오르간의 거장이며 스승인 샤르르 마리 위돌 선생을 찾아갔다.

"선생님, 선생님께 용서를 빌러왔습니다."

"도대체 무슨 일인데, 그러나?"

하며, 늘 슈바이처의 숙달된 음악적 재능과 근면한 성격을 칭찬하던 선생은 엷은 웃음을 띠며 그의 말에 귀를 기울였다.

"선생님, 실은 아프리카의 가봉이라는 나라에 갈 생각입니다. 그 곳에서 자연과 유럽인들에게 시달리고 있는 흑인들을 위해 일하고 싶습니다."

"무엇? 아프리카에 간다고…… 신학자이며 파이프 오르간의 명 연주자인 자네가 그런 야만인들의 땅으로 가서 무엇을 한단 말인가?"

"저는 지금부터 의학을 공부하여 그 곳에서 의사가 되려고 생각합니다."

"지금 자네는 무엇인가 잘못 생각하고 있네. 음악을 수업한 사람이 병을 치료한다고? 그처럼 숙달된 음악적 재능과 명예를 버리고 야만인들을 위해 일한다고? 나는 생명과 모든 희망을 자네에게 걸고 음악을 가르쳐 왔네. 그런데 이 늙은 나까지 버리고 간단 말인가?"

위돌 선생의 눈에는 눈물이 어리었다.

"선생님, 저는 어렸을 때부터 어떻게 해서든지 불행하고 가난한 사람들을 위해 일해야겠다고 결심하고 있었습니다. 은혜로우신 선생님 곁을 떠나는 것은 마음 아픕니다만, 오랜 동안에 걸쳐 생각하고 있었던 일이며, 일시적인 기분이나 동정이 결코 아닙니다. 저는 아프리카 콩고 지방의 불쌍한 흑인들의 생활을 개혁하는 것이 저의 일생을 바칠 사업이라고 믿고 있습니다. 백 년, 이백 년이 걸려도 꼭 이루어야겠다는 결심에는 변함이 없습니다."

일반적으로 우리들은 백 년, 이백 년이나 앞서 있는 바램을 거론할 수는 없다. '우리들은 이 세상에 사는 짧은 시간 동안에 삶의 열매를 거두려 하는' 생각을 가진다면, 어떠한 분야에서 일하든 간에 어려움이 많을 것이다. 우리들이 인간다운 일생의 전개를 바란다면, 거기에 대한 승패는 자기의 일생 동안에는 결정되지 않는다는 인내와 배짱을 가지지 않으면 안 된다.

슈바이처는 약혼녀 헬렌 브레슬라우에게 이렇게 말했다.

"헬렌, 나의 생애를 바쳐야 할 목적지를 찾았소. 바로 가봉의 흑인들이오. 그 곳에는 무엇보다도 의사가 필요하오. 나는 모든 것을 버리고 의과 대학에 들어가겠소. 8년 후면 떠날 준비가 다 될 거요. 그 오랜 기간 동안 나를 기다릴 수 있겠소? 아프리카의 밀림 지대에 나를 묻어 주고, 그 사업을 영원히 발전시킬 수 있는 각오가 되어 있소?"

이렇듯 움직일 줄 모르는 신념 아래, 슈바이처는 가봉에서도 가장 비참한 마을인 람바레네에 400명의 환자를 수용할 수 있는 큰 병원을 세워, 흑인들의 의료 사업과 아울러 교화 사업을 펼치게 되었다.

더구나 그에게 주어진 많은 명예나 상, 학위보다도 가장 큰 위안이 된 것은 유럽과 미국의 젊은이들이 2년, 3년 또는 5년씩 그곳 환자들과 나병 환자를 돌보기 위해 찾아오는 일이었다. 믿음과 신념이 없는 사람은 감히 흉내도 못낼 불가능한 일이었다.

'믿음은 바라는 것들의 실상이요, 보지 못하는 것들의 증거이다.' 라고 《신약성서》의 히브리서 11장 1절에 적혀 있듯 슈바이처와 같은 신앙 있는 사람 아니고서는 '바라고 있는 일들을 확신할' 수 없으면, 초조함과 착각에 빠져들고 말았을 것이다.

불교에 눈 뜨기 위한 네 가지 필수 조건

. . .

그대 한 마음으로 정념(正念)하며 곧바로 오라.
나 그대를 능히 지키리라.
《관무량수경(觀無量壽經)》 정토종(淨土宗)의 성전인 삼부경(三部經)의 하나

5세기 경에 인도 북부의 간다라에서 브라만 가문에서 차남으로 태어난 바수반두(婆藪槃豆 : Vasubandhu)는 처음부터 대승불교를 믿기는커녕, 이를 정면으로 비판하고 공격하던 사람이었다.

그러나 형 무착(無着)을 따라 신앙을 갖게 되어 불교철학의 건설과 발전을 위해 뛰어난 공헌을 다하게 되었다. 이러한 점에서 보면 그리스도교의 바울과 거의 비슷하다 하겠다.

처음에 바수반두는 괴로움과 번뇌 속에서 갈피를 잡지 못한 채 방황하고 있었다.

"어떻게 하면 불교를 믿을 수 있을까?"

이 어려운 문제에 대하여 바수반두가 열거한 네 가지 큰 조건은 그 자신의 피나는 체험에서 우러나온 것임에 틀림없다.

그에 의하면, 이 문제의 요점은

"우리들의 마음 속에 있으면서 잠자고 있는 보리심(菩提心), 즉 구도심(求道心)을 어떻게 하면 각성시킬 수 있을까?"

라는 점이다.

보리심이란 번뇌하는 중생에 대한 사랑—이것은 우리들이 태어났을 때부터 가지고 있는 것이다—이 불러일으켜졌을 때, 또는 우리들의 지성이 깨달음을 구할 때, 그렇지 않으면 사랑과 지성이 어떠한 환경으로 하여 혜택 받아 함께 약동할 때, 우리들의 내부에서 각성되는 것이다.

바수반두는 그것이 각성되기 위한 조건으로 다음과 같이 네 가지로 간추려 구체적으로 밝히고 있다.

1) 불타(佛陀) : 즉, 진리의 터득자에 대하여 사념(思念)하는 일—불타를 깊이 생각하는데 따라서 스스로 내부에 있는 에고이즘과 싸움을 전개하여 자기 자신에 대한 승자가 되어 인생에 대하여 깨달은 사람이 되려는 의욕을 불태워야 하지 않겠느냐는 것이다.

2) 물질적 존재로서의 자기 자신의 결함을 반성하는 일 : 우리들의 육체는 탐하는 욕심[貪], 심한 노여움[瞋], 어리석음[疾], 그리고 그밖에 수없이 많은 괴로움[百八煩惱]를 가지고 있어 선한 마음은 조금씩 잠식되어 들어가고 있다. 따라서 육체는 버려지지 않으면 안 된다는 결단을 요구하고 있다.

3) 중생이 살고 있는 비참한 광경을 관찰하는 일 : 모든 중생은 무지의 속박 아래 놓여 있어, 어리석음과 미련함에 예속되어 바른 길에서 어긋나 차츰 번뇌의 소용돌이 속으로 빠져들고 있다. 그러한 참혹한 상황을 확실히 파악하지 않으면 안 된다는 것이다.

4) 여래(如來), 즉 부처가 더 없는 해탈에서 얻어낸 여러 가지 덕(德)을 열망하는 일 : 부처는 지적인 편견에 방해됨이 없이 중생에 대하여 무한

한 사랑을 쏟는다. 진리를 알지 못하기 때문에 허둥대는 중생을 바른 길로 되돌려 이끌어 주는 그러한 존재자가 되기를 항상 기원하라는 것이다.

이 네 가지를 통틀어 보리심의 깨달음과의 관계를 간추려 말한다면, '그대 한 마음으로 정념(正念)하여 바로 오라, 나 그대를 능히 지키리라.'고 한 석가여래의 '바램'에 눈을 뜨라는 말과 같은 뜻으로 표현할 수 있을 것이다.

● ● ●
사람은 전구(電球)와 같은 존재이다

사람은 전구와 같은 것이다. 홀로 있음은 심한 어둠이 있을 뿐이다.
따라서 하느님과 이어질 수만 있다면 마치 전구가 전선과 이어진 것과 같이
바로 빛을 내어 주위를 밝게 할 것이다.

우찌무라 칸조(內村鑑三, 1861~1930) 일본의 무교회(無敎會)주의 종교가

1789년에 프랑스에서 혁명이 일어나자 봉건제도와 왕정이 몰락하고 온 유럽이 큰 혼란에 휩쓸렸다. 1780년에는 귀족제도가 폐지되어 부르봉 왕조는 쓰러지고 공화제가 실시되는 등 그 기세는 날로 심해져 갔다.

드디어 1793년 1월에는 국왕인 루이 16세가 처형되었다. 왕조의 권위나 영광도 아침 이슬과 같이 사라져 버리고, 루이 16세는 두 손을 묶인 채 단두대 계단을 걸어 올라갔다. 열띤 눈초리로 지켜보는 수많은 시민들을 향해 그는 소리쳤다.

"나는 나에게 씌어진 모든 죄에 대하여 결백하지만 죽는다. 나는 나의 모든 적들을 용서하노라. 나는 나의 피가 프랑스 국민에게 유익할 것을, 그리고 하느님의 노여움을 가라앉게 할 것을 절실히 바란다. 더불어 그대들 불행한 국민들의 노여움까지……."

루이 16세가 비참한 죽음을 당한 지 9개월 뒤에, 이번에는 왕비인 마리 앙트와네트가 사형 당하는 날이 되었다.

이 미모의 왕비는 단두대 앞에서 사형 집행인의 발을 자신도 모르게 밟

아버렸다.

"아이구, 미안해요. 내가 일부러 한 것은 아니랍니다."

이미 죽음을 각오한 그녀는 낫 모양을 한 기요틴 밑에서 우아하게 무릎을 꿇고 최후의 기도를 울렸다.

"주여! 나의 사형 집행인들에게 당신의 손과 빛을 주소서. 또한 영원히 안녕하기를……. 여러분! 나는 당신들의 아버지인 주님 곁으로 갑니다."

피는 피를 불러들여 혁명의 거센 바람은 더욱 심해져서 기요틴에 의해 차례로 많은 목숨이 사라져 갔다.

11월 11일, 파리 시장을 지냈던 바이이는 우박이 쏟아지는 가운데 단두대에 서게 되었을 때, 사형 집행인이

"바이이, 너는 떨고 있구나……"

"그래, 확실히 떨고 있다. 그러나 추위 때문이야."

라고 대답한 뒤 형장의 이슬로 사라졌다고 한다.

이러한 사람들을 비롯하여 우리들 인간을 첫머리에서 말한 것과 같이 하나의 '전구(電球)'에 견주어 볼 수 있다.

특히 죽음 앞에 서 있을 때에는 '홀로 있음은 심한 어둠과 같을'뿐이다. 그러나 '하느님과의 이어짐만 있다면' 마음이 안정되어 전구가 전선에 이어진 것 같이 빛을 밝히며 죽음에 이를 수 있는 것이다.

파리 시장을 지낸 바이이는 죽음에 이르러서도 하느님을 부르지 않았으나, 그에게도 전선이 이어졌기 때문에 태연하게 죽을 수 있었을 것이다. 이러한 극한 상황 속에서는, 인간들은 필연적으로 하느님이나 부처님과 결합하려 한다.

자유에 산다

..
융통성 있고 탄력 있는 정신

..
마음의 포피를 잘라 버림이 중요하다

..
돈은 주조된 자유이다

..
아무리 정욕에 넘친 소리로 말한다 해도

..
무리가 없는 곳에 인간의 본질이 있다

..
스스로에 까닭이 있다는 것

..
성스러움을 빙자한 자유로부터의 도피자

..
돈에 너무 집착하면 더러워진다

..
인간과 침팬지와의 차이

. . .
융통성 있고 탄력 있는 정신

세계의 운명을 폭력에 의해 짓밟히지 않기 위한 유일한 방법은
우리들 하나하나가 모든 폭력을 옳다고 인정하지 않는 데 있다.

간디(Gandhi, 1869~1948) 인도의 민족 운동가

동물적인 욕심에 눈이 어두워서

간디는 세계사의 격동 속에서 비폭력이 폭력에 앞서며, 진리가 권력을 억누를 수 있다는 것을 확실하게 실증한 '마하트마[위대한 얼]'이다.

그는 1947년에 인도의 독립을 이루게 할 만한 크나큰 일을 해냈지만, 그러한 인물도 처음부터 뛰어났던 것은 아니다.

인도의 특유한 습관 때문에 7세 때에 약혼했으며, 13세 때에 결혼한 간디는,

"나는 그녀의 일거일동을 하루 종일 감시하지 않고는 견디지 못하는 성격을 가지고 있었다. 따라서 그녀는 나의 허락 없이는 어디에도 갈 수 없었다."

이러한 정도로 그는 횡포하고 질투심 많은 젊은이였다.

질투는 여성에 있어서는 장점이 될지 모르지만, 남성에 있어서는 약점임에 틀림없다.

간디와 그의 부인은 동갑이었는데, 그녀는 정말 훌륭한 여성이었다.

그러나 간디의 그녀에 대한 사랑은 이해하기 힘들 정도로 지나쳤다. 간디가 16세가 된 어느 날 밤의 일이었다. 그는 부인에 대한 열렬한 사랑 때문에 아버지의 임종을 보지 못했을 정도였다.

훗날 간디는 그 당시를 되돌아보며,

"만약 내가 짐승스런 욕망에 눈이 어둡지 않았다면, 나는 아버지가 숨을 거두는 임종시에 곁에 없었다는 한탄을 하지 않아도 된다는 사실을 후에야 깨달았다. 그것은 내 일생에 있어서 결코 지울 수도 없고 잊을 수도 없는 오점인 것이다. …… 육욕(肉慾)의 형틀에서 해방되는 데에는 많은 세월이 걸렸다. 그리고 내가 그것을 극복하기까지에는 여러 가지 시련을 겪지 않으면 안 되었다."

라고 회상하고 있다.

특별한 예외의 사람이 아니고는 성(性) 문제로 고통을 겪지 않은 남성은 한 사람도 없다고 단언할 수 있으리라.

휘청거리는 발로 대지를 힘껏 밟으면서

모옴은 그의 《작가의 수첩》에서,

"욕망이란 그 초기에는 상쾌하지만 거듭될수록 괴로워진다. 그리고 드디어는 고통으로 변모되어, 결국에는 원하는 것을 얻기보다는 오히려 욕망을 쫓아버리려고 더 많은 노력을 하게 된다. 때때로 애욕이 지나쳐서 정욕(情慾)은 쾌락이 아닌 고통으로 변하고, 남자는 그로부터 벗어나려고 사랑하는 여자를 죽여 버리기까지 한다."

라고 말했듯이, 간디도 정욕 때문에 쾌락과 고뇌의 모순 속에서 헤메였고, 애욕의 충족과 선(善)에 대한 동경의 갈등 속에서 괴로워하면서 휘청거리는 발을 힘껏 밟으며 성장한 나약한 인간에 지나지 않는다. 그러므로 그 역시 태어났을 때부터 결코 위대한 인간은 아니었다.

1887년 9월 4일, 18세의 간디는 변호사 자격을 얻기 위해 봄베이를 떠나 영국으로 유학의 길을 떠났다.

런던에서 생활하게 된지 얼마 지나지 않아서 간디는 이렇게 말했다.

"나는 인도에서는 신문을 읽은 적이 없었다. 그러나 여기에서는 규칙적으로 신문을 읽게 되었고, 나 자신에 대한 애착심을 기르는데 성공했다."

드디어 그는 새로 양복을 맞추어 입고 모자를 샀으며, 거울 앞에서 10분씩이나 서서 넥타이를 매거나 머리를 빗는데 골몰하기에 이르렀다. 사교춤이나 바이올린, 또는 프랑스어나 웅변술 등을 배우며, 영국의 신사다운 생활을 차츰 익혀 나갔다.

이렇게 해서 그의 몸에 모든 것이 갖추어지자, 당연히 여성 문제와 부딪치지 않을 수 없게 되었다. 영국에서는 독신자로 통해 있던 그에게 이러한 면에서의 기회는 여러 모로 많았다.

북극성과 같은 불굴의 정신력을 닦다.

어느 곳에서나 젊은 남성에게는 여자란 생활의 기쁨이며 동시에 재앙이기도 하다.

훗날 거의 알몸으로 민중들과 함께 걸으며 민중 속에서 신(神)을 찾으려 한 '알몸의 성자(聖者)'가 된 간디도, 청년 시절에는 매춘부가 있는 거리를 찾아다니기도 했다.

"한 번은 친구가 나를 매춘부가 있는 곳으로 데리고 간 일이 있었다. 그는 나에게 필요한 사항을 가르쳐 주면서 여자의 방에 밀어넣었다. 모든 준비가 갖추어져 있었다. 이미 돈도 치루어져 있었다."

말하자면, 그는 욕정의 성곽 속에 갇혀버린 셈이다. 이러한 상황에 놓여 있을 때야말로 사나이의 판단력이 드러나기 마련이다.

"나는 그 마녀의 굴 속으로 들어가자, 두 눈은 흐려지고 혀는 꼬부라져서 움직이려 하지 않았다. 나는 내 자신의 인격이 깎여진 것 같이 느껴졌고, 부끄러움에 쥐구멍이라도 찾고 싶은 생각이 들었다. 그러나 그 곳으로부터 하느님이 구해 주신 것을 나는 항상 감사하지 않을 수 없다."

그는 이러한 유혹에 빠지지 않았으나, 보통 남성들은 식욕이나 성욕엔 약하다. 지나치게 먹거나 마시어 설사나 숙취로 고생하며 애욕의 늪에 빠져 후회하기 일쑤이다.

간디는 쾌락의 연못까지 힘없이 끌려갔으나, 이 세상의 어둠에 둘러싸이면 쌓일수록 하늘 높이 빛을 더 발하는 북극성과 같은 정신력을 발휘하여 위험으로부터 벗어났던 것이다.

어떻게 그와 같은 행동을 할 수 있었을까?

언제나 마음에 시(詩)를 간직한 사나이

마음을 위한 태양은 의지이다. 다만, 마음이 상처 받아 절망의 늪에 가라앉았을 때에는 의지만으로는 쓸모가 없다. 그런 때에는 누구나 '마음의 시'—즉, 신앙을 필요로 한다.

간디는 '항상 마음에 시를 지닌 사나이'였다. 그는 원래 연약한 남자였지만 강하게 될 수 있었던 것은, 자신의 약함을 결코 잊지 않았기 때문이다. 그리고 안으로 깊이 자신을 가라앉히고 생각하는 '마음의 시'를 추구했기 때문이다.

그는 인도이건 어느 나라이건 간에 인간이 노예로 존재해 있다는 것에 반대하였다. 이 사실은 신념이라기보다는 유일한 진리였기 때문이다. 그 진리의 실현을 목표 삼아 그는 '칼 없는 전사(戰士)'로써 또는 진실의 힘, 사랑의 힘에 대한 엄격한 실천자로서 전체 인도의 국민 운동의 선봉자가 되었던 것이다.

"우리들은 상대의 피를 보아서는 절대로 안 된다. 그러나 만약에 피를 흘리지 않을 수 없는 경우, 흘려진 피는 우리들 것이 되길 바란다. …… 나는 국가나 종교의 해방을 위해서라도 진리와 비폭력을 희생양으로 삼을 수 없다."

이렇게 비폭력의 항쟁을 계속하여, 드디어 인도의 독립을 실현시켰다.

그러나 그 다음 해 1월, 갑자기 폭도의 습격을 받아 79년에 걸친 생애를 마쳤다. 자기 자신의 목숨을 빼앗은 폭도들에게 '알몸의 성자'가 보여준 태도는 자애로움이 넘치는 미소였으며, 기도하는 합장이었다. 평생 동안 비폭력주의로 일관한 인물답게 참다운 최후를 마쳤던 것이다.

"세계의 운명이 폭력에 의하여 짓밟히지 않는 유일한 방법은 우리들 하나하나가 모든 폭력을 옳다고 인정하지 않는 데 있다."

이러한 그의 마음의 시를 생애가 끝나는 순간까지도 태연하게 노래부를 수 있었던 것이다.

그런데, 오늘날 간디와 같은 마음의 시를 간직한 인간은 자꾸만 줄어들고, 새로운 형의 인간이 계속 등장하고 있다.

즉, 조직적 인간, 자동기계적 인간, 소비적 인간, 기계적 인간 등이다.

이러한 형에 속하는 인간은 마음의 시를 갖지 못한다. 그들은 이성이나 사랑, 자연이나 요리보다도 스포츠 카나 텔레비전, 라디오, 카세트, 우주여행, 인스턴트 식품 등에 더 많은 관심이나 흥미를 가지고 있다. 누르기만 하면 행복과 애정의 쾌락이 나오는 버튼이 있음에 틀림없다고 생각하고 있다.

그들이 이성을 보는 눈은 자동차를 바라보는 눈과 흡사하다. 그들은 기계적인 것에 현혹 당해 삶에 대하여 무관심해지며, 파괴나 죽음에 마음을 쏟는다. 그들에게는 이 복잡한 인생을 간단히 처리하는 방법으로는 폭력밖에 없으며, 인간성에 따른 괴로움이나 망설임을 끊어버리는 것─그것은 '자유로부터의 도피' 밖에 다른 길이 없는 것이다. 그렇다면 인간이 이러한 상황 아래에 안심하고 있다는 것은 잘못된 일이 아닐까.

우리들도 간디와 같은 마음의 시를 갖지 않으면 안 된다. 시는 용기나 대담함, 반역을 신조로 삼는다. 시의 음율이 귀에 들리지 않는 자는 어떠한 사람이라 하더라도 야만인과 흡사하다.

시는 결정화된 정열의 꽃이며 미지의 힘이 갖고 있는 아름다운 충격인 것이다. 간디와 같이 '마음의 시'를 가진다면, 아름다운 인간은 어디에서나 발견할 수 있다.

새로운 형의 인간이여, 시를 잊지 말라.

・・・
마음의 포피를 잘라 버림이 중요하다

너희는 스스로 할례를 행하여 네 마음의 가죽을 베고 나 여호와께 속죄하라.
그렇지 아니하면 너희들의 행악으로 인하여
나의 분노가 불같이 발하여 사르리니 그것을 끌 자가 없으리라.

《구약성서》 예레미야서 4장 4절

유태 민족의 남성이라면 반드시 할례(割禮)를 받지 않으면 안 된다. 이것은 기원전부터 오늘에 이르기까지 끊임없이 이어져 내려온 유태교의 율법인 것이다.

그러나 고대의 예언자인 예레미야는 페니스의 포피에 대한 할례보다도 '마음의 포피 할례'야 말로 불가결한 것이라고 부르짖었다.

우리들의 마음은 속되고 고약한 포피에 의해 얼마나 두껍게 그리고 몇 겹씩이나 싸여져 있는가. 이해나 타산, 허영심 등에 의해 우리들의 마음이 겹겹이 싸여져 있어, 이제는 모든 사물과 현상에 대하여 경탄하는 능력마저 잊어버리고 말았다. 그 능력을 갖지 않은 자는 사물에 대한 현상을 물어보려 하지 않는다.

그리스의 철학자가 말했듯이 놀람이야말로 사물과 현상을 뜻을 물을 수 있도록 하는 근본적인 전제 조건인 것이다.

경탄하는 능력을 잊은 자는 포피 속에 단단히 갇혀 버린 마음의 불안 때문에 생각이 미치지 못한다. 그는 오로지 바뀌고 변하는 것을 자기 본

위로 뒤쫓을 뿐이다. 기도나 맹세도 그에게서는 전혀 찾아볼 수 없다.

왜 그럴까? 그것은 마음이 포피로 가리워져 있어 하느님과 차단되어 버렸기 때문이다. 거기에는 번개와 같은 암흑을 뚫는 놀람의 광명은 결코 들어오지 못한다.

지금까지도 나라의 기틀을 위해 정신없이 싸우는 이스라엘 국민은 물론, 열심히 경제적 번영을 추구하고 있는 우리나라에 있어서도, 예레미야가 말한 "마음의 포피 할례'야말로 무엇보다도 필요한 것이 아닐까? 이 할례를 받으면 우리들은 우리들의 내면에서 움직이는 경탄할 만한 능력을 불러일으킬 수 있을 것이다.

그 결과로 인하여 우리들의 마음 속에는 침묵의 덕(德)이 깃든다. 무슨 일이 있을 때마다 필요 없는 말이 많은 것은, 평소의 이해력이나 통찰력에서 멀리 떨어져 있는 것을 '마음의 포피'가 가로막고 있기 때문이다.

독일의 신비주의 사상가인 에크하르트(Eckhart)는 다음과 같이 말하고 있다.

"인간은 그 심정(心情)을 싸고 있는 많은 가죽——즉, 마음의 포피——을 자신의 내부에 가지고 있다. 인간은 많은 것을 알고 있으면서도 자기 자신에 대한 것은 모르고 있다. 왜 그럴까? 그것은 소나 곰과 같은 두껍고 단단한 가죽이 겹겹이 영혼을 감싸고 있기 때문이다. 그러므로 그대 자신의 내부에 들어가 그대 자신을 깨닫는 일을 배우게 하라."

우리들은 일반적으로 '마음의 포피'에 의해 차단되어 평소의 이해력이나 통찰력에서 멀리 떨어져 있는 것——즉, 본래의 자신, 주체적인 진리 등을 찾아내려고 하지 않는다. 그것을 찾아내지 않고서는 어떻게 경탄하는 능력을 깨닫고 전개시킬 수 있겠는가. 사물이나 현상의 흐름에 몸을 맡겨 두지 않고, 사물과 현상의 뜻을 묻는 자세를 갖추지 않고서 어찌 자유를 찾아낼 수 있겠는가.

돈은 주조된 자유이다

나는 돈에 짓눌리지도 않겠으며, 다른 사람을 억누르도록 강요하지도 않는다.
내가 원하는 것은 돈에 의해 얻어지는 고독한 안정된 힘의 의식이다.

도스토엡스키(Dostoevskill, 1821~1881) 러시아 작가

앞의 제목은 도스토엡스키의 작품인 《미성년》의 한 장면 중에 주인공
이 말한 구절이다.

확실히 돈은 우리들에게 절대적으로 생활의 힘을 내게 해준다. 그것은
'고독한 안정됨 힘의 의식'까지는 되지 않는다 하더라도, 실존주의 철학
자 싸르트르가 《존재와 무(無)》에서 말했듯이

"화폐는 나의 힘을 나타낸다."

고 한 것 같은 의식을 우리들 마음 속에 불러일으킨 것은 사실이다. 그리
고 정신적인 모든 자유를 돈 위에 올려놓고, 도스토엡스키의 말대로

"돈에는 절대적인 위력이 있다. 동시에 평등함의 극치이기도 하다. 돈
이 가지고 있는 위대한 힘은 바로 여기에 있다. 돈은 모든 불평등을 평등
하게 한다."

고까지 확신해 버린다.

이러한 확신을 가진 자에게 있어서 돈은 주조(鑄造)된 자유에 지나지
않는다. 그 '주조된 자유'를 원하지 않는 인간은 좀체로 없지만, 가령 뛰

어난 인품을 가진 사람이라 할지라도 그것을 마다할 수 있는 자는 극히 드물다.

어째서 그러한가?

"아무리 훌륭하고 존경할 만한 인간이라도 오천 루블은커녕 삼천 루블의 돈도 손에 넣을 수 없는 사람이 이 세상에는 많다. 더구나 그들은 돈을 가지고 싶어 견딜 수 없을 지경이다. 도대체 이것은 어떻게 된 것일까? 그에 대한 답은 간단하다. 그들은 돈을 어떻게 해서든 손에 넣으려는 의욕이 모자라기 때문이다."

라고 도스토옙스키는 말했다.

그렇지만, '어떻게 해서든 돈을 손에 넣으려는 의욕'은 가득 차 있다 하더라도, 그것을 꼭 획득할 수 있다고 할 수 없다는 점에 인간성과 돈과의 미묘한 연관이 있을 것이다.

예를 들자면,

"돈을 요구한다는 것은 아무리 그것이 당연히 받을 수 있는 급료라 해도, 양심의 어느 곳에서인가 자신에게는 그 돈을 받을 만한 자격이 없다고 느낄 경우에는 무어라 말할 수 없이 더러운 것이다."

최근에는 이러한 형의 인간은 점차 줄어들고 있는 추세에 있다. '만사가 돈이면 다 되는 세상'이란 말대로, 돈이 압도적인 힘을 가진 세상으로 변해 버렸기 때문일 것이다.

옛날 일만을 되새기는 사람 가운데에는

"도대체 돈이란 것은 양심을 잊어버릴 만하면 동시에 모습을 나타내는 것이다. 돈과 양심은 반비례하는 것."

하고 생각하는 사람이 많이 있었지만, 현대 사회에서 이러한 편견은 도무지 통용되지 않는 생각이라 하겠다.

누구나 다 인생에 있어서 돈은 자신의 절대적인 상대라는 생각을 하고 있다. 그러나 그것은 사고방식의 차이 때문이다.

인생에 있어서 돈이 절대적인 상대가 될 수 없으며, 어디까지나 우리들의 상대는 인간이 아니면 안 된다. 그렇지 않다면 돈이 없어졌다 해도 참된 '힘의 의식'은 생겨나지 않는다.

···

아무리 정욕에 넘친 소리로 말한다 해도

|

행복한 노예는 가장 미워해야 할 자유의 적이다.

에센바하(Essen Bach, 1830~1916) 독일의 여류 작가

이혼의 이유에 대하여 다음과 같이 터놓고 이야기하는 주부가 있었다.

"이유는 성(性) 때문입니다. 저는 한 주일에 두 번씩 요구했었는데 남편은 한 번밖에 응해 주지 않았습니다. 회사일에 바쁘다거나 몸이 아프다는 핑계였습니다."

오늘날, 이러한 부류의 주부들이란 결코 이상한 존재는 아니다. 그녀들은 남편에게 발각되지 않는다는 확신 속에서, 다른 남자와 태연하게 '최후의 선'을 넘어버리기도 한다.

어느 여성 잡지에서 조사한 261명의 부인들에게서 얻은 질문서에 따르면,

1) 성교에 대하여—일반론적으로 서로 사랑하고 있다면 결혼과 관계없이 허용된다고 생각하는 여성이 전체의 4분의 1.

2) 혼외 정사에 대하여—아내로서는 절대로 안 된다고 생각하는 여성이 20퍼센트에도 미치지 못했다.

3) 결혼 후에도 다른 남성과 성적 체험을 가진 여자가 여섯 사람에 한

명 꼴이었다.

이에서 여성들의 성의식에 큰 변화를 가져왔음을 알 수 있다. 이와 같음은 사회 풍조는 물질 문명이 변혁된 데에서 온 것이라 단정할 것인가.

"모든 여자의 잘못은 남자의 죄이다."

라는 말도 있지만, 이러한 사실은 그 반대라고 하지 않을 수 없다. 여자로 인하여 지옥으로 떨어지는 남자가 얼마나 많은가.

한편으로 생각하면, 여자가 굳은 절개를 지녔다는 것은 반드시 정조 때문만은 아닌 것 같다. 극단적으로 말한다면, 굳은 절개를 가진 여자란 유혹하는 남자가 없다는 증거가 아닐까.

"여자란 사랑의 말을 자신에게 속삭여 주기를 바란다. 아무리 그것이 욕정의 소리로 이야기한다 해도……."

이와 같은 정의를 내린 대로 여성의 일반적인 공통점은 아무리 자기를 유혹하는 남자가 야수와 같아도 자신을 칭찬하거나 받들어 주면 무관심할 수 없게 된다는 것이다.

옛부터 여성에게는 이러한 본성이 있었는데, 우리나라 여성의 경우에는 해방 후에 민주주의의 물결이 밀려올 때까지만 해도 그것을 들어낼 수가 없었다. 그녀들은 남성 우위의 사회 풍조에 억눌려서 '정조 아닌 무엇'을 몸과 마음 속 깊이 숨겨두지 않을 수 없었던 것이다.

그런데 요즈음에 이르러 사태는 달라졌다. 지금이야말로 그 동안 억눌려 온 본성을 대담하고 교묘하게, 그리고 은밀하게 적극적으로 발휘하게 된 것이다.

앞에서 예로 든 질문서는 이러한 실태를 구체적으로 밝혀 주는 것이라 하겠다. 물질적 욕망을 채울 수는 없다 하더라도 그녀들의 태반은 의식 또는 무의식 속에서 현실에 대한 참여를 행복하게 느끼고 있을 것이다.

그러나 철학적 관점에서 말한다면, 그녀들은 '행복한 노예'에 지나지 않는다. 성이나 물질적인 것에 의하여 마음의 자유를 빼앗기고 속물스러운 악의 파도에 밀리고 있으면서도, 그것에 대해서는 조금도 잘못을 느끼지 못하고 살아가기 때문이다.

무리가 없는 곳에 인간의 본질이 있다

일체의 대립이나 차별을 넘어서서 주체적으로 자유롭게 현재를 힘껏 산다.

장자(莊子, BC 365~BC 290) 중국 전국시대의 사상가

장자(莊子)의 《내편》 양생주 제3장에 있는 이 글은, 인간이 가진 자유의 본질에 대해 마음을 끌만큼 흥미있게 표현하고 있다.

혜왕(惠王)이 도살한 소의 살코기를 잘라내고 있는 요리사의 손놀림을 보고 있었는데, 그의 칼 쓰는 솜씨나 어깨의 흔들림과 발놀림, 그리고 고기가 잘려나가는 소리 등이 완전히 어울려서, 마치 은 나라 탕왕이 비오기를 빌었던 상림(桑林)에서의 춤과 같이 또는 현악의 가락과 같이 매우 율동적이었다.

"정말 장하구나. 너의 솜씨는 천하 일품이라 해도 과분하지 않겠다."

혜왕이 감격한 말투로 그를 칭찬하자, 요리사는 이렇게 대답했다고 한다.

"폐하, 저는 언제나 도의 터득에 힘 쓰고 있습니다."

여기에서 말하는 도란 천지 자연의 이치와 법칙 즉, 이법(理法)을 말한다.

"저의 기술이 숙달된 것쯤은 도저히 '도'가 가르친 것에 미치지 못합니다. 제가 처음 칼을 잡고 소를 대했을 때에는 눈앞에 놓인 소만 크게 보일

뿐이었습니다. 그러나 삼 년쯤 수업한 후부터는 소만 보이는 일은 없어졌습니다.

현재의 저는 마음으로 일을 하지 눈으로는 일을 하지 않습니다. 눈이나 귀, 손발의 관능이 저에게 칼질하는 것을 멈추라고 명령하더라도 마음이 계속할 것을 지시할 때에는 저는 천지 자연의 이치와 법칙에 따라 일을 계속합니다. 즉, 소의 동물적 본래의 생김새에 따라 그 구조에 갖추어진 틈이나 공간이 있는 곳에 칼질을 하는 것입니다.

저는 관절을 잘라내려고 하지 않습니다. 더구나 큰 뼈를 자른다는 따위의 생각은 전혀 하지 않으면서 칼질을 해 간답니다. 물론 훌륭한 요리사라 일컫는 자라도 가끔은 칼을 바꾸지 않으면 안 됩니다. 왜냐하면 뼈를 두들겨 꺾을 수가 없기 때문입니다. 그러나 저는 이 칼을 19년 동안이나 써왔으며, 수천 마리의 소를 잘라냈습니다만, 칼날은 마치 지금 막 숫돌에 갈아 날을 세운 것 같습니다. 관절에는 틈이 있으나 칼날에는 두께가 없습니다. 따라서 두께가 없는 칼을 틈 사이에 넣으면 되는 것입니다.

그렇게 하면 틈은 넓어지기 마련이며, 칼질을 할 만한 충분한 틈이 생기게 됩니다. 저의 경우, 이 칼 하나만을 쓰는데도 항상 새로 간 칼같이 보이는 것은 이러하기 때문입니다.”

“훌륭한 일이다. 나는 요리사의 말을 듣고 어떻게 해야 나라를 발전시킬 수 있는가를 배웠다.”

흔히 볼 수 있는 요리사가 칼을 사용하는 데는 아무리 해도 무리한 움직임이 따르기 마련이다. 인생의 어떠한 분야에서도 그것은 매한 가지이다. 이렇듯 인간의 자유는 무리한 데가 없는 곳에서만 드러나 보인다.

스스로에 까닭이 있다는 것

사람은 자신에 의해서 상처를 입는다.

에라스무스(Erasmus, 1466~1536) 네덜란드의 사상가

"젊었을 때 많은 남성들로부터 부러움의 눈길을 받던 여성도 나이가 들면 흉한 모습으로 변해 버리는 것은, 갱년기를 한계로 갑자기 일어나는 생리적 쇠퇴에 의해서 만은 아니다. 그러므로 젊음을 바탕으로 한 생리적 아름다움을 확보할 수 없게 된 부인들에게 있어서 최선의 사랑이란 덕(德)을 바탕으로 하는 생활이 무엇보다도 중요하다.

그러나 실제로는 자신을 되돌아보지 못하게 된 나이 든 여인들은, 심술쟁이, 비위 거슬림, 불평스러움, 자포자기 등의 여러 가지 악덕이 스며 있는 얼굴로 그녀의 최후를 장식하게 된다."

이러한 글귀를 어느 책에서 읽은 적이 있다. 이렇듯 나이든 여성들은 꼬리만 잡으면 '나이 먹었다고 업신여긴다.'고 투정을 부린다. 또 '아무도 상대해 주지 않는다'고 불평을 한다. 그리고는 차츰 젊었을 때의 얼굴과는 너무나 다른 '볼품 없는 할멈'으로 변신해 간다.

누가 나쁜 것일까? 그 누구도 아니다. 그녀들은 자기 스스로에게 상처를 입히고 있는 것이다. 그러나 당사자는 이에 아무런 느낌을 가지고 있

지 않은 데에 인생의 뿌리 깊은 비극이 있는 것이다. 불교에서는 이것을 업(業)이라 하는데, 선악의 소행으로 이것이 미래의 선과 악의 결과를 가져오는 원인이 된다고 본다.

자기 자신이 지금까지 걸어온 삶의 길을 검토해 보면, 모두 자신에게 그 원인이 있음을 알 수 있다.

새라면 자신의 날개로 하늘을 날아오를 수밖에 없다. 그러나 남자나 여자나 할 것없이 늙음을 내세워 자신을 고립시켜 버리는 사람은 행복이 모두 자신의 몸에 잦추어져 있음을 모르고 있다. 그러므로 상처를 입게 되는 것이다.

이러한 점에 대해 이슬람교의 성전(聖典)인 코란(Coran)은 이렇게 강조하고 있다.

"아무리 가까운 사람일지라도 어찌 나의 짐을 짊어지려 하겠는가."

우리들이 보다 낫게 살려고 한다면, 자유—스스로에 따른다는 것—를 포기해서는 안 된다. 우리들에게는 살아간다는 괴로움이 거의 참을 수 없을 만큼 심하게 느껴지는 시기가 있다. 그 정확한 이유는 알 수 없다. 그것을 본능적인 감정이라 해도 좋다.

그런 때라도 자유만은 버려서는 안 된다. 만약 자유마저 버린다면 앞서 말한 늙은 여성과 같은 생애를 걷지 않을 수 없게 된다. 그것을 거절하는 사람은 다음의 《법구경》에 속에 있는 말을 가슴 깊이 새겨두기 바란다.

"자기 자신만이 의지할 수 있는 곳, 자신 이외에 누군가를 의지하리, 잘 갖추어진 자신만이 참으로 얻기 어려운 의지할 곳이다."

성스러움을 빙자한 자유로부터의 도피자

> 인간의 생애를 곰곰이 생각해 보면, 죄라고 느끼는 것보다도
> 죄라는 것을 스스로 알지 못함과 같이 큰 죄인은 없다고 생각된다.
> 스스로 어디까지나 깨끗하다고 생각하면서 스스로는 참된 선인(善人)이라고
> 믿는 것 같이 죄 많은 것은 없으리라.

어느 시인의 말에서

중동 지방에서 일어나고 있는 분쟁의 근본적인 원인은 대체로 예루살렘의 신앙으로 귀결되는 것 같다.

기원전부터 예루살렘을 둘러싸고 얼마나 많은 피를 흘렸는가, 유태교도, 이슬람교도 아니면, 그리스도교도이든 간에 그들은 제각기 '자기들의 현명함과 신앙의 깨끗함'을 내세워 예루살렘을 성도(聖都)로 삼는다는 대의명분 아래 목숨을 걸고 피비린내 나는 싸움을 거듭해 왔던 것이다. 이를 세 교도는 '살인이 죄라는 것을 스스로 깨닫지' 못하면서 말이다.

앞으로도 계속될 싸움은 결코 피할 수 없는 종교를 바탕으로 한 대결이다. '자신은 어디까지나 선한 사람이라고 믿는' 지난날의 이란의 호메이니 역시도, 이라크와의 싸움은 예루살렘을 다시 찾는 한 포석에 지나지 않는다고 선언하고 있다.

또 레바논과의 싸움에서 지중해로 쫓겨난 PLO도 다시금 맹렬히 힘을 길러 다시 쳐들어 갈 것을 기약하고 있음에 틀림없다. '자신은 어디까지나 현명하며 깨끗하다'고 확신하고 있기 때문이다.

그러나 우리들은 이렇게 생각할 수도 있다.

"예루살렘, 그것이 어째서 성도란 말인가!"

그 곳에 예루살렘만 없었다면 기원전부터의 양상은 아주 달라졌을 것이다. 세 교파가 똑같이 주장하는 예루살렘은 성도이기는커녕 유혈이 낭자한 참혹한 도시에 지나지 않는다.

규모는 훨씬 작지만, 우리나라의 불교계에 있어서 여러 종파 사이에서도 주체 싸움이 그치지 않고 있다. 이것 또한 스스로의 성스러운 대의명분만을 내세우려는 인간의 약점들 들어낸 것임에 틀림없다. 그러기에 '종교는 아편과 같다'는 말이 나왔으리라 생각된다.

또 다음과 같이 말한 스페인의 평론가도 있다.

"종교는 민중에게 있어서 아편은 아니더라도 술이 될 수는 있다. 종교가 민중을 잠들게 하여 무기력하게 만들거나 그렇지 않으면 민중을 잠에서 깨어나게 하여 흥분하게 해 버리기 때문이다."

종교라는 정신적인 술에 의하여 각성되고 흥분된 민중이 때때로 엄청난 일을 저지르는 것을 볼 수 있다. 그렇지 않으면 수는 작다하더라도 가짜 성직자가 성스러운 제복을 입은 채 물욕에 눈이 어두운 나머지 죄를 저지르는 모습을 볼 수 있다. 더구나 그들은 스스로의 추악함이나 잔혹함, 광기에 대하여 조금도 부끄러워하지 않는다. 잘못된 신앙에 중독된 나머지 인간 본래의 자유를 저버렸기 때문이다.

예루살렘에 대한 공방전에 목숨을 걸고 하느님을 위해 사람을 죽이는 신앙인들도 성스러움을 빙자하고 날뛰는 '자유로부터의 도피자'가 아닐까.

돈에 너무 집착하면 더러워진다

끓는 물이 달걀을 단단하게 만들기보다도
재물은 더 빨리 사람의 마음을 굳게 만든다.

베르네(Ludwig Borne, 1786~1838) 독일의 정치적 문예 평론가

어느 여론 조사에서 발표된 국민 생활 의식에 대한 조사 결과를 보면, 많은 사람들이 충분하지는 못하나 현실에 만족한다고 느끼고 있다. 또 이제부터의 생활에는 물질적 풍요로움보다는 정신적 풍요로움을 원하는 사람이 많아지고 있으며, 생활 정도는 중류층 의식을 가진 사람이 대부분이었다고 한다.

그런데 과연 우리들의 생활이 풍요로워졌다고 할 수 있을까. 셰익스피어는 《아센즈 다이몬》에서,

"요놈의 돈이 내가 원하는 만큼 있다면 말이야. 흑이 백으로, 추함이 아름다움으로, 불의가 정의로 될 수가 있을 것이다. 꺼림칙한 놈을 괴짜 사나이로 만들어 버리기도 하지."

라고 말하고 있듯이, 우리들도 돈의 힘에 너무 의지해서 정신적으로는 옛날보다 오히려 가난한 생활을 하는 것 같은 지경에 놓여 있는 것이 아닐까.

조사 결과에는 물질적 풍요로움보다는 정신적인 풍요로움을 찾는 사람들이 더욱 많아지고 있다고 하지만, 그것은 단순히 의식의 겉치레로 맴도

는 거품 같은 생각에 지나지 않는다고 생각된다. 그들의 내면에 자리잡고 있는 무의식 속에는 재물에 대한 지칠줄 모르는 집념이 꿈틀거리고 있음이 분명하다.

왜냐하면, 적은 것에 만족하지 않는 자는 아무리 많은 재물이라도 만족함이 없고, 더구나 재물은 많은 죄악을 감추어 주는 외투와 같은 역할을 다하기 때문이다.

그러기 때문에 누가복음 18장 24절에 있는

'재물이 많은 자는 하느님의 나라에 들어가기가 어떻게 어려운지, 낙타가 바늘구멍으로 들어가는 것이 부자가 하느님의 나라에 들어가는 것보다 쉬우니라.'

고 말하고 있는 것과 같다. 여기에서 그리스도가 말하는 '하느님의 나라'란 '마음이 풍요로움과 자유'를 큰 특징으로 삼는다는 의미를 가지고 있음을 말해 주고 있는 것이다.

그렇다면 금전 같은 것은 모두 필요 없다는 말인가. 악의 뿌리가 되는 것은 금전 그 자체가 아니라 그것에 대한 집착 때문이다. 그 집착에 의하여 대부분의 사람들이 돈의 노리개가 되어버린다. 그런데도 불구하고 남루한 정신을 가진 자는 자신이 금전의 주인이라고 착각하고 그것의 노리개감이 되고 있는 자신의 모습을 전혀 알아차리지 못한다.

그것은 인간 본래의 자유스러운 삶의 방법이 아니면, 금전에 의한 자유스럽지 못한 속박된 노예의 생활 방식에 지나지 않는다.

"돈이 있어도 최고의 이상을 갖지 못한 사회는 오래지 않아 몰락의 길을 걷기 마련이다."

도스토엡스키의 이 말은 그대로 모든 인간에게 적용된다. 인간의 경우, 항상 '마음의 자유'를 갈망하는 의욕을 계속 지니지 않는 한, 인간의 정신을 어지럽혀 몰락의 길을 걷지 않을 수 없게 될 것이다.

인간과 침팬지와의 차이

인간의 불행은
언어의 자유를 빼앗김보다 더 큰 것은 없다.

데모스테네스(Demosthenes, BC 384~BC 322) 고대 그리스의 웅변가

미국의 심리학자 헤이스(hayes) 부처는 침팬지 새끼를 실험 대상으로 자기 집에서 길러보았다.

먼저 어린 침팬지에게 비키라는 이름을 지어 주고 생육하는 환경을 보통 사람의 어린이와 똑같이 해 주었다. 이렇게 해서 헤이스 부부는,

① 침팬지가 인간 생활에 어느 정도 적응할 수 있는가?

② 인간과 동일한 환경에 있을 경우, 침팬지의 결정적인 한계는 어디에 있는가?

이 두 가지 의문의 해답을 찾아내려고 한 것이다.

그래서 비키는 옷을 입고 아기용 침대에서 잠을 자며 매일 목욕도 하면서 우유로 길러지기 시작했다. 침대 옆에 있는 라디오에서는 음악이 흘러나오고, 베갯머리에는 장난감을 준비했다. 기저귀가 채워지고 변소에 가는 훈련도 시켰다.

이렇게 하기를 삼 년이란 세월이 흘렀다. 그 동안에 쓰여진 헤이스 부부의 기록에 따르면, 만 세 살이 될 때까지의 비키는 인간의 어린이와 거

의 같은 정도의 생활상을 보여 주었다. 그뿐 아니라, 모방하는 능력이나 사회성의 성숙도 시험에서는 같은 나이 또래의 아이들보다 몇 개월이나 앞선 결과를 보여 주었다.

그런데 비키에게는 결정적인 결함이 있었다. 그것은 언어에 대한 능력이었다.

어린이의 경우에는 생후 20개월이 지나면 열 가지 정도의 말을 하게 된다고 한다. 그러나 비키는 만 세 살이 되었는데도 '마마', '파파', '컵'이란 세 가지 발음밖에 할 수 없었다. 더구나 그것조차도 겨우 발음할 뿐이며, 부모에 대한 쓰임새를 분간할 수 없었다.

이 실험에 의하여 침팬지는 언어 능력에 있어서 치명적인 한계가 있음을 확실히 알게 되었다. 이것을 다른 관점에서 본다면,

"언어를 쓴다는 것은 인간을 인간답게 하는 결정적인 것이 되며, 인간이 사회생활을 원만하게 할 수 있게 하는 최상의 방법 가운데 하나가 된다. 눈은 입만큼이나 많은 말을 한다고 하며, 또 침묵은 언어보다 훨씬 웅변을 대신할 경우도 있다지만, 그것은 대체로 특수한 상황에서만 할 수 있는 것이다."

라고 말할 수 있지 않을까.

프랑스의 철학자인 알랭(Alain)은 그가 쓴 《교육론》에서,

"정신의 모든 수단은 언어 가운데 있다. 언어에 대하여 성찰하지 않는 자는 전혀 아무 것도 깨닫지 못하는 것과 같다."

고 서술하고 있다.

언어가 없으면 우리들은 추상적인 세계를 생각하고 관찰할 수 없으며,

사회 생활면에서조차도 시간적으로나 공간적으로 많은 자유를 잃게 될 것이다.

선(禪)에서는 '불입문자(不入文字)'를 주장하여 언어에 기틀을 둔 분별이나 생각을 단호히 부정하고 있지만, 그것은 언어의 한계를 엄격하게 확인하려 하기 때문이다.

남자의 지혜와 여자의 지혜

· · ·

인생살이와 그 본분을 다시 생각한다

'우아함'이야말로 여성의 독특한 성질이며,
그녀들의 약점의 대부분은 아름다움이 결점인 것이다.

칸트(Kant, 1724~1804) 독일의 철학자

언제나 미인을 곁에 둔 칸트

군대에서의 계급으로 따진다면, 칸트는 철학계의 대원수쯤에 해당된다. 《순수이성비판》을 비롯하여 그의 저작물은 내용이 어렵기로 유명한데. 그의 저서나 논문 가운데에서도 꼭 하나 흥미 넘치는 글로서 여성론이 있다.

그 가운데 한 구절을 소개한다.

"인간이란 것은 애욕을 만족시키는데 있어서만이 스스로의 행복을 느끼는 것이다. 그러기에 별다른 재능을 필요로 하지 않고서도 커다란 만족을 누리는 이 감정성(感情性)이란 것은 확실히 쓸모없는 것은 아니다."
라고 인정하면서, 그는 〈아름다움과 숭고함과의 감정성에 관한 관찰〉(1764년의 작품)이란 글을 전개해 나갔다.

"처음으로 여성에게 우아한 성(性)이라는 이름을 붙인 사람은 틀림없이 아첨하려는 뜻에서 말한 듯하다. 그 자신이 믿고 있었으리라 생각되는 것 이상으로 멋있는 점을 지적해서 말했다."

칸트의 생각에 따르면, 우아함이야말로 여자다움이라는 것이다. 하여튼 그는 79세가 넘어서도 식사할 때에는 꼭 자기 오른쪽에 우아한 여성을 초대할 정도로 페미니스트였다.

왜 그는 항상 오른쪽에 여성을 앉혔을까? 그 이유가 재미있다. 그의 왼쪽 눈은 약해서 만년에는 시력을 잃었으나, 오른쪽 눈은 비교적 잘 보였기 때문이라고 한다.

콧수염을 붙여야 할 여성들

그러나 그의 여성관은 결코 달콤한 것은 아니다.

"힘든 학문과 고통스런 사색이란, 여성을 그러한 점에서는 훌륭하게 만들 수 있지만, 여성만이 갖는 장점을 뿌리 채 없애버리기는 쉽다. 이러한 일은 그리 흔한 것이 아니기 때문에 냉랭한 칭찬의 대상이 될 것 같지만, 동시에 이성에 대하여 큰 위력을 주는 자극을 약하게 해버릴 것이다.

D부인과 같이 그리스 말을 능숙하게 하는 여성, 또는 S부인과 같이 역학(力學)의 기초에 대한 논의를 할 수 있는 여성은 덤으로 콧수염을 붙여야 좋을 것이다.

왜냐하면, 콧수염이라도 붙인다면 그녀들이 찾고 있는 원대하고도 깊은 얼굴이 더욱 확실히 나타날 수 있기 때문이다."

이 논조에는 여성이 아니더라도 날카로운 가시가 돋쳐 있는 설명이었음을 느꼈으리라. 그러나 칸트가 여성을 모욕한 것은 아니다. 그 '특유의 장점'을 존중하고 사랑하기 때문에 매서운 논조를 펴고 있는 것이다.

"여성이 갖고 있는 학문의 내용은 오히려 인간에 대한 것이며, 그것도 남자에 관한 것들이다. 여성의 철학은 구실을 찾음이 아니라 느끼는 것이다. 여성의 아름다운 성질을 훈련시키려 하는 기회를 주려고 할 때에는, 남성은 항상 이러한 관계를 목표로 삼지 않으면 안 된다.”

오늘날의 ‘활동적인 여성’들은 칸트의 이러한 주장에 심한 반감을 가질지 모르겠다.

“그렇다면 여성은 마치 감정의 동물과 같은 존재란 말인가.”

이렇게 분통을 터뜨리는 여성에 대한 칸트의 관찰이나 사색의 실마리를 찾아본다면, 이번에는 철학적으로 참다운 여자다움에 새삼 눈이 떠질 것이 틀림없다. 그것은 남자에게 있어서는 얼마나 다행한 일이 될 것인가.

아름답기 때문에 영원히 열매 맺지 못하는 조화

칸트는 남녀를 구별하는 벽 위에 올라서서 양쪽의 본질적 차이를 공평하게 설명하면서, 상반신의 특성〔일반적으로는 하반신에 너무 중점을 두기 쉽다〕을 다음과 같이 논하고 있다.

“여성의 덕은 아름다운 데 있다. 남성의 것은 고귀한 덕이어야 한다. 여성은 악덕을 회피하겠지만, 그것을 부정하기 때문이 아니라 추하기 때문이다. 덕 있는 행위란 여성에 있어서는 겉모양으로 보아 아름다운 행위를 뜻한다. 어떠한 당위성도 없고 필연성도 없다. 모든 여성은 명령이나 말 많은 억누름에 대한 참을성이 적다. 여성이 무엇인가 움직이려 하는 것은, 다만 그렇게 하고 싶기 때문이다. 따라서 좋은 일만이 여성의 마음에 들도록 하는 데에 기술이 필요한 것이다.······ 여성이 갖고 있는 약점의 대부분은 이른바 아름다움이 결점인 것이다.

모욕 또는 불운함은 여성의 마음을 움직이게 하여 애수를 느끼게 한다. 그러나 남성들은 너그러운 눈물 이외에는 결코 흘러서는 안 된다. 남성이 지니고 있는 고통스러움을 행복한 상태에서 쏟는 눈물은 경멸의 감정을 갖게 한다.

칸트는 '영원히 열매 맺지 못하는 조화'라는 말로 비난 받는 그 허영심조차도 '그것이 여성의 결점이라면 아름다운 결점에 지나지 않는다.'고 했으며, 또 그것은 '아름다움을 더욱 높이려는 충동이다.'라고 말하고 있다.

확실히 여성의 허영심은 다이아몬드나 밍크 코트로 충족시킬 수 있다. 그러나 그것은 보다 아름다움을 바라는 감정에 지나지 않는다.

그러나 남성의 경우는 다르다. 히틀러와 같은 허영심은 한 나라를 지배하고 세계를 정복하려는 분위기와 의욕이 따른다. 그러기 위해서는 선의(善意)의 인간을 짓밟고 피를 뿌리게 하는 것마저 서슴지 않고 행한다.

이러한 남성의 허영심과 견주어 본다면 여성의 허영심은 얼마나 사랑스럽고 아름다운 것인가. 참으로 '아름다운 결점'임에 틀림없다.

여자의 일생은 오랜 병과 같다.

여성들 가운데에는 남성을 '여성의 적'이라고 생각하는 어리석은 여성도 있다. 그러나 칸트는 여자의 적에 대하여 말하기를, 여성의 매력을 위협하는 것은 아름다움을 크게 파괴하는 나이에 있다고 지적하고 있다. 이 나이라는 큰 적을 때려잡기 위해서는 어떻게 하면 좋을까.

그는 여성의 아름다운 노력에 대하여 다음과 같이 말하고 있다.

"얌전하고 또 친숙하게 사귀며, 건강한 자세로 상대에게 알기 쉽게 이야기하며, 스스로는 함께 하지 않더라도 젊은이의 기쁨을 진실하게 지켜 준다. 자기의 기쁨에 대하여 만족과 호의를 나타낸다."

여기에 노년의 목표를 두지 않으면 여성적인 우아함은 추악함에의 길을 걷게 될 것이다.

여성은 평생을 우아하기를 바라는 이상, 그 자연적인 성(性)에 순응하면서 많은 정성을 기울여 '여자라는 인간'을 향해 삶의 목표를 두지 않으면 안 된다. '그렇지만 여자인데요.'하고 가만히 있으면, 언제인가는 반드시 '나이'라는 적에게 재기할 수 없는 타격을 받게 될 것이다.

칸트에게 있어서 여자란 성적 존재이기보다는 항상 인간적인 점을 중시했기 때문에 그녀들의 우아함을 평생 동안 깨끗하게 느낄 수 있었던 것이다. 그러나 칸트가 아내를 거느리고 있었다면, 이러한 철학적인 로맨티시즘을 펼쳐 나갈 수 없었을지도 모른다.

여자의 마성은 아무리 대 철학자라 하더라도 독신의 남성에게는 통찰될 수 없는 내용이다. 고대 그리스의 이름난 의사인 히포크라테스도 다음과 같은 말을 남겼을 정도이다.

"여자의 일생은 오랜 병과 같다."

독신이기에 자세히 살필 수 있있던 칸트의 결혼 철학

그렇다면, 대 철학자 칸트는 결혼에 대하여 어떠한 생각을 가지고 있었을까.

그는 79년 10개월 동안이란 생애를 독신으로 지냈다. 그런데 결혼 생활을 배척했던 것은 아니다.

"결혼 생활을 통하여 결합된 두 사람은, 남성의 분석적인 지성과 여성의 취미로서 소생되고 지배된 하나의 정신적인 인격을 이루고 있다 하겠다.

왜냐하면 남성에게는 오히려 경험에 따른 통찰을, 그리고 여성에게는 감정의 자유와 아름다움을 신뢰하게 할 뿐만 아니라, 남성은 마음이 숭고하면 할수록 더욱 애정의 대상에 만족하려고 힘쓰는 것을 목적으로 삼으려 하게 된다. 또한 여성은 마음이 아름다우면 아름다울수록 예의 바르게 남성의 그 노력에 보답하려고 힘쓰게 된다.

따라서 이러한 부부 관계에 있어서는 남녀의 어느 쪽이 더 뛰어났는가 하는 것은 문제가 안 된다. 만일에 그러한 것이 문제가 된다면 생활 태도가 야비하거나 또는 두 사람의 취미가 균형을 이루지 못하거나 하는 것 가운데 하나임에 틀림없다."

따라서 남성은 여성에 대해서

"당신이 가령 나를 사랑할 수 없게 되더라도, 나는 당신이 나를 존경하지 않을 수 없게 하리라."

하고 자신있게 말할 수 있음이 필요하며, 여성은 남성에 대하여

"당신이 나를 진심으로 높이 평가하지 않더라도 사랑하지 않을 수 없게 하리라."

하는 스스로의 매력에 확신을 가질 수 있게 하는 것이 중요하다.

이 점에 대하여 칸트는 다음과 같은 결론을 내리고 있다.

"이러한 근본적인 법칙이 없으면, 남성은 여성의 마음에 들기 위하여 여자답게 되고, 여성은 존경하는 마음이 생기도록 남자처럼 되어 버린다. 그러나 자연의 의지에 견디어 봤자 아무런 성과도 이룩할 수 없다."

만능이기보다는 한 마음이어야 한다

내가 주목하는 것은 오로지 그대의 목적뿐이다.
그 삶의 방향이 남자를 성공시키기 때문이다.

바이에른 벨트(1803~1890) 오스트리아의 희극 작가

삶의 방향이 정해지지 않은 사람은 믿을 수 없다. 가령, 그 사람이 아무리 여러 가지 재능을 가지고 있다 하더라도 그 가운데 어떠한 재능도 결코 유효하게 살리지 못하기 때문이다.

"만능이기보다는 한 마음이 되어야 한다."

는 말과 같이 한 곳을 목표로 삼는 한 마음이란 성공으로 가는 방향을 말하기 때문이다. 이러한 점에 대하여 바이에른 벨트는 단호히 다음과 같이 밝히고 있다.

"그대가 많은 것을 행하는가 적게 행하는가는 문제가 되지 않는다. 내가 주목하는 것은 오로지 그대의 목적뿐이다. 그 삶의 방향이 남자를 성공시키기 때문이다.

이러한 것에 관한 좋은 보기가 있다.

1955년 12월 1일, 미국에서는 흑인 혁명이 연쇄반응처럼 폭발할 지경에 이르렀다. 로사 파크스라는 젊은 흑인 여사원이 버스에서 백인에게 자리를 양보하지 않았다고 해서 체포되었기 때문이다.

이러한 사건으로 흑인의 분노는 계속적으로 폭발되었다. 그러나 마틴 루터 킹은 그들의 분노를 진정시키는 데 성공했다. 킹은 비폭력 저항을 권고했던 것이다.

버스를 타지 않기로 결정한 모든 흑인들은 걸어서 다니기로 했다. 마른 풀에 불이 붙은 것처럼 30일, 50일이 지나도 흑인들은 몽고메리 거리를 계속 걸어다니기만 했다.

주황색 시내버스는 거의 빈 차로 운행되었고, 버스 회사는 많은 적자를 내게 되었다. 궁여지책으로 백인들은 비가 오기만 기다렸으나, 비가 와도 흑인들은 계속 걸어다녔다. 그러자 백인들 사이에서는 두려움이 싹트기 시작했다. 이렇게 되자, 지방 자치 단체에서는 강력한 방법으로 그들을 다스리기로 결정하였다.

1956년 1월 26일이었다. 킹이 타고 가는 자동차를 두 사람의 경관이 세우고, 과속 운전을 했다는 터무니없는 죄명으로 그를 체포했다. 그들은 킹을 체포하자 손에 수갑을 채우고 경찰차에 싣고 가버렸다.

그 후 킹은 다음과 같이 말했다.

"경찰과는 어떻게 대결해야 할지 몰랐다. 그들이 나에게 무엇을 원하는지 알 수가 없었기 때문이다. 나를 실은 경찰차가 속력을 내며 달리기 시작하자, 나는 두려움 속에서 기도했다. 나는 그들이 나를 교외로 끌고 가서 나에게 욕지거리를 해대며 반쯤 죽인 다음, 길가에 버려둔 채 가버릴 수도 있다는 것을 상상했기 때문이다. 차에서 내리며 감옥이라고 크게 써 붙인 간판을 보자 용기가 되살아났다. 나는 감옥이 무섭지 않았다.

킹은 감옥에 갇혀 심한 고통을 받았으나, 그의 생각을 굽힐 수는 없었다.

"옳다고 믿는 것을 위해 힘껏 싸우겠습니다. 그러나 나는 두렵습니다. 나는 지금 기진맥진해 있습니다. 나에게는 아무 것도 남아 있는 것이 없습니다. 이 모든 것을 혼자 감당해 낼 수 있는 지 또는 없는 지 알 수 없습니다."

하고 기도한 그의 가슴 속에는, 두려움보다는 흑인의 자유를 되찾으려는 일념으로 불타 있었다. 5주가 지난 후에 킹의 소원이 이루어졌다. 새벽 5시 15분, 흑인과 백인들이 버스를 타기 위해 줄지어 서 있었다. 맨 앞에는 마틴 루터 킹이 첫 버스를 기다리고 있었다.

킹과 같이 앞으로 나갈 방향을 확실히 서 있는 사람은 두둑한 근성을 가지고 있기 때문에 늠름하고 굳세게 살아갈 수 있는 것이다.

적극성과 낭만이 사나이를 만든다

용감한 자만이 미인만한 값어치를 지닌다.

드라이든(Dryden, 1631~1700) 영국의 시인이자 비평가

드라이든의 명시 〈알렉산더의 향연〉의 제 1절 끝에 있는 구절을 예로 들어 보았다. 그가 페르시아를 쳐부수고 나서 화려한 연회를 베푸는 알렉산더 대왕을 칭송하면서,

"보다 용감한 자만이, 보다 용감무쌍한 자만이, 보다 용사만이 미인만한 값어치를 지닌다."

고 찬사를 바쳤던 것이다. 이것을 뒤집어 생각해 보면,

"겁쟁이가 미인을 얻는 예는 없다(Faint heart never won fair lady)."

고 말할 수 있다.

남자에게 있어서 '미녀는 목숨을 끊는 도끼'가 될 위험도 다분히 있지만, 그러나 추악한 여자보다는 미인 쪽이 훨씬 좋다. 그러므로 남자로 태어난 이상 '보다 미인만한 값어치'를 지닌 남성이 되고 싶은 것이 소망이 아닐까.

셸리는 이렇게 노래했다.

샘은 강물과 어울리고

강물은 바다와 어울린다.

하늘에 이는 바람은 영원토록

솟구치며 달콤한 감흥을 가져다주네.

이 세상에 있는 무엇이든 간에 나 혼자는 아니다.

거룩한 하늘의 법칙이 있음에

만물은 서로서로 얽히는 멋을

피나 그대와 얽혀서 안 될 일 있겠는가.

보아라, 산들은 높은 하늘에 입맞추고

물결도 부둥켜 안는다

누나꽃에 핀 꽃가루가 만에 하나라도

오빠꽃을 천대한다면 용서할 수 없다.

햇빛은 대지를 얼싸안고

달빛은 바다에 입을 맞춘다.

자연의 모든 것에 입을 맞추어도

그대 나에게 키스하지 않으면 아무 소용없다.

인간이란 결코 나약하거나 비겁한 어두운 감정만을 가져서는 안 되며, 굳세고 떳떳한 밝은 감정을 잊지 말아야 한다. 사랑의 문을 두드릴 때, 그 문을 열어젖힐 용기가 없는 사람은 '보다 미인만한 값어치'를 지닌 사람이 될 수 없다.

그러나 일반적으로 남성들은 어떠한 일에 마주쳤을 때, 앞으로의 일을 너무 생각한 나머지 돈의 포로가 되어 무상한 세상 바람에 몸을 떨기 일쑤이다.

복장이나 지위 또는 재산이 남자를 만드는 것이 아니라, 적극적인 마음이 남자를 만든다는 사실을 감쪽같이 잊어버리고 있다. 그러기에 '미인만한 값어치를 지니는' 남자가 될 수 없는 것이다.

여성은 언제나 깊은 낭만을 감추고 적극적인 힘을 가진 용감한 자의 출현을 기다리고 있는 것이다.

남자의 할 일과 여자의 할 일

나이 찬 처녀들은 결혼을 위한 결혼을 할 뿐이다.

보바르(Beauvoir, 1908~1986) 프랑스의 작가이자 사상사

결혼하기에 알맞은 나이에 이른 처녀들이 '결혼하기 위한 결혼을 한다.'는 말은

"결혼하게 되면 새로운 가정생활 속에서 자유스럽게 되므로 빨리 자신의 길을 정하려 하기 때문이다."

는 데에 그 이유가 있다고 한다.

그런데 남자 쪽에서는 '결혼하기 위해서 결혼한다.'는 사람은 거의 없다. 그러므로 이와 같은 상반된 결혼이란 틀림없이 서로의 오해에서 생기는 것이라고 할 수 있겠다.

이러한 점을 멋있게 표현한 영화를 본 적이 있다. 그 영화에서 남편이 집을 나간 후에 어머니와 딸이 다음과 같은 이야기를 주고받는 장면이 있었다.

"결혼이란 어떤 것이죠?"

"둘이서 하나의 문으로 들어갔다 따로따로 나오는 것 같은 것이지."

"그런데 왜 남자는 기다려 주지 않지요?"

결혼 경험이 없는 처녀에게는 기다려 주는 것이 당연하다고 생각되지만, 현실적으로는 그렇지 못하다는데 문제가 있다. 하루하루를 보내는 동안 부부 사이는 더욱 벌어지고 이혼 이야기가 진행되어 가는 과정에서 아내는 남편에게 이렇게 말한다.

"아이들을 뒤쫓아 다니며 젊음을 잃으면서까지 기른 것은 저예요. 그 동안에 당신은 무엇을 했어요. 딴 여자까지 만들어 놓고서⋯⋯."

물론 남편 쪽에도 할 말은 많다.

"일이 몹시 바빴단 말이야. 가족들을 위해 열심히 뛰었는데, 그러지 않았으면 성공할 수도 없었을 거야. 이 모든 것은 당신이나 가족을 위해서였어."

어느 가정의 부부에게서나 볼 수 있는 이러한 엇갈림 때문에 이혼 소동이 일어나는 크나큰 원인이 되고 있는 것이다.

도대체 세상 남자들은 무엇 때문에 결혼하는 것일까. 사실 결혼하자마자 남자의 인생은 변해 버린다. 마음 속에서 한가로이 거닐던 풀밭의 오솔길은 사라지고, 길고도 곧게 뻗은 큰 길을 인내라는 지팡이에 의지하면서 늙음의 묘지까지 걸어가지 않으면 안 된다.

이 영화에 등장하는 남편도 가족을 부양해야 하는 고통스러운 일에서 벗어나려는 것이다. 일을 위한 정력을 재생시키기 위한 연인 하나쯤 만들었다고 나쁠 것이 없지 않은가 하고 생각하겠지만, 그러한 사나이의 에고이즘을 부드럽게 허용해 줄만한 여자는 흔하지 않다.

따라서 버나드 쇼(Bernard Shaw)가 말했듯이

"가능한 한 빨리 결혼한다는 것은 여자가 할 일이며, 그와 반대로 될 수 있는 대로 늦게까지 결혼하지 않고 견딘다는 것은 남자가 할 일이다.”
라고 할 수 있다.

　여자 쪽에서 남자를 잡지 못하면 miss(아가씨)라는 오명을 쓰게 되기 때문에 ‘결혼을 위한 결혼’이라도 눈에 불을 켜야 한다.

　그러나 남자와 여자가 결혼했을 때에는 그들의 소설 같은 이야기는 끝나고 그들의 새 역사가 시작되는데, 결혼의 역사는 언제나 소설보다 재미가 없는 법이다.

남자의 사랑과 여자의 사랑은 다르다

사랑이란 어떤 아름다운 것에
자신을 묶어 놓으려고 생각하는 정념이다.

데카르트(Descartes, 1596~1650) 프랑스의 철학자이자 수학자

데카르트는 스웨덴의 크리스티나 여왕이 "사랑이란 어떤 것인가?"하고 질문했을 때, "어떤 아름다운 것에 자신을 묶어 놓으려는 정념이다."라고 대답했다.

이러한 종류의 감정적인 생각을 마음에 간직하고 있는 사람은 거의 없을 것이다. 다만, 문제는 무엇이 '아름다운 사랑'인가 생각하고 있는 데에 있다.

도대체 우리들은 아름다운 사랑과 잘못된 사랑의 구분을 어떻게 규정하고 있는 것일까. 이 점에 관한 자신의 판단 기준을 확실하게 해놓지 않으면, 겉만의 아름다운 사랑에 현혹되어 잘못된 사랑과 구별하지 못한 채 늪과 같은 정념의 포로가 되어버릴 염려가 있다.

아름다운 사랑이란 도대체 무엇일까. 사람에 따라 각각 다른 것일까. 그렇지 않으면 누구나가 다 인정할 만한 보편타당한 아름다운 사랑이 존재하는 것일까.

이와 같은 사람이 남녀 사이일 경우에는 자기 나름대로의 위치에서 깊이 고찰하고 검토해 보지 않으면 안 된다.

왜냐하면, 남자라는 것은 단순히 사랑만으로는 살아갈 수 없는 존재이기 때문이다. 형편 없는 사나이가 아닌 이상 사랑놀이에만 매달려 있을수 없어 자기 나름대로 사회적 활동을 찾게 된다. 그리고 자기 자신을 사회적 활동에서 떼어놓은 원인을 여자에게 덮어 씌워 책망하게 되는 경우가 적지 않다.

이와 관련된 말을 러시아의 문호 투르게네프는 그의 대표작 《아버지와 아들》 속에서 다음과 같이 말해 주고 있다.

"여자에 대한 사랑이란 카드에 자기의 전 생명을 건 사나이가 그 카드를 버렸을 때와 같다. 그러나 머리를 떨군 채 어떠한 일에도 손이 잡히지 않을 정도로 방심해 버린다면, 그러한 인간은 남자가 아니며 단순한 한 마리의 수컷에 지나지 않는다."

그러나 여자는 자기의 온 생명을 남자의 사랑이라는 카드에 걸고 모든것을 버리는 경향이 있다.

오늘날에는 그러한 여성이 차차 줄어들고 있지만, 그래도 여자는 뛰어난 남자를 사랑하는 것으로 자기 자신의 값어치를 의식하지 않는다.

한편, 남자는 사랑 밖에 모든 것을 주지 않는다. 남자는 사랑하는 것에 의하여 자기의 값어치를 의식하게 되고 자립을 주장하면서 사랑과는 다른 목적을 추구한다.

몽테를랑의 《젊은 아가씨들》에 쓰여진 글귀와

"여성은 남성을 위해 만들어졌다. 남성은 인생을 위해, 또 특히 모든 여성을 위해 만들어졌다."

는 것일까?

　그러나 사랑한다고 말하는 이상, 남자나 여자나 모두가 '어떤 것에 자신을 묶어 놓으려고 생각하는' 점에서는 공통점을 가지고 있는 것 같다.

　문제는 두 사람 사이에 무엇을 '아름다운 사랑'이라고 생각하는가의 차이에 있다. 이러한 점에서 양자의 정념이나 생각이 일치된다면, 남녀 사이의 사랑은 꽃피게 되고, 또 자욱한 안개 속에 둘러싸인 아름다운 별이 될 것이다.

사랑은 역경 속에 숨어 사는 힘이다

여자와 헤어질 때마다
나는 내 자신 속에서 무엇인가가 죽어가는 것을 느꼈다.

갈바니(Galvami, 1737~1798) 이탈리아의 의학자

마르코 폴로는 중국 원 나라를 17년 동안이나 섬겨 왔다. 그 동안에 여인이 있었는지, 또는 결혼을 했었는지 안 했었는지, 그 자신이 말한 것도 없고, 자료나 기록도 없기 때문에 알 길이 없다.

그러나 그는 얼굴도 체격도 빼어났었고, 더구나 기지와 재능이 풍부하며 건강이나 재력에도 아쉬움이 없었던 젊은이였으므로 로맨스가 하나도 없었으리라고는 생각되지 않는다.

"중국 처녀들은 예의를 올바르게 지킨다. 그녀들은 동동거리며 뛰어다닌다든지 또는 격한 감정에 사로잡히는 일이 없다. 그녀들은 집안에서 창문으로 얼굴을 내밀고 지나다니는 남자들을 보거나 그들에게 자기 얼굴을 애써 보이려고도 하지 않는다. 또 상스러운 이야기에 귀를 기울이지 않으며, 연회나 행사에 자주 참석하지도 않는다.…… 외출할 때에는 위를 쳐다볼 수 없도록 만들어진 특수한 아름다운 모자를 쓰며 길을 걸으면서 언제나 아래만 보고 다닌다."

그의 《동방견문록》에 쓰여진 대로 이러한 중국 여성을 눈여겨 관찰하고, 그녀들을 '델리커시(delicacy)함이 풍부하고 천사 같은 존재'라고 칭찬하고 있다. 이러한 청년이 그와 같은 여성들과 개인적인 관계가 전혀 없었다고 단언할 수 있을까.

17년이라는 오랜 세월 동안, 그가 타향살이를 했다는 것은 자칫 잘못하면 천사와 같은 중국 여성과 애정에 사로잡혔던 것인지 모른다.

하여튼, 그 자신은 중국 여성과의 개인적인 관계에 대해서는 한 마디도 언급하지 않고 있다. 이른바 여복 있는 사나이는 여자가 잘 따르는 이야기를 좀처럼 하지 않는 것이 아닐까. 그러나 꼭 한 가지 그의 남성적 매력을 확실히 뒷받침해 주는 이야기가 전해지고 있다.

1291년, 페르시아의 한국(汗國 : 징기스칸의 손자 홀라구가 왕위에 올랐던 나라)으로부터

"우리나라의 왕비를 원 나라에서 맞으려 한다."

고 청혼해 왔기 때문에 한[王]은 아름답고 온순한 17세되는 왕녀 코카틴을 시집 보내기로 했다.

마르코 폴로는 이 코카틴 왕녀를 데리고 14척이나 되는 큰 선단을 이끌고 17년 만에 귀국길에 올랐다. 그리고 인도양을 일 년 반이나 걸려 향해한 끝에 페르시아의 호르무즈 항에 무사히 상륙하여 왕녀와 작별 인사를 나누게 되었을 때,

"코카틴 왕녀는 이별의 눈물로 밤을 지새웠다."

고 한다. 언제나 자기 자신에 대한 이야기를 하지 않았던 마르코 폴로도, 그에 대해 흘려진 아름다운 왕녀의 눈물에 관해서는 이야기하지 않을 수 없었던 것이다. 인간의 마지막 진실은 때때로 눈물로 밖에 표현될 수 없

다. 그 한 줄기 눈물 속에 사랑의 꽃이 만발하고 있다.

사랑은 파란 역경 속에서 자라고 꽃피는 것이다. 마르코 폴로의 온몸에
는 정열의 폭풍이 불어 닥쳤을 것이다. 그러나 그는 왕녀의 눈물어린 눈
동자만을 바라볼 뿐이었다.

여자의 일생과 끝맺음

저는 여자입니다.
저는 당신을 돕는 일밖에 원하는 것이 없습니다.

어느 소설의 여주인공의 말

그녀의 마음은 남편될 사람으로부터 결혼을 청해 왔을 때부터 벌써 확실히 정해져 있었다. 남편될 사람을 존경하고는 있었지만, 조금도 사랑하지는 않았다. 그녀는 몇 번씩이나 머뭇거리다가 파리에서 유학 중인 남편의 친구에게 편지를 보냈다.

"당신이 화를 내며 편지를 보내서는 곤란하다고 말씀하신다면, 저로서는 설 땅이 없어집니다. 저는 당신에게서 경멸당하고 얕보이는 것을 매우 두려워하고 있었습니다. 그러나 이제 저는 그러한 일에 마음을 쏟을 수 없게 되었습니다. 저의 생애에 관한 일입니다. 제 목숨보다 더한 것인지 모르겠습니다. 하여튼 편지를 씁니다. 당신이 화를 내시거나 어림없는 말이라고 꾸짖더라도 이러한 기분으로 있기보다는 훨씬 나을 것 같이 생각되기 때문입니다."

애정은 마음의 둑을 무너뜨리고 힘차게 흘러내렸다. 그 노도와 같은 흐름은 바다를 건너 남편 친구의 온몸에 부딪쳐갔다. 그러나 그는 친구에 대한 우정 때문에 그녀의 사랑을 받아들이려 하지 않았다.

"당신은 남편이 될 사람의 좋은 점을 모르고 있습니다. 그 친구의 겉모양만 보고 있는 것 같습니다. 친구가 지니고 있는 내면의 영혼을 찾아보시기 바랍니다. 남편될 사람이 내 친구이기 때문에 칭찬하는 것은 아닙니다. 그는 실제로 칭찬해도 좋을 만한 훌륭한 남자입니다. 그러한 사람에게서 사랑을 받게 된 것은 당신에게는 명예로운 일입니다. 나는 당신과 친구를 나누어 생각할 수는 없습니다. 나는 친구의 아내가 될 사람으로 당신을 존경해 왔으니까요……."

노도와 같은 억센 흐름은 쓸쓸히 되돌아왔다. 그러나 그 사랑의 물보라 속에는 그 사람의 정념이 무지개처럼 아롱져 있지 않은가. 그녀는 사랑의 힘찬 흐름에 몸을 던지고 영혼을 파리의 하늘로 띄워 보냈다.

"저는 사력을 다하여 운명과 싸우겠습니다. 싸운다기보다는 새로운 운명을 열고자 생각합니다. 저는 조용히 문밖에 서서 문이 저절로 열릴 것을 기다릴 생각도 해 보았습니다. 그러나 지금은 그 문을 두드릴 수 있을 때까지 두드릴 생각입니다.

저를 한낱 독립된 인간, 여자로 보아주세요. 남편될 사람에 대해서는 잊어 주세요. 오로지 저는 독립된 인간일 뿐입니다. 제발 남편될 사람에 대한 것을 모두 잊어버리고, 아무쪼록 저의 일에 대한 생각만을 상세히 써 보내 주세요. 그렇게 하면 저는 아주 단념해야 할 것 같으면 단념하겠습니다. 저의 사진을 보내드립니다. 제가 말하고 싶은 것을 모두 이해하시리라 생각합니다."

그녀는 모든 것을 버렸다. 사사로움이나 타산도 모두 그 사람을 위해 내던졌다. 지금은 오직 그녀의 마음 속에서 약동하는 '영원히 여자다운 것'만이 그 불멸의 맥박을 사랑하는 사람의 가슴 속에 심어 주려고 할 뿐이었다.

그런데 현대의 여성들은 이러한 그녀의 속마음을 납득할 수 있을까. '저는 여자입니다. 저는 당신의 도움이 되는 것 밖에는 바램이 없습니다' 라고 잘라 생각할 수 있을까.

・・・

남자의 정조를 지킨 대철학자 아리스토텔레스

옆에 없을 때에도 상대를 그리워하며, 그 사람이 자기 옆에 꼭 있어 주기를
바랄 때만이 정말 연애하고 있는 것이다.

아리스토텔레스(Aristoteles, BC 384~BC 322) 고대 그리스의 철학자

아리스토텔레스는 만학의 아버지라 일컬을 만큼 연애에 대해서도 탁월
한 생각을 가지고 있었다.

그가 쓴 《윤리학》에 있는 구절을 적어 보자.

"……먼저 그 모습에서 흐뭇함을 느끼지 못하면 누구도 열애하지 못한
다. 그렇다고 다른 사람의 용모를 보고 기쁨을 느낀다고 해서 꼭 그 사람
이 연애하고 있다는 것도 아니다. 그가 없을 때에도 상대를 그리워하며,
그 사람이 자기 옆에 꼭 있어 주기를 바랄 때만이 진실한 사랑을 하고 있
는 것이다. 사랑하는 사람과 사랑 받는 사람과는 같은 점에서 흐뭇함을
느끼는 것이 아니라, 전자는 후자를 보는 데에서, 후자는 사랑하는 사람
으로부터 친절하고 부드럽게 대해 주는 것에서 흐뭇함을 느끼게 되는 것
이다."

외국 영화를 보면 사랑하는 사람끼리 전화로 속삭이면서 'I miss you'
라는 표현을 잘 쓴다. 이 경우의 'miss'란 옆에 없으면 섭섭하다, 옆에 있
어 주기 바란다는 것을 뜻하는 말이며, 아리스토텔레스가 말하는 연애의

정의에 꼭 들어맞는다.

확실히 상대가 옆에 있을 때에만 관심을 가지며, 곁에 없으면 아무런 관심도 갖지 않는다는 것은 진정한 연애라고 할 수 없을 것이다. 연애라고 하면 '이 사람이야말로'라든지, '이 사람이 아니면' 할 정도로 강한 선택이 따르지 않으면 안 된다.

따라서 연애의 대상이 복수가 된다는 것은 용서할 수 없다. 그 허락되지 않는 데에 사랑의 진실이 숨어 있는 것이다. 이러한 점에 대해 기원전의 그리스나 옛 우리나라의 경우가 모두 같다. 대상이 한 사람으로 한정되기 때문에 'I miss you'라 할 수 있는 것이다.

그런데 아리스토텔레스는 결혼에 대하여 그 적령기를 이렇게 밝히고 있다.

"남자는 37세, 여자는 18세."

그리고 그 자신도 37세 때 18세의 여성과 결혼하여 스스로 자신의 견해를 입증하고 있다.

곰곰이 생각해 보면, 이것은 결코 잘못된 견해는 아니다. 일반적으로 남자는 30대 후반에 이르러서야 사회적 존재로서의 목표가 분명해지고 앞으로의 나아갈 길도 예상할 수 있으며 물심양면으로 어느 정도의 여유가 생기게 된다.

그러한 시기에는 정도의 차이는 있다 하더라도 남자의 마음은 바람을 피우고 싶은 생각이 얄궂게 움틀거린다. 이러한 위기를 맞는 상황에 놓여 있을 때 빛이 번쩍거리는 새 자동차 같은 여성을 아내로 맞이한다면, 남자는 무한한 행복감 속에서 위안을 받으며 더욱더 노력할 수 있는 힘을 얻게 될 것이다.

아리스토텔레스는 스스로의 생애를 통하여 이를 실증한 셈이다.

"결혼과 과일은 뜻하지 않게 맛있고 좋은 것에 걸린다."

라고 할 수 있지 않을까.

남자는 행동하고 여자는 기다림 속에서 산다

기회를 억지로 잡는 사나이를 여자는 때로 용서하는 일이 있지만,
기회를 놓친 사나이는 결코 용서하지 않는다.

엘네스트 뒤페(1849~1918) 프랑스 작가이자 시인

잘 생긴 양치기 소년 아키바는 차가운 바람이 열띤 자신의 뺨을 스치고 지나가는 저녁 무렵에 재수 좋게 기회를 잡았다. 깊숙한 방에서 귀하게 자란 주인집 딸 라켈의 맑고 순박한 품 안에서 황야를 누비며 달리는 그의 정념에 불꽃을 당긴 것은 사막에서 물을 찾아낸 것과 같았다.

그러나 진실한 사랑은 쇠붙이나 돌도 태워 녹이듯 사랑하는 사람의 가슴에서는 공포심마저 사라져 버린다. 아키바는 사랑의 낭떠러지에 몸을 던졌다. 억센 두 팔이 라켈의 가냘픈 몸을 꼭 껴안았다.

그녀가 속삭였다.

"저도 당신을 사랑하고 있어요."

빨간 꽃잎은 격정에 휘날려 소박한 양치기의 가슴을 두들겨댔다. 불타오르는 감동이 생명의 힘을 세차게 불러일으키자, 아키바는 모든 것을 망각의 늪으로 몰아세웠다. 그러나 라켈은 꼭 하나 잊을 수 없는 일이 있었다.

"저와 결혼하기를 바란다면 오늘로서 양치기를 그만 두고 유태교의 율

법을 배워서 꼭 교법사(教法師)가 되어 주세요."

우리들로서는 이해하기 어려운 일이지만, 율법(律法) 연구는 유태인의 최고의 의무이며, 그들 가운데에는 그 연구를 위한 학비를 마련하기 위해 자신의 딸을 판 사람까지 있을 정도이다. 또 가정을 버린 자가 있는가 하면, 모든 재산을 교회에 바친 자도 있다.

아키바는 오히려 학문을 싫어하는 천하고 거친 젊은이였다. 그러나 작가인 모옴(Maugham)이 말했듯이,

"사랑처럼 남자의 생각을 바꾸어 놓는 것은 없다. 새로운 생각은 대체로 새로운 감동이 그 원인이 된다. 그것은 생각에 의하지 않고 정열에 의해 얻어지는 것이다."

이리하여 양치기 소년도 사랑과 정열에 감동되어 "꼭 훌륭한 교법사가 되겠다."고 그 자리에서 결심하고는, 바로 그날 밤 율법학원을 찾아 길을 떠났다.

"연애는 미래를 위한 것이지, 현재의 찰나만을 바라는 것은 아니다." 라고 말한 사람도 있듯이 아키바와 라켈은 서로 사랑하며 미래의 꿈을 염원했던 것이다.

굳은 절개로 어려운 고비를 넘긴지 12년 만에 드디어 율법 연구의 제일인자가 된 아키바 벤 요셉은, 2만이 넘는 제자를 거느리고 라켈의 집을 찾았다. 지난날 양치기였던 한 미소년은, 이제는 유태 법전의 새로운 해석법의 창시한 사람이 되어 교계의 최고 교법사로 고향에 돌아왔던 것이다.

아키바는 라켈의 연약한 어깨를 부드럽게 안았다. 눈물 짓는 그녀의 가슴 속 깊이 오래 숨어 있었던 사랑의 불꽃이 아키바의 가슴에서 다시금 타

오르기 시작했다. 참을 수 없는 감정의 뜨거운 소용돌이가 모든 언어를 압도하고 침묵만이 저녁노을을 붉게 물들일 뿐이었다.

　이 날을 위해 라켈은 모든 고난을 참으며 미래를 바라는 마음에 가득했기 때문에 사랑의 승리자가 될 수 있었던 것이다.

인간적인 매력을 만든다

완전하고 확실한 길에서 빛나가 본다

당신들 가운데 죄를 짓지 않은 자가 있으면
누구든지 이 여자에게 돌을 던져 보라.

예수 그리스도(Jesue Christ, BC 4?~30)

여자가 자기를 보이고 싶지 않을 때

머리를 헝클어뜨리고 거의 반 나체인 여인이 예수 앞에 끌려왔다. 주위를 둘러싼 군중들은 제각기 떠들어댔다. 여인은 겁에 질려 떨고만 있었다.

유태교의 율법주의자인 바리세 파(Pharisees 派) 사람들은 예수를 향해 심술궂게도

"이 여자는 간음하는 현장에서 적발되었다. 모세의 율법에 따르면 돌로 때려 죽이게 되어 있는데, 당신 생각은 어떠한가?"
하고 묻는 것이었다.

그들은 예수를 유태교의 율법과 로마 치하의 법률 [유태 사람에게는 사형 선고권이 없다] 사이에서 처신하기 어렵게 만들려고 했다. 만일에 예수가 "죽여라."하면 그는 로마의 법률에 어긋나며 "죽이지 말라."고 하면 민족 종교의 규범에서 벗어나는 것이 되기 때문이다.

이때의 장면을 그는 쭈그리고 앉아 손가락으로 땅에 무엇인가 '쓰시다.'라고 성경에 기록되어 있다.

그는 쭈그리고 앉아서 땅에 무엇을 쓰고 있었을까? 전지전능한 예수도 이 때만은 대답에 궁했던 것일까?

그것이야 어찌하였던 간에 이 이야기 가운데 가장 중요한 것의 하나는, 예수가 여인 쪽을 바라보지 않았다는 점이라고 할 수 있겠다. 이것이야말로 여인을 다루는 근본적인 비결의 하나이다. 그리고 그것은 남자가 남자를 다루는 비결과도 통하는 것이다.

설사 아무리 제 멋대로 놀아난 여자라 하더라도, 이러한 상황 아래에서는 정신을 잃을 정도로 부끄러움을 느낄 것이다. 예수가 여인 쪽을 바라보지 않은 것은 그녀의 고통에 대한 착한 마음씨였다고 생각된다.

드디어 예수는 몸을 일으키더니,

"당신들 가운데 죄를 짓지 않은 자가 있으면 누구든지 이 여인에게 돌을 던져 보라."

이렇게 한 마디 말을 한 다음, 그는 다시 쭈그리고 앉아 땅에 무엇인가를 쓰기 시작했다. 주위에 몰려 있는 무리 속에서 돌을 들어 던질 만한 용기를 가진 사람은 하나도 없었다.

보이지 않는 동정심

이윽고 군중들이 한 사람 한 사람 그 자리를 떠나자, 마침내 예수와 그 여인만이 남게 되었다. 그때 예수는 처음으로 여인을 바라보며 부드럽고 친절하게 말문을 열었다.

"당신을 고발한 사람들은 모두 어디로 갔는가? 당신의 죄를 판정할 사람은 여기에 없는가?"

"아무도 없습니다."

"나도 당신의 죄를 결정할 수 없다. 그러니 어서 돌아가는 것이 좋겠다. 다시금 죄를 짓지 않도록 주의해야 할 것이다."

누구나 할 것 없이 때와 경우에 따라서 '보지 않았으면' 하는 잘못을 조용히 용서 받았을 때 얼마나 기쁜 일인가를, 그리고 그것이 얼마나 마음이 편한 것인가를 예수는 알고 있었던 것이다. 더구나 간음하다가 잡혀온 여자로서는, 주위 사람들에게서 받는 질시의 시선 때문에 마치 바늘방석에 앉은 기분이었을 것이다. 호기심에 가득 찬 눈과 비웃음에 번쩍이는 눈들이 그녀의 온 몸을 훑어대며 눈총 맞는 꼴을 견디기란 고통스럽기 짝이 없었을 것이다. 그래서 예수만은 보려고 하지 않았다.

이러한 동정심은 남성보다도 여성에게 몇 배나 더 강하게 스며들게 한다. 여성에게는 '보아 주었으면'하는 경우가 남성보다 훨씬 많은 것과 같이 '보지 않아 주었으면'하는 경우도 남성보다 훨씬 많다. 그것은 그녀들이 모두 겉모양의 아름다움을 특히 구하려는 미적 존재이기 때문이라 하겠다.

이번에는 여인 쪽에서 예수를 바라보았다.

―이 사람은 나의 모든 것을 알고 있으면서도 용서해 주려고 하는구나.

그녀의 두 눈에서 흐르는 뜨거운 눈물은, 모든 잘못을 씻어버리는 참회의 눈물이었다.

여성의 성곽을 거침없이 넘어선 맑은 눈동자

성경에는 마리아라는 이름을 가진 여성이 몇 사람이나 등장하는데, 예수가 처형된 후에 무덤 앞에서 울음을 터트린 막달라 마리아는 애욕의 불

길로 몸을 태우던 여성이었다. 남자와의 관계 없이는 살아 갈 수 없는 천한 여자였다.

그녀는 자신의 잘못된 영혼을 육체에서 떼어낼 방법을 알지 못했다. 삶의 태반을 통하여 '여자라는 병'에 시달리고 있었던 여성이라 하겠다. 이러한 여성은 남자 때문에 때때로 그 깊이를 알 수 없는 늪 속으로 끌려들어간다. 인생의 모든 것을 남자에게 걸어버리기 때문이다.

이러한 격렬한 숙명을 짊어진 여자인 막달라 마리아가 어느 날 흰 옷을 바람에 나부끼며 걸어가는 젊은 예수를 보았다. 그녀에게 있어서는 예수는 전혀 새로운 형의 남성이었다.

그녀가 알고 있는 남자들은 모두 여자의 육체에 끌려든다. 섹스의 매력을 쫓을 뿐이다. 여자의 틈만 찾아내면 덮어놓고 차지하려 든다.

마리아는 이러한 것을 민감하게 알고 있었다. 남자의 뜨거운 눈길이 풍만한 젖가슴에 멎었을 때, 그리고 흔들리는 허리의 곡선을 더듬어 댈 때, 그녀는 자신이 '여자임'에 대하여 을씨년스러운 자랑마저 느꼈다.

그런데 예수의 눈길은 차디 찼다. 그 맑은 눈동자는 그런 '여자임'을 꿰뚫어보며 매섭게 쏘아보았다. 사람을 홀리게 하는 아리따움, 물결치는 검은 머리, 아름다운 목걸이, 그러한 여자의 성곽을 그는 거침없이 넘어서고 있었다. 마리아는 비로소 심한 수치스러움을 느꼈다.

예수가 들어서는 곳에는 아무 것도 없었다. 정념(情念)의 찌꺼기가 어수선하게 흐트러져 있을 뿐이다. 그 쓸쓸한 메마른 땅에 그는 정면으로 당당하게 걸어 들어온다. 도대체 여성에게서 무엇을 얻어내려는 사나이일까? 마리아는 당황했다. 도대체 무엇을 주어야 할 것인가?

삶의 정상을 겨냥하는 사람

모든 것을 부정 당한 마리아는 무릎을 꿇고 예수의 흰 옷자락에 입을 맞추었다. 고집이나 자랑스러움도 버려버린 듯한 그 소박하고도 솔직한 마음을 예수는 사랑스럽게 북돋아 주었다. 일설에 의하면 앞서 말한 간음한 여인이 바로 막달라 마리아였다고 한다.

예수는 병을 낫게 하는 절묘한 명의였을 뿐만 아니라, 그는 인간을 에고이즘이라는 감옥으로부터 해방시켜 주는 정신적 혁명가였다.

"하늘의 새들을 보아라. 그들은 씨를 뿌리지 않으며, 거두어들이지 않으며, 또한 곡간에 간직하려고 하지 않는다. 그러나 너희들의 하느님 아버지께서는 이들을 기르신다. 그대들은 이것들보다 훨씬 뛰어난 자가 아니더냐."

예수가 스스로 말하듯 그는 소유하려는 욕심을 버렸다. 물욕이나 육욕 때문에 그의 생활이 묶이는 일이 전혀 없었다. '삶의 정상'을 겨냥하는 그에게 있어서 생명의 충실함과 관계 없는 형식이나 습관, 상식 등은 삶의 불필요한 찌꺼기이며 해가 되는 악에 지나지 않았다.

그러나 우리들 마음은 자칫하면 인생의 찌꺼기나 해로운 악 쪽으로 기울게 마련이다. 그 결과 스스로 자기가 저지른 죄에 묶여 부정한 일이나 나쁜 일에 대하여 '돌을 던지는' 용기를 잃게 되어 버리는 것이다.

그러기에 예수는,

"사람은 빵만으로 사는 것은 아니다."

라고 설명하면서, 빵이나 돈, 지위 따위에 따른 부정이나 나쁜 일, 허영이나 이해타산을 가려내고, 영혼의 깊은 곳에서 철저하게 진실을 하느님으로부터 찾으려 했다. 그러나 그것은 아무리 찾아도 헤매어도 알 수 없었다. 틀림없이 그의 마음은 활기 찬 유동(流動)과 깜깜한 허무로 일관되었을 것이리라.

"내가 찾으려 한 나라는 이 세상의 것이 아니다."

"새에게는 둥지가 있으나 사람의 아들에게는 살 집이 없다."

예수의 이러한 말들은 무엇인지 쓸쓸하고 서글픈 마음을 자아내게 한다. 그것은 어디에도 안주할 땅, 안식할 집을 갖지 못한 고독한 자의 슬픔을 하소연하는 것같이 들린다.

그러나 동시에 아무 것에도 구속되지 않는 자유스럽고 아름다운 시정(詩情)이 가득 차 있지 않은가. 지팡이가 가리키는 곳, 발이 닿는 곳으로 새로운 분야에서 자유자재로 밝게 살아가는 자유인의 변모를 느끼게 한다. 예수가 말하고 있는 '사람의 아들'이란 개념은 구체적인 인간을 뜻하고 있는 것이 아니다. 그것은 시간이나 공간에 속박되지 않는 강렬한 인격의 심리적 상징이라 할 수 있겠다.

확실히 예수는 뛰어난 인물이었기 때문에 인간 세파 속에서 받는 온갖 괴로움에 끊임없이 시달렸을 것이다. 넓은 천지를 두루 다니려는 그에게 슬픔과 고통으로 얼룩져 있는 현실은 모두 구원받을 수 없는 암흑과 다름없으며 진리를 가리우며 신을 속이는 원수임에 틀림없었을 것이다.

에고이즘이라는 자만심의 감옥에 닫혀 무기력하거나 안달을 떨면서 살아가는 사람들은, 신을 향한 사명감에 목숨까지 바쳐야 하는 예수의 충실감이나 심한 고통과 같은 것과는 전혀 관계 없는 일이다. 그들의 생각에는 '자기와 자신의 가족만이 잘 살 수 있으면 된다.'는 것밖에 없다. 그러한 무리들에게서는 인간적 매력이란 것을 조금도 찾아낼 수 없다.

···

자기 자신의 밑표준을 던져버린 인간의 매력

자신을 망각하는 정도가 크면 클수록 내면세계는 넓어진다.

히파크루스(Hiparchus, BC 190~125) 그리스의 문학자

우리나라 역사에서 가장 위대한 사람은 누구냐는 질문을 던져보면, 서슴지 않고 충무공 이순신이라는 답을 얻는다. 그것은 그가 끊임없는 모략과 중상 때문에 미관 말직을 거치면서,

그것도 몇 번씩이나 파직되었다가 다시 복직하는 곤욕을 치르면서도 변함없이 임금을 섬기고 나라를 위해 목숨을 바쳤기 때문일 것이다. 그것은 자기 자신의 표준을 버리고 대의를 위해 평생을 보냈기 때문이었으리라.

이순신은 비록 가난한 선비집에서 태어났으나 어려서부터 집안의 영향을 받아 글에도 뛰어난 재간을 가졌었다. 그러나 과거는 무과(武科)를 택하여 서른두 살에 급제하여 낮은 자리, 보잘 것 없는 직책만 얻어 전전했다.

옛날이나 지금이나 출세하려면 자기의 이익만을 생각하고 윗사람의 비위를 맞추어 아첨을 해야 하는 법인데, 그는 전혀 그럴 줄 모르는 위인이었다.

이순신이 고흥 지방의 만호[수비 대장]으로 있을 때의 일이다. 하루는

전라 좌수사인 성 모라는 자가 객사에 사람을 보내어 그 집 뜰에 있는 오동나무를 찍어 오라고 했다. 잘 자란 오동나무를 켜서 거문고를 만들려고 했던 것이다.

출세할 마음이 있다면 이처럼 좋은 기회를 놓쳐서는 안 되는 법이지만, 이순신은 그러한 짓을 못하는 사람이었다.

"안 된다. 절대로 안 된다. 아무리 좌수사의 명령이라 하더라도 나라의 물건을 마음대로 자를 수는 없다."

이렇게 말하고 좌수사의 청을 단호히 거절하였다고 한다. 이러한 고집 때문에 출세의 길이 막혔을 뿐만 아니라 끊임없이 중상과 모략의 거센 물결을 헤치며 살아야만 했다.

그러기에 왜적을 물리친 것은 그였지만, 오히려 누명을 쓰고 오랏줄에 묶여 서울까지 끌려가서 고문을 당하고 거의 죽게 되었으나, 그의 나라 사랑의 마음이 간절함을 아는 몇몇 사람의 간곡한 상소로 겨우 백의종군 하라는 명령을 받고 풀려나게 되었다.

그러한 상황에서도 그는 조금도 딴 사람들의 편견이나 좁은 견해에서 일어난 일을 생각하지 않고, 나라가 망하는 것을 어찌 보고만 있을까 염려하며 노량으로 떠났던 것이다.

충무공이 살았던 당시와 현대는 사회의 배경이나 상황이 많이 차이가 있어 서로 견주어 보는데 무리가 있을지 모르나, 어느 양로원을 찾아 갔던 사람의 이야기를 들어 보자.

양로원에는 여러 층의 노인들이 섞여 함께 생활하고 있다. 돈 있는 사람, 지위가 높았던 사람, 가난한 사람, 건강한 사람, 병약한 사람들이 어

울려 살고 있기 마련이다. 이러한 사람들을 보고 원장에게,

"여기에는 여러 층의 사람들이 살고 있는 것 같은데, 그들의 공통된 특색은 무엇일까요?"

하고 물었더니, 원장은 조금도 서슴지 않고 이렇게 대답하더라는 것이다.

"네, 명확한 특색이 있습니다. 그것은 누구나가 '자기 자신밖에는 생각하지 않는다.'는 점입니다. 이 자기 본위, 자기 우선이란 점에 관한한 이곳 노인들은 모두 똑같습니다."

이러한 이야기를 들으면 새삼 이순신의 위대함을 느끼게 된다. 자기 자신만을 생각했더라면 그는 얼마든지 높은 자리를 차지할 수 있었을 것이며, 공을 세우면 그것을 내세워 대접 받으려고 급급했을 것이다. 더구나 효심 깊은 그는 어머니가 감옥에 갇힌 아들에 대한 심려 끝에 돌아가신 슬픔과 아픔을 안은 채 죽을 줄 알면서도 싸움터로 나갔던 것이다.

그러나 오늘날 온 국민으로부터 존경 받고 압도적인 인기를 얻고 있는 것은, 그가 자기 자신에 대한 것은 언제나 뒤로 미루고는 일 처리를 넓고 공정하게, 그리고 상대 본위로 생각했기 때문이라 생각된다. 자기 자신의 영달 밖에 생각하지 않는 무리들은 자신의 이해 관계나 형편에 사로잡히기 때문에 아무리 해도 소견이 좁아지는 것이다.

즉, 인간적 매력은 자신이 세운 표준의 생각에서 벗어나는데 그 원인이 있다 하겠다.

확실한 길만 찾는 늙은이가 되지 말라

젊은이는 안전하고 확실한 주식 만을 사서는 안 된다.

꼭또(Cocteau, 1889~1963) 프랑스의 시인이자 작가

현대의 국어학을 정립한 외솔 최현배의 청춘은 안전하고 확실한 주식만을 사지 않았던 좋은 사례라 하겠다.

최현배는 구 한국이 종말을 고하고 일본의 강압 정치가 시작되던 1894년에 경남 울산에서 태어났다. 그는 일찍 아버지를 여의고 어머니 밑에서 자랐으나, 나이 열두 살 되던 무렵에는 글 잘하고 바둑 잘 두는 신동으로 이웃마을 어른들까지 찾아올 정도였다.

나라가 일본인들의 손에 넘어가던 1907년, 그는 새 교육의 배움집인 사립 일신학교에 들어갔다. 그리고 1910년에는 서울로 올라 와서 관립 한성고등 보통학교에 입학했다. 그 때만 해도 관립 학교인 한성고보(경기고등학교의 전신)만 나오면 쉽게 출세할 수 있는 길이 열려 있었다. 그러나 그는 그러질 못했다.

그가 지은 《나라 사랑의 길》 머리말을 보면,

"서울로 올라 와서 중학교에 다니는 동안에 나라를 잃어버리고 한없는 울분을 안게 되자, 주시경 선생을 사사하여 국어를 공부하면서, 신채호 선생의 《충무공전》을 열심히 읽었으며……"

《나라 건지는 교육》에서는

"나는 당시 경성고등 보통학교의 학생으로서 박동 조선어 강습원에 나가서 일요일마다 스승의 가르침을 받았다.…… 스승은 극히 가난한 생활을 하면서도 젊은이들에게 국어, 국문을 가르치기에 최대의 즐거움을 느끼셨던 것이다. 슬픔이 나라에 있고 신심은 겨레에 있고 정성은 배달말의 연구에 있고, 즐거움은 오로지 청년의 교육에 있었다."

라고 서술하고 있다. 이렇듯 그는 나라 사랑하는 마음에서 스스로 고난의 길을 걷기로 마음을 정하고, 가장 미워하는 일본으로 유학의 길을 떠났다. 그의 나이 22세 때의 일로서 일본 히로시마 고등사범학교에 입학했다.

청년다운 청년이라면 누구나 할 것없이 자기 자신의 가능성을 마음껏 시험해 보고 싶은 것이다. 그러한 기분을 가지지 않은 젊은이가 있다면, 그것은 나이는 젊지만 벌써 늙은이가 된 셈이다. 물론, 그 청운의 뜻을 실행에 옮기기까지에는 만반의 준비를 필요로 하긴 하지만 말이다.

"본디 지상에는 길이 없다. 걷는 사람이 많아지면, 그것이 길이 되는 것이다."

라고 중국의 사상가 노신(魯迅)이 말했듯이, 어떠한 길이든 처음부터 이루어진 것은 아니다. 처음에 길 없는 길을 열며 걸어 간 사람이 있었기에, 그 뒤를 많은 사람이 걸어가게 되어 저절로 길이 생겼다고 할 수 있겠다.

우리나라 독립을 위해 싸웠던 일제의 압정시대를 보더라도, 청년들이 안전하고 확실함을 도외시한 채 노도와 같이 청춘을 불살랐기 때문에 광복의 기쁨을 얻을 수 있었던 것이다.

안중근은 32세에 사형을 당했고, 윤봉길은 26세에 순국했다. 또 4 · 19 의거 때에는 많은 젊은이들이 민주주의를 위해 서슴지 않고 쓰러져 갔다. 그들은 모두 길 없는 길을 헤쳐 나아가 역사적인 대변혁을 이끌었던 것이다.

그런데 근래에는 청년이면서도 이미 길이 닦여진 안전하고 확실한 길만을 걸어가려는 자가 적지 않다. 이러한 무리는 정말 '젊은 늙은이'임에 틀림없다.

"한 번은 모든 것을 제공하고 몸을 위험에 빠지게 하지 않으면 그 댓가로 큰 행복이나 큰 자유를 얻지 못한다."

는 작가 몽테를랑의 말대로이다.

의욕적이라는 것은 손해를 각오하고 과감히 부딪치는 힘이다. 그 결과 꿈이 깨어져도 꿈이 없는 인생보다 사는 보람이 있고, 그리고 매력 있는 인물이 될 수 있다.

인간을 치사하게 만드는 독선

인간이 존경을 받는 것도 그 사람의 마음 속에 달려 있고
비열하게 되는 것도 그 사람의 생각 속에 달려 있다.

파스칼(Blaise Pastcal, 1623~1662) 프랑스의 수학자이자 철학자

어느 작가의 작품 가운데 "얻으려고 할 때에는 그것에 열중한다. 그러나 아무리 노력해도 원하는 대로 되지 않을 때에는 '그렇다면 그쯤에서 그만 두자'하고 깨끗이 단념하는 것"에 대한 이야기를 작중 인물에게 다음과 같이 말하고 있다.

"나는 이러한 점에 대해서 수양을 쌓았지. 너무나 욕심이 많은 편이라 꼭 수양을 쌓을 필요가 있었단 말이야. 단념해서는 안 돼 하는 끝없는 탐욕은 부끄러운 일이지. 그러나 단념할 필요가 있을 경우에는 아무리 큰일이라도 깨끗이 단념하고 남을 원망하지 않는 인간의 분수를 알아야 해. 올바른 자각이 없으면 안 되는 거야."

인생을 달관한 사람이란 열렬한 바램과 냉정히 단념하는 마음의 두 면을 바르게 쓸 줄 아는 사람을 말한다.

그런데 단념한다의 살필 체(諦)자는 아주 단념하는 마음을 뜻하는 것은 아니다. 불교에서 풀이하는 내용에 근거하여 좀더 근본적으로 검토해 보기로 한다.

체란 글자는 불교에서는 '진리'를 뜻하며, 사성제(四聖諦) 또는 사제(四諦)라는 용어로 쓰이고 있다. 이것은 불교의 실천적 원리를 나타내는 근본적인 가르침으로 네 가지로 분류된다.

① 고제(苦諦) : 이 세상은 모두 고[苦 : 전세의 악업(惡業)에 의해 받는 고통]라고 하는 진리.

② 집제(集諦) : 고(苦)의 원인은 세상의 무상함과 인간의 집착심에 있다고 하는 일.

③ 멸제(滅諦) : 무상한 세계를 넘어 집착하는 마음을 끊어버리는 일.

④ 도제(道諦) : 멸제에 이르기 위해서는 여덟 가지 길[수양 방법]에 따라야 한다는 일.

이것을 고집멸도(苦集滅道)라고도 하는데, 사성제 가운데 도제로서 설명되는 여덟 가지 길을 팔정도(八正道) 또는 팔성도(八聖道)라고 한다.

그런데 불교에서 실천 수행의 요건인 여덟 가지 성도(聖道)라는 팔정도의 정(正)은 구체적으로는 독선적이 아닌 것을 뜻하며, 정견(正見), 정사유(正思惟), 정어(正語), 정업(正業)—즉 혼자만의 생각이 아닌 바른 의견, 생각, 말, 생활이란 순서에 의해 정명(正命), 정정진(正精眞), 정념(正念), 정정[(正定) : 정신을 집중하고 안정하여 혼자만의 생각이 아닌 깨끗한 경지에 이르는 것]에 이른다.

여기에서 정견(正見)을 앞세워 말하고 있는 것은, 먼저 혼자만의 생각에 따르지 않고 제법(諸法)의 진상을 바르게 관찰하는 지혜가 가장 기본이 되며 가장 중요하다는 것이다.

깨끗하게 단념하고 원망하지 않는 인간이 되려면, 독단이나 편견을 버리고 정견하는 데 마음을 쓰지 않으면 안 된다. 만사를 정견할 수 있는 인물은 저절로 무상의 세계를 넘어 집착하는 마음을 끊어버릴 수 있는 것이다.

에고이즘에서 발생하는 독선이야말로 집착심을 불러일으키며 인간을 치사하게 축소해 버린다. 그러므로 정견 없이는 인간적 매력을 드러내보일 수 없다.

우물을 파도 한 우물을 파라

예술도 인생과 마찬가지로 깊이 팔수록 넓어진다.

괴테(Goethe, 1749~1832) 독일의 세계적 문호

이 세상의 진실한 모습은 땅속 깊이 숨겨져 있는 것이 아니며, 구름 너머 저쪽의 보이지 않는 곳에 있는 것도 아니다. 아침에는 태양이 떠오르고 빛이 지상에 넘쳐 흐른다. 이것이 진실인 것이다.

"자신이 서 있는 곳을 깊이 파라. 그 곳에는 반드시 샘이 있으리라."라는 말의 '샘'은 진실을 말하는 것이다. 평범한 일상생활 가운데 아무리 자질구레한 일이라도 그것에는 반드시 샘 즉, 진리가 숨어 있는 것이다.

예를 들면, 작은 대접에 물을 붓는다. 물이나 대접을 인간의 생산 · 노동 · 교환 · 분배의 결과로 본다면, 거기에는 사회과학의 법칙이 깔려 있으며, 또한 동시에 자연과학의 법칙이 작용하고 있음을 생각하게 된다. 진실은 그러한 법칙 가운데에서 나타날 수도 있고, 그 사람 자신의 마음속에서 영원한 소리로 울려퍼질 수도 있다.

발명왕 에디슨은,

"나의 축음기에는 잡음이 섞여 있다. 그러나 그 잡음 속에서 참다운 음악의 영혼이 들려온다."

고 말한다. 오늘날 우리 사회에는 에디슨이 발명했을 때의 축음기와 같이 귀에 거슬리는 잡음이 그칠줄 모르게 들려오고 있다.

매일같이 여러 가지 문제가 우리의 귀밑에서 소용돌이치고 있다. 그러나 우리들이 진실에 대해 늘 마음의 그물을 치고 있다면, 사회의 혼란한 잡음 속에서도 영원한 소리를 들을 수 있을 것이다.

그러면, 마음의 그물이란 구체적으로는 어떠한 것을 뜻하는 말일까. 이 점에 대하여 근대음악의 아버지라 일컫는 독일의 악성(樂聖) 바하는 이렇게 말하고 있다.

"내가 연주하는 것은 세계에서 가장 뛰어난 음악가에게 들려주기 위한 것이다. 틀림없이 지금 이 자리에는 없다. 그러나 뛰어난 음악가들이 바로 앞자리에 앉아있다고 생각하면서 나는 연주한다."

바하는 항상 자신이 선 곳을 깊이 파내려가서 연주할 때마다 샘을 찾아냈던 것이다. 마음의 그물이란 바하가 말했듯이 마음가짐이라 하겠다.

그의 말 가운데에는 언제나 가장 높은 것을 목표로 삼는 엄격한 자기 단련의 자세가 보인다. 거기에는 모든 것을 스승으로 여기고 끝없는 정진과 향상을 바라는 정성이 가득 차 있음을 알 수 있다.

무엇이든 한 가지 일에 몰두하는 한, 우리들도 이러한 마음가짐으로 행해야 하지 않을까. 말하자면 적당히 한다는 따위의 되지 못한 방법은 당연히 버려야 한다.

왜 그럴까? '적당히 할 때에는 우리들 자신은 오만불손해지든가 비겁하고 태만해져서 그 존재에 달라붙어 있지만, 정성을 다할 때에는 그 존재를 초월하여 끝없이 확대될 수 있기 때문이다.

바하의 절묘한 음악의 밝고 깨끗함이나 꾸밈없는 천진함의 근원은 자신을 벗어나서 욕심없이 자연과 사물에 이바지함에 있다 하겠다.

인간성의 밑바닥에서 우러나오는 매력은, 정성을 다한 노력과 작용이 한 덩어리가 되어 생기는 것이다.

알렉산더 대왕의 유일한 보물

만족스런 돼지가 되기보다는 만족하지 못하는 인간이 되는 것이 낫다

밀(Mill, 1806~1873) 영국의 사상가

일찍이 영국의 사상가 밀(Mill)은

"만족하는 어리석은 사람이 되기보다는 만족하지 못하는 소크라테스가 낫다."

고 말하고 있다. 이러한 말은 '물욕이나 육욕의 만족만을 얻으려는 것은 인간으로서의 질이 낮음'을 뜻한다. 인간다운 인간으로서 삶을 경영하려 한다면 더 질이 높은 것을 겨냥하라는 뜻이다.

질이 높은 곳이란 문화 훈장이나 노벨상 등을 뜻하는 것은 아니다. 그러한 눈부신 명예나 물욕, 육욕에서 멀리 떨어진 것을 말한다.

이러한 점을 구체적으로 말해 주는 실례를 들어 보기로 하자.

알렉산더 대왕이 동서 문화의 교류를 겨냥하고 세계의 패권을 잡기 위하여 군대를 이끌고 출발하려 했을 때의 일이다. 그가 애장하고 소중히 간직하고 있던 보물을 모두 나누어 주는 것을 보고 한 신하가 이렇게 질문했다.

"폐하는 모든 보물을 신하와 그 밖의 사람들에게 나누어 주고 계시옵는

데, 그렇게 하면 폐하의 보물 창고는 텅 비어 버립니다. 저희들로서는 지금의 폐하의 기분을 알 수가 없습니다. 어떻게 된 일이옵니까?"

대왕은 즉석에서 태연스럽게 대답하는 것이었다.

"나는 모든 보물을 남김없이 나누어 준 것은 아니다. 내가 비장하는 가장 아끼는 보물만은 무슨 일이 있어도 결코 내놓지 않을 것이다."

"폐하가 비장하는 보물이란 도대체 어떤 것입니까?"

"그 보물의 이름은 희망이라고 하지. 희망이 있기에 나의 오늘이 있지 않은가."

명예나 물욕, 그리고 육욕에서 해방된 희망은 멸할 수 없는 향상을 뜻한다 해도 좋을 것이다. '만족하는 어리석은 사람'에게는 그러한 뜻의 의미를 알 수 없다.

빅토리아 조(Victoria 朝)를 대표하는 영국의 계관시인 테니슨은,

"중대한 희망은 우리들로 하여금 인간답게 만든다."

라고 말하고 있다.

그가 말하는 중대한 희망이란 명리(名利)나 욕망에서 떨어져서 '구름과 같이 높게, 구름과 같이 빛나게, 구름과 같이 잡히지 않게' 하늘 높이 떠 있는 희망을 뜻하는 것이다.

만족하는 어리석은 사람은 그러한 희망을 절대로 가질 수 없다. 왜냐하면 로맨티시즘이 부족하기 때문이다. 만족이란 마음의 낭만이 없다는 것을 뜻한다.

즉, '속악(俗惡)'이란 이러한 것을 말한다.

속되고 약삭빠른 인종은 현실에만 만족하고 내일에 도전하려 하지 않

는다. 그러한 무리들에게 무슨 인간적인 매력이 있겠는가.

우리들이 인간답게 살려고 생각한다면 마음에 희망을 간직하고 에고이즘을 버린 다음 무엇인가를 겨냥하지 않으면 안 된다. 그러한 목표에 대한 겨냥과 에고이즘과의 투쟁의 와중에서 인간다움이 태어나는 것이다.

명리를 삶의 유력한 지렛대로 삼아라

재산이란 것은 인간의 도덕적 가치나 지능적 가치를 만드는 것은 아니다.
평범한 인간에게는 타락의 매개체가 될 뿐이지만,
확고한 인간의 손 안에 있으면 유력한 지레가 된다.

모파상(Maupassant, 1850~1893) 프랑스의 작가

진 나라 혜제(惠帝)의 황후는 가 씨로 남풍이라고 불렸다. 그녀의 성품은 간악하고 시샘이 많았다. 더구나 거짓말을 잘 하는 데다가 권모술수가 뛰어났고, 뇌물 받기를 좋아했다.

"금은보화는 사람의 목숨과도 바꿀 수 없는 보물이다. 그러한 보물을 주고서도 벼슬을 하려고 하는 사람이야말로 마음에 충성심이 가득할 것이다. 따라서 그 충성심은 선물의 많고 적음으로 가늠할 수 있다."

이렇게 말하는가 하면, 다음과 같이 간신들을 향해 뇌까리는 것이었다.

"나는 날마다 황제를 내조하여 나라를 위해 고심에 하루도 마음이 편한 날이 없다. 다만, 내 방으로 돌아와 여기저기에서 보내온 선물이 가득 쌓인 것을 보는 것으로 낙을 삼는다."

정말 어처구니없는 망발이 아닌가, 남풍의 상대는 인간이 아니라 돈이나 물건이었음에 틀림없다. 그러나 이러한 종류의 사람들이 요즘 세상에도 상당히 많은 것을 볼 수 있다.

《예기》에는

"재물을 보고 취급하지 말라[금전 등의 수익이 있을 때에는 의(義)에 비추어 받아도 좋은가 나쁜가를 잘 생각하고 처신하지 않으면 안 된다.]"고 경고하고 있지만, 권력을 쥐고 있는 남풍이 아니라도 이러한 경고를 지키기란 매우 어렵다.

"빳빳한 새 지폐를 쥐고 있으면, 새로운 행복이 다가선다."
라고 말한 작가 고골리(Nikolaj Vasil'evich Gogol, 1809년~1852년)와 같은 기분을 느끼기 때문이다. 그리고 실제로 돈이란 것은 다른 사람들의 눈에는 행복하게 보이게 해 주는 것이다. 그러기에 평범한 인간에 있어서 그것은 단순한 타락의 매개체가 되어버리는 것이다.

그러나 아무리 다른 사람의 눈에 행복하게 보인다 하더라도 당사자가 '명리(名利)에 휘말려서 조용히 지낼 틈도 없이 평생 동안 고심한다.'면 이야기가 되지 않는다. 그러한 인간은 돈을 가진 채 죽어야 하기 때문에 정신면까지 가난하게 살지 않으면 안 된다. 그들에게서는 인간적인 매력은 한 토막도 찾아 볼 수 없다. 왜냐하면 그들은 돈이나 물건의 노예에 지나지 않기 때문이다.

아무리 권력 있는 자리에 앉아 명리의 혜택을 받는다 해도, 그것을 '유력한 지레'로 쓸 수 있는 확고부동한 인간이 아니라면 끝에 가서는 틀림없이 몰락의 길을 걷지 않을 수 없게 될 것이다.

마침내 가 황후 남풍의 욕심 많고 간악함을 시아버지 무제가 알게 되어 왕궁으로부터 쫓겨날 뻔했다. 그래도 마음을 돌리지 못한 남풍은 더욱 교만해져서 남의 빈축을 사게 되어 만년에는 금설주라는 독약을 마시고 죽음을 당했다. 즉, 명리가 '해로운 지레'가 된 셈이다.

• • •
선(禪)이란 밤도둑의 기술을 배움과 같다

훌륭한 교훈은 언제나 쉽게 받아들인다는 습관에 의해
대체적인 경우에는 스스로 구하려는 재능이 시들어 버린다.

리히텐베르크(Lichtenberg, 1742~1799) 독일의 자연 과학자

선(禪)에는 '스스로 구한다.'는 적극성을 무엇보다도 중요시한다. 제자를 지도할 때에 단순히 말로만 훌륭한 교훈을 가르치는 일은 결코 없다. 선이란 행위하는 길이기 때문이다.

그 행위하는 길[道]을 설명하는 어느 저명한 선승의 설법 가운데, 다음과 같은 흥미 넘치는 말이 있다.

"어느 누가 '선이란 어떤 것인가'라고 질문한다면, 나는 그것은 '밤도둑의 기술을 배움과 같다'고 답하리라. 이것을 구체적으로 명시하는 이야기를 하나 예로 들어보겠다."

그 이야기한 바는 이렇다.

어느 날 밤, 도둑의 아들이 아비가 자꾸 나이 먹어 늙어가는 것을 보고 심각하게 생각하였다.

—만약 아버지가 밤에 일을 하지 못하게 된다면, 우리 집 살림을 꾸려나갈 사람은 나 밖에 없다. 그렇다면 지금부터라도 도둑질하는 일을 배워 두지 않으면 안 되겠다.

이렇게 생각하고 아비에게 자신의 마음을 털어놓았더니 "참 좋은 생각을 해냈군."하면서, 그날 밤 늦게 아비는 자식을 데리고 어느 큰 저택을 찾아갔다.

약삭빠르게 울타리를 넘어 집안으로 들어 가자 큰 궤짝 뚜껑을 열고는 "이 속에 들어가 값비싼 물건들을 꺼내 오라."고 아비는 자식에게 시켰다. 그러나 이야기는 생각지도 않은 방향으로 전재되었다.

자식이 궤짝 속에 들어가자마자 아비는 뚜껑을 꼭 덮고 열쇠마저 걸어 버렸다. 그리고는 마당으로 뛰쳐나와 문짝을 두들기며 그 저택 집안 사람들을 깨우고 나서는 자기만 먼저 울타리를 넘어 달아나 버렸다. 도둑 자식은 궤짝 속에서 꼼짝 못하고 있을 수밖에 없었다.

—정말 지독한 아버지군. 나를 이런 곳에 놓아둔 채 달아나다니, 정말 지독한 애비야!

화가 치밀어 올라 허둥대고 있는데, 얼핏 그의 머리에 좋은 생각이 떠올랐다.

궤짝 속에서 쥐가 무엇을 긁어대는 소리를 내자, 생각한대로 하녀가 촛불을 켜고 궤짝을 살펴보는 것이었다. 이윽고 뚜껑 열쇠가 열리자마자 도둑 아들은 온 힘을 다하여 뛰쳐나와 촛불을 나꿔채 끄고는 하녀를 떠밀고 힘껏 도망쳤다. 물론 그를 본 사람들이 뒤쫓아 왔다. 노여움에 가득 찬 사람들의 고함소리가 밤하늘에 퍼져 나갔다.

도망치던 그는 길 옆에 우물이 있는 것을 보자 큰 돌을 집어서 우물 속에 힘껏 던져 넣었다. 뒤쫓던 사람들이 우물가에 다다라 어두운 우물 속을 들여다보며, 그 속에 빠진 도둑을 찾느라고 야단법석을 떨었다.

이 틈을 타서 도망쳐 집으로 돌아온 자식은 아비에게 대들었다. 그러자 아비는 능청맞게 천천히 자식에게 말하였다.

"아들아, 화를 내지 말라. 너는 네 힘으로 도망쳐서 도둑질하는 법을 자기 힘으로 배우게 되었구나."

관대하고 김빠진 말로만 하는 교훈은 그것을 말하는 자나 듣는 자 모두를 어리석게 만들어 버린다. 적어도 올바른 인간이라면 '스스로 구한다.'는 의욕에 불타 있지 않으면 안 된다. 그 의욕이야말로 인간성을 갈고 닦아 재능을 개발하게 하는 것이다.

공격 목표를 하나로 좁히는 인간의 매서움

삶의 기술이란 하나의 공격 목표를 가려뽑아
그것에 힘을 집중시키는 데 있다.

모르와(Maurois, 1885~1967) 프랑스의 작가, 미술 평론가

집중력이 없는 사람은 아무리 뛰어난 재능을 가졌다 해도 대부분 낙오자로 전락해 버린다. 공격 목표를 하나로 좁히지 못하는 사람은 아무리 권력 있는 자리에 앉는다 해도 갈팡질팡하는 속에서 벗어날 수 없다.

이러한 것을 실증하는 좋은 보기가 있다.

맹자가 제 나라 선왕과 회견했을 때에 있었던 일이다.

"신하 가운데 한 사람이 처자식이 편안하게 지낼 수 있도록 친구에게 만사를 부탁하고 멀리 떠나갔다고 합시다. 일을 마치고 귀국했더니 처자식이 굶어 떨고 있었다면, 그 친구에 대해서 어떤 태도를 취해야 된다고 생각하십니까?"

"그러한 성실치 못한 친구와는 절교해 버려야지."

"그렇다면 만약에 감옥의 우두머리가 부하 직원을 잘 다스리지 못할 경우에는 어찌하시겠습니까?"

"그러한 무능한 자는 바로 면직 처분해 버려야지."

"끝으로 또 한 가지 묻겠습니다. 나라를 다스리고 백성을 안정시키지 못하는 왕이 있을 경우에는 어찌하겠습니까?"

자기 자신에 대하여 비꼬는 것을 알아차린 선왕은 대답이 궁해서 양 옆에 서 있는 신하를 둘러보며 갈팡질팡하면서 딴 말로 얼버무렸다는 것이다.

이처럼 왕이 보여준 갈팡질팡하는 꼴은 우리들도 때때로 자기의 인생에서 되풀이하게 되는 것은 공격 목표를 하나로 좁히지 못한 데에 까닭이 있는 것이다. 구체적으로 말한다면,

"당신은 죽는 날까지 무엇을 하고 싶은가, 무엇을 하면 마음이 편한가?" 하고 질문했을 때, 자기 나름대로의 명확한 해답을 찾아내지 못하고 갈팡질팡한다면 낙오된 인생으로 전락해 버리는 것이다.

그러한 뚝심 없는 인간에게서 무슨 매력을 찾아낼 수 있겠는가. 공격 목표를 하나로 좁혀서

—인생을 살아가는 동안에 적어도 이것만은 해 내야지. 내 힘으로 하지 못하면 죽으려 해도 죽지 못하겠어.

하고 자신을 좁혀 생각하는 인간에게는 매서움이 있다. 그것에 힘을 집중하기 때문이다.

그와 같은 매서움을 지니고 있는 사람은 다른 일이 잘 되지 않거나 주위의 사람들로부터 비웃음을 받거나 해도 그에게는 아무런 문제가 되지 않는다. 그저 눈 돌릴 겨를도 없이 앞으로 곧장 달려갈 뿐이다. 그렇지 않으면 힘을 집중하고 있는 일에 몰두하여 자기 자신마저 잊어버린다.

어느 유명한 선승은 수행하는 방법에 대하여 제자로부터 질문을 받자 이렇게 대답하였다.

"나는 배가 고프면 먹는다. 고단하면 잘 뿐이다. 수행이 모자라는 사람은 먹으면서도 먹지 않고, 필요 없는 일을 생각하며 쓸데없는 데 마음을 쓴다. 자면서 자지 않고 수많은 꿈을 꾼다. 이것이 나와 수행이 모자라는 사람과의 차이점이다."

이것은 엄격한 훈련을 뒷받침해 주는 자연주의자라고 말할 수 있을 것이다.

제10장

..
목표가 있으면 진보한다

..
사회란 바로 우리들이다

..
지금까지보다는 이제부터를 목표로 하라

..
과학은 최선의 상식이 될 수 있다

..
멋진 거짓말은 인생을 달관한 사람의 조건이다

..
마음의 불협화음을 어떻게 대처하면 좋을까

..
미래를 위해 마음의 양식이 될 책을 읽어라

..
감정이 없으면 제복과 같은 인간이 되기 쉽다

..
진보는 비합리적인 인간이 가져 온다

· · ·
목표가 있으면 진보한다

자연인, 그 외계에 맞추어
자신의 생활을 순응시켜 가는 자만이 생명을 유지할 수 있다.

다윈(Darwin, 1809~1883) 영국의 생물학자

'코 모양이 마음에 들지 않는다'는 말을 들었으나……

1831년 12월 27일, 군함 비이글 호(242톤, 승무원 74명)는 시차와 경도 측정을 주된 목적으로 삼아 영국 남서부의 군항, 플리머드를 출항했다.

22세 된 찰스 다윈은 케임브리지 대학 시절의 은사로부터 추천을 받아 비이글 호에 승선하고 싶다고 신청했을 때, 휘트로이 함장은

—다윈이란 청년의 코 모양이 아무리 봐도 마음에 들지 않는다. 남반구 일주를 하려는 긴 항해에는 걸맞지 않은 사람이야.

라고 판정했다. 휘트로이 함장은 깔끔한 성격을 지닌 사람이었으며, 골상학에 일가견을 가지고 있었다.

철학사에 불멸의 이름을 남긴 변증법의 권위자인 헤겔(Hegel : 1770~1831)도 대학을 졸업할 무렵에는 교수들로부터 '철학에는 재능 없음'이라는 평가를 받았다고 한다.

그러므로 주위 사람들로부터 받는 평가는 정당한 것이 못되는 것 같다. 무엇보다도 중요한 것은 당사자의 '하고자 하는 생각'이며 꿈과 희망에 대

한 불굴의 정력이라 하겠다. 다윈은 골상학적 판단 따위에는 조금도 흐트러지지 않고 용기백배하여 비이글 호를 타고 인류의 역사에 진리의 광명을 비추어 줄 항해의 첫걸음을 힘차게 내디뎠다.

"나는 어렸을 때부터 내가 본 것은 무엇이든 알고 싶어 했고 설명하고 싶다는 생각을 가졌다. 또한 모든 것을 하나의 법칙 아래에서 정리해 보고 싶은 열망에 사로잡히기도 했다. 알 수 없는 것이 있으면 몇 해가 걸리든 생각해 내고 다시 정리해 보는 참을성을 가지고 있었다."

그는 이렇게 자기의 자서전에서 서술하고 있다.

이러한 성격을 태어나면서부터 가지고 있었던 다윈에게는 비이글 호에 승선하여 남아메리카, 아프리카, 남태평양을 포함한 남반구 일주를 항해한 한 인간의 생애를 빛낼 수 있는 보람과 영광의 기회였다.

강한 것이 더욱 강해진다는 가혹한 현실

다윈은 비이글 호를 타고 5년 동안이나 항해하는 동안에 새로운 것을 알게 되었다. 남아메리카의 여러 섬에는 유럽에서 건너간 소나 말이 있었는데, 특별한 변화를 일으키고 있었다. 또 갈라파고스 군도에는 큰 바다거북이나 도마뱀이 있었는데, 그 곳에서 좀 떨어진 섬에는 모양이나 빛깔이 다른 바다거북이와 도마뱀이 살고 있었다. 그리하여 그것들은 따로따로 이 세상에 태어난 것이 아니라 오랜 세월 동안 같은 것들이 점차로 변한 것임에 틀림없다는 생각이 들어 생물은 그것을 둘러싼 자연의 영향을 받아 점차 변이하여 가는 것이 아닐까? 하는 학문적 의문을 품은 채, 1836년 10월에 고국인 영국으로 돌아왔던 것이다.

귀국한 후, 그는 경제학자인 마르크스의 《인구론》을 읽고 많은 암시를 받았으며, 그 동안 지녔던 의문에 대하여 다음과 같은 결론을 내리게 되었다.

"약한 자는 강한 자에게 먹히든지 죽임을 당하고 강한 자만이 살아남는다. 동식물의 대부분은 번식을 많이 한다. 그러나 그것들이 모두 자라서 어미가 되어 새끼를 남기게 된다고는 할 수 없다. 극히 소수의 개체가 생존 경쟁에서 이겨 살아남게 될 뿐이다.

생물은 그 외계의 자연에 맞추어 자신의 생활을 순응시킬 수 있는 자만이 생명을 유지하고 순응하지 못하는 자는 사멸해 버린다. 즉, 생물이 외계의 상황에 따라 도태되어 환경에 알맞은 구조나 성질을 가진 적자만이 생존하며, 더욱이 그 적자는 세대를 거듭할수록 외계의 변화에 맞추어 더욱 유리하게 변이해 가는 것이다."

단순한 변이가 아니라 진화이다.

그 후로도 그의 머리에서 떠나지 않은 것은 동식물의 변이에 대한 문제였다. 그는 자기집 마당에 화초를 심거나 가축이나 새를 길러서 변이의 발생에 대하여 끊임없이 관찰했다.

드디어 그는 다음과 같이 확신하기에 이르렀다.

"여기에 많은 토끼가 있다고 생각해 보자. 그런데 갑자기 심한 추위가 닥쳐왔다면 많은 토끼들은 추위 때문에 얼어 죽을 것이다. 그러나 그들 무리 중에서 다른 토끼보다 털이 긴 것이 있어서 추위에 견디어 살아남았다면, 그 자손 가운데 털이 긴 토끼만이 번창해질 것이다. 그 결과 처음의 종류와는 다른 털이 긴 토끼가 나타나게 된다. 이 경우의 변이는 단순한 변이가 아니라 진화인 것이다. 그렇다면, 생물의 종은 하느님에 의해서 창조된 것이 아니라, 생존 경쟁을 통해서 이루어지는 자연도태, 자연에 의한 정리, 선택에 그 원인이 있는 것이다."

1844년 그가 35세가 되었을 때, 이 진화의 사상을 230쪽에 걸친 논문으로 정리해 놓았다.

그러나 다윈은 이 논문을 책상 서랍에 넣어두고 아주 가까운 친구 외에는 어느 누구에게도 보이려고 하지 않았다.

왜 그랬을까? 그의 진화에 대한 사상은 모든 생물은 하느님에 의해 창조되었다는 당시의 신앙과 사상을 근본적으로 흔들어 놓는 충격적인 것이었기 때문이다.

성경에서 현존하는 모든 생물의 종류는 하늘과 땅이 만들어진 당초에 하느님이 만든 피조물이라고 되어 있어 '생물이 변이하고 진화한다.'는 따위 사상은 신에 대한 반역을 뜻하는 것이었다.

더욱이 당시의 봉건적 사회에 있어서는 인간의 신분이나 그밖에 모든 것이 고정화되어 있어 '변화한다.'는 사상은 쉽사리 받아들여질 수 없는 상황 아래 있었던 것이다.

1859년, 쉰 살이 된 다윈은 진화의 사상을 마음껏 펼쳐 보인 충격적인 저서 《종의 기원》을 탈고하여 런던의 서점을 통해 출판했다.

"인간의 조상이 원숭이란 말인가! 그런 바보 같은 이야기가 어디 있단 말인가!"

"진화라는 사상은 인간의 창조나 우주에 있어서 그 지위를 부정하는 유물론이며 무신론이다."

하는 등등의 거센 비난의 폭풍이 불어 닥쳤다.

그가 설명하고 있듯이, 인간도 확실히 약육강식적인 투쟁을 되풀이하고 있는 동물이다. 그러나 생존 경쟁에서 살아남을 수 있는 자는 과연 강자나 적자뿐일까? 역사상의 실례로 볼 때, 강자나 적자는 때때로 약자나 부적자에 의하여 멸망되어 버린다. 또한 현실에는 투쟁 이외에 상호의존에 의한 공존, 공영의 성과도 적지 않게 볼 수 있다.

다윈은 이러한 의문점들을 끝끝내 밝히지 못하고, 73년에 걸친 학문 연구로 외길 인생을 끝마쳤으나, 독일 신문들은 '19세기는 다윈의 세기다'라고 선언했다.

자연이란 책을 직접 읽은 사람

다윈은 진화론의 창시자로 알려져 있지만, 그 기원은 훨씬 앞선다. 그리스 시대에도 진화론을 생각한 사람이 있었고, 근대에 와서도 몇몇 훌륭한 선각자가 나타났었다.

그런데도 다윈이 진화론의 시조라 불리우는 것은,

첫째로 진화라는 것을 의논할 여지가 없도록 체계적으로 많은 사실을 들어 증명하였다는 점.

둘째로 진화의 방법으로 가장 짜임새 있는 생각인 자연도태론을 제창하였다는 점에 있다.

다윈의 자연도태론의 열쇠가 된 것은, 원예가나 사육가들이 행하는 인위도태 작업이었다.

가령, 아름다운 꽃을 피우는 연앵초를 만들어낸 원예가는 실험 재배를 통하여 많은 연앵초 가운데서 자기 마음에 든 것만을 가려내어 증식시키고 나머지는 버린다. 이렇게 인위적으로 조금씩 변한 것을 재배하고, 세대를 거듭해 갈수록 처음 것과는 아주 다른 종류가 만들어지는 것이다.

동물의 경우 그레이하운드 종이란 종류의 개는 이리의 자손인데, 인공적으로 진화되어 오늘날에는 이리와 전혀 다른 종이 되어버린 것이다.

이러한 인위도태를 관찰한 다윈은,

"도태는 자연계에서도 틀림없이 일어나고 있는 현상이다."

라고 생각하기에 이르렀다. 그리고 자연계에서 인위도태가 이루어지는 것처럼 원예가나 사육가와 같은 역할은 마르크스가 말하는 생존경쟁에 의해서이며, 여기서 진화를 가져 오는 자연도태의 논리적 근거를 발견했던 것이다.

다윈과 같은 학자야말로 '자연이란 책을 직접 읽는 사람'이라 할 수 있다.

자연은 결코 인간을 속이지 않는다. 우리들이 자기 자신을 속일 뿐이다. 자연의 진화에는 비약은 없지만, 자연은 인간에게 만 권 이상의 책을 통한 교훈을 준다. 인간은 자연에 복종하는 것에 의하지 않고는 자연을 지배할 수 없다.

사회란 바로 우리들이다

예술은 '나'이며 과학은 '우리'이다.

베르나르(Claude Bernard, 1813~1878) 프랑스의 생리학자

"저것 봐, 정말 아름다운 무지개야!"

하고 한 소녀가 소리 질렀을 때, 그 아름다움은 한 인간이 지니고 있는 영혼의 소산이며, 또한 그것은 나의 것이기도 하다.

곁에 있던 소녀의 오빠가 이공대학 학생이라 하더라도 무지개를 보고 아름답다고 생각하지 않을 리 없다. 그러나 그보다 앞서 그의 머리 속에는 분광 스펙트럼에 따른 지식이 떠오른다. 그가 갖고 있는 지식은 그의 영혼의 소산은 아니다. 그가 무지개의 발생과 소멸에 대하여 올바른 지식을 갖기까지에는 많은 과학자의 공통된 사색과 증명과 땀에 의해 이루어진 것이다.

예술은 개인에게 각각 다른 감명을 불러일으키지만, 과학은 공통된 이해를 토대로 하여 발전해 간다. 그 공통된 이해란 것은 단순히 자연과학의 분야뿐만 아니라 인문과학 분야에 있어서도 필요 불가결한 기틀이 된다.

이러한 점에 관한 이야기를 들어 보기로 하자.

장개석이 영도하는 국민정부가 중국 대륙을 지배하고 있을 때의 이야

기이다. 중국은 독립했다고는 하지만, 도회지에는 실업자가 넘쳤고, 농민들은 몹시 궁핍해 생활이 어려웠다.

어느 날 한 젊은이가 노신(魯迅 : 1881~1936, 중국의 작가)의 집을 찾아가서 이렇게 말했다.

"선생의 문장에는 나란 말이 많이 쓰여지고 있는데, 이것은 우리들로 바꾸어 써야 하지 않을까요. 선생은 지금 농민이나 노동자를 대신해서 정부로부터 추궁 당하고 있습니다. 따라서 단호한 주장을 내세울 때는 나라고 쓰는 것은 적당하지 못합니다. 그러므로 서슴지 마시고 우리들이라고 써 주십시요. 그쪽이 훨씬 어울립니다."

그 후부턴 노신은 자신의 작품이나 논문 속에서 우리들이란 낱말을 자주 쓰게 되었다고 한다.

인문과학의 대상이 되는 문화 가운데에서도 특히 생활문화는 '나'의 것이 아니라 '우리들'의 것이다. 사회란 바로 이 우리들이며, 맥이버는 《사회학 강의》 속에서 다음과 같이 설명하고 있다. 그의 논조 가운데서 우리들의 뜻을 확인해 주기 바란다.

"사회라는 낱말에는 세 가지 뜻이 포함되어 있다.

첫째로, 동류성이란 뜻이다. 즉, 모양으로나 속알멩이가 대체로 닮은 것들끼리 만들어진 것이 사회이다. 그렇지 않으면 자신들의 목표를 추궁하기 위해서 결합될 수 없기 때문이다. 상위성이란 것도 필요하지만, 그 차이란 것은 동류성에 포함된 것으로, 이것이 공통된 목표로 향하는 상호작용의 토대가 되는 것이며, 또한 모든 사회 제도 가운데 가장 중요한 것, 분업을 만들어내는 것이다.

둘째 뜻은 상호의존을 말한다. 가장 기초적인 사회의 단위인 가족은 양성의 상호의존에 기틀을 두고 있음에서도 알 수 있다.

셋째로는 협동이란 뜻이 있다. 서로 도우며 살아가는 집단이다. 이러한 동류성, 상호의존 그리고 협동에 의한 분업이 바로 사회라 하겠다."

지금까지보다는 이제부터를 목표로 하라

이 세상에서 가장 아름다운 것은 가장 쓸모 없는 것을 말한다.
예를 들면 공작과 들에 핀 백합을 보라.

러스킨(Ruskin, 1819~1900) 영국의 비평가이자 사상가

인간이 타산적 생각을 하지 못하는 경지까지 이상을 끌어올려 주지 않으면 아름다운 존재라고 할 수 없다. 그러므로 아름다움의 특징은 규정대로 되지 않는 것, 즉 생각치도 않았던 것이 깜짝 놀라게 하는 데 있다.

도스또엡스키가 말하듯

"아름다움, 그것은 실로 무서운 것이다. 아름다움이 무섭다는 것은 규정지을 수 없기 때문이다."

옛날 사람들에게 무서운 존재는 마귀나 도깨비로 정해져 있었다. 근래에는 핵무기와 같은 초실력자가 나타났기 때문에 그와 같은 것에 대해 두려움이 적어졌지만, 도깨비가 무서웠던 것은 그만한 이유가 있었기 때문이다.

왜냐하면 도깨비의 모습은 발이 없든가 눈이 하나만 있다거나 셋쯤 있어서—그러한 무한정하거나 무원칙했기 때문이다.

아름다움의 본질도 이와 비슷하다.

예술적 감각에 뛰어난 사람은 언제나 아름다움의 본질에 대해 놀란다.

때로는 깜짝 놀라 가슴을 조인다.

"예술가란 아름다움을 연출해 내는 재능이 있어, 항상 초보자 같은 마음을 지니고 있는 인간이다."

라고 르나르(Renard)가 말한 것과 같이, 참된 예술가는 언제나 '이제부터의 인간'이라는 목적의식을 가지고 있다. 이것을 뒤집어 말하면,

"속물이란 아무런 재능도 없으면서도 항상 다른 사람보다 특색 있는 인물인 체 한다."

라고 할 수 있겠다.

그들의 마음은 이해타산에 의해 묶여 있기 때문에 쓸모 없는 일에는 조금도 놀라지 않는다. 그들은 예술가와는 정반대로 '현재만을 중요시하는 인간'이며, 신선한 감동이나 영원한 환희보다는 지난날과 같이 모두 똑같은 것을 즐기며 '보탬이 되는 것, 쓸모 있는 것'만을 얻으려고 노력한다.

그들의 공통된 특징—즉, 속된 사람의 근성은

① 언제나 겉모양에만 얽매여 이해득실의 결과를 보지 않고는 판단하지 않으며 행동하지 않는다.

② 자기 자신과 상대를 부정할 뿐만 아니라, 모든 다른 사람들도 자기와 같은 방법으로 생활해야 한다는 관념에 사로잡혀 있다.

③ 거의 맹목적으로 기계적인 사회의 권력을 맹목적으로 지지하고 새것과 아름다움을 얻으려 하지 않는다.

이러한 무리들은 인생의 단면 밖에 보지 않기 때문에 예술에 목적을 둔 사람이나, 재물 또는 헛된 명예를 중요시하는 인간이든 간에 똑같은 세계를 보고 있으면서도 전혀 다른 눈을 갖고 있다.

예를 들면, 인간의 가치를 위해 사는 사람은 아름다운 꽃을 보면 그 아름다움 속에 녹아들지만, 속물은 다짜고짜 꺾어 버린다.

이러한 무리들 속에서 이리저리 흩어져 복잡한 것을 태연하게 해치워 버리는 사람들에게는 '쓸모 있는 것'은 필요 없고, 다만 '쓸모 없는 것' 밖에는 가치를 두지 않는다. 그들은 바로 눈앞에 있는 현실에만 사로잡혀 있어서, 인생 그 자체의 값어치를 보지 못하기 때문이다.

$\bullet\;\bullet\;\bullet$

과학은 최선의 상식이 될 수 있다

과학은 미신의 해로움에 대한 훌륭한 해독제이다.

스미드(Adam Smith, 1723~1790) 영국의 경제학자

탐험가 콜럼버스는 이탈리아의 천문학자이며, 지리학자인 토스카넬리 (Toscanelli : 1397~1482)의 학설인

"지구는 둥근 공 모양으로 되어 있어, 서쪽으로 거듭하여 가면 반드시 동쪽 나라에 이르게 된다."

는 말을 굳게 믿고 있었다.

그것은 당시로서는 꿈과 같은 새로운 학설이었으나, 그는 토스카넬리에게서 보내온 해도(海圖)와 그 설명서를 보고 난 후로는 '서쪽으로 가면 동쪽으로 돌기보다 짧은 시간에 인도에 도착할 수 있다'고 확신하고 있었다.

이러한 경우에 있어 언제나 가장 큰 장애가 되는 것은 낡은 관습에 얽매인 생각이며 '지나친 열광이나 미신의 해로움'에 있다.

물론, 콜럼버스의 경우도 예외는 아니었다. 스페인의 여왕인 이사벨 1세의 도움이 없었더라면, 아무리 그 의지가 강했다 하더라도 틀림없이 대서양을 가로질러 항해하는 일에 용감하게 뛰어들지 못했을 것이다. 출항하기도 전에 좌절했음이 틀림없다.

그는 코르도바(Cordaba)란 마을에서는 많은 사람들로부터 욕을 먹었으며 돌팔매에 맞기까지 했다. 또 평소에 왕실을 드나드는 권력자나 상인들은 막대한 자금이 콜럼버스에게 지급되기 때문에 그만큼 자기들에 대한 지출이 줄어들 것을 염려하여 맹렬히 반대했다.

그 당시 여러 가지로 반대한 중요한 근본적 요소는 다음과 같은 생각에서였다.

"콜럼버스는 지구가 공 모양을 하고 있다고 한다. 그렇다면, 지구의 반대쪽에는 다리를 뻗고 서 있는 사람, 다리를 하늘로 향한 채 머리를 아래로 떨구고 걷는 사람들이 과연 존재할 수 있단 말인가?

모든 물건이 반대로 놓여져서 나뭇잎은 아래를 향해 자라고 비나 우박, 눈도 아래에서 위로 뿌리는 그러한 땅이 세계 어느 곳에 있다고 믿는 것일까? 대지가 공 모양을 하고 있다는 생각을 하는 자는 한가한 사람들의 망녕된 생각에 지나지 않는다.

그리고 또,

"아무리 바닷길을 따라가서 인도에 다다른다고 가정하더라도, 또 둥근 공의 표면에 내려갈 수 있다 하더라도 다시 올라간다는 것은 불가능할 것이다. 그렇다면 그의 탐험은 영원히 돌아오지 못할 항해가 될 것이다."

이러한 반대론이 거세게 일자, 콜럼버스의 대서양 횡단 항해의 계획은 스페인 국회나 추밀원에서까지

"콜럼버스의 의견은 타당하지 못하다. 그는 정신 착란에 사로잡힌 자임에 틀림없다."

라는 판정을 내리고 말았다.

토스카넬리의 학설이 확실한 과학성을 지니고 있지 않다 하더라도 그 당시로서는 상식을 앞서가는 것이었다고 할 수 있다. 그러므로 과학적 사고는 '열광이나 미신' 같은 비상식을 해명할 수 있는 최선의 해독제라 하겠다.

멋진 거짓말은 인생을 달관한 사람의 조건이다

음악은 우울한 사람에게는 기쁨이 되지만 상중에 있는 사람에게는 슬픔이 되며,
귀머거리에게는 기쁨도 슬픔도 되지 않는다.

스피노자(Spinoza, 1632~1677) 유태계 네덜란드의 철학자

친구가 경영하는 어느 병원의 원장을 찾아갔을 때의 일이다. 병원 맨
위층에 살고 있는 원장집에서 한참 저녁을 먹고 있는데, 요란한 사이렌
소리가 나며 구급차가 교통사고로 다친 사람을 태우고 달려 왔다.

원장은 저녁을 들다말고 흰 가운을 입으면서 급한 걸음으로 병원 응급실
로 달려가서 들것에 실려 온 부상자를 들여다보았다. 그를 뒤쫓아 갔던 나
는 부상자를 보자 깜짝 놀랐다. 무릎부터 아래쪽이 떨어져나간 것 같았기
때문이다. 피투성이가 된 몸에서는 마치 땅이 꺼지는 것 같은 신음소리를
토해 내고 있었다. 의식을 잃어가는 듯한 눈의 초점이 가물가물해 보였다.

나는 6 · 25 동란 때 이러한 부상자를 많이 보았었다. 그들은 대부분 심
한 고통 속에서 몸부림치다가 죽어갔다. 나는 이 순간 '이 사람은 아무리
해도 죽겠구나'하고 생각했다. 그런데, 원장은 그 부상자의 뺨을 힘껏 후
려갈기면서 소리쳤다.

"정신 차려! 이런 상처쯤 가지고 왜 야단이야. 내가 고쳐 줄테니 힘을 내!"

곧바로 부상자는 들것에 실린 채 수술실로 운반되었다.

약 2시간쯤 지났을 무렵, 원장은 흰 가운을 벗어들고 사무실로 들어왔다. 그리고는 술 한 모금을 마시며 나에게 말을 건넸다.

"아이구, 미안해. 구급 환자가 들이닥치면 이런 일이 자주 있다네. 이제부터 한 잔 하세."

"아니야, 미안하긴 무엇이 미안해. 자네는 자네 의무를 다한 것인데 미안할 것 없네. 그런데 한 가지 의문이 있어. 자네는 그 부상자를 처음 봤을 때, 마음 속으로는 어떤 생각을 했었나?"

"틀림없이 살지 못하리라 생각했다네. 출혈이 너무 심한 상태였고, 허리까지 비틀어져 있었으니 말일세."

"그렇다면 자네는 환자에게 거짓말을 한 셈인데, 의사에게는 거짓말을 하지 않을 수 없는 때가 있고 또 거짓말을 하는 편이 좋을 때가 있단 말인가?"

"그래, 나는 '멋진 거짓말을 꾸며댈 수 있는 것이 명의의 조건'이라는 생각을 하기도 한다네. 조금 전과 같은 경우, 만약에 내가 '이거, 큰 부상이군. 당신은 위험해' 하고 말했다면, 그는 그 자리에서 죽어 버렸을 거야. 의사가 환자를 구하려면 때에 따라서는 거짓말도 한 방편이 되지."

다음 날 전화로 환자의 용태를 물었더니, 다행히도 그 부상자는 구사일생으로 소생했다는 것이다.

일반적으로 거짓말은 해서는 안 된다고 하지만, 이러한 경우와 같이 필요한 거짓말은 '선(善)이 될 수 있다'는 경우가 얼마든지 있게 마련이다.

가령, 살인은 큰 죄이지만 싸움터에서 적을 죽이는 것은 조금도 '죄가 되는'것이 아니다. 이러한 점이 바로 인생의 어려움이라 하겠다.

마음의 불협화음을 어떻게 대처하면 좋을까

|

고귀한 영혼은 유리를 긁어대는 창칼소리에 견디기 어려운 것과 같이
끊임없는 도덕적 불협화음에도 견디기 힘들다.

쉴러(Schiller, 1759~1805) 독일의 시인이자 극작가

오늘날의 불협화음(不協和音)은 도덕적 분야만에 그치지 않는다. '20세기는 소음의 시대'라 할 수 있을 만큼 모든 분야에서 불협화음이 울려 나오고 있다. 그 결과 고귀한 영혼뿐만 아니라, 극히 평화스러운 마음도 병들게 하여 정신 위생상 큰 문제로 대두되고 있다.

최근의 여러 가지 조사에 따르면 스트레스 증후군은 더욱 늘어가고 있음을 보여 주는데, 구체적인 예로는

① 마이크로 엘렉트로니크스[극소 전자공학]화에서 생긴 기술 혁신에 의한 테크노 스트레스[기술적 강박관념]

② 고령화 사회에 따른 회사 인간 또는 무료한 사람들의 증상.

③ 단신 부임(赴任)이 가져오는 여러 가지 증상[해외 근무의 스트레스를 참다못해 알코올 중독이 된다든지, 오랜 호텔 생활이나 현지 기숙사 생활이 형무소 생활같이 느껴지는 수인(囚人) 증후군 같은 것].

④ 일에서 벗어나면 안절부절하는 회사 인간의 휴일 신경증

이러한 것을 '마음 속의 병'으로 들 수 있다. 그리고 월급쟁이가 일주일

이 넘도록 결근하는 원인 가운데, '몹시 바쁜 시간에 쫓긴 심신의 과로'가 첫 번째로 꼽힌다고 한다.

두 번째 원인으로는 '직장에서의 인간관계의 분쟁'을 들고 있어, 그것을 마음의 정황에서 살펴 말한다면, 끊임없는 도덕적 불협화음에서 생기는 괴로움에 지나지 않는다 하겠다.

"인심이 같지 않음은 그 얼굴 모습과 같다."

고 한 《좌전(左傳)》의 말과 같이 '몹시 바쁜 시간에 쫓긴 심신의 과로' 상태에 있는 사람에게 있어서는 인간관계에 불협화음이 일어나지 못하게 하기란 정말 어렵다.

프랑스의 작가인 플로베르가 말했듯이,

"마음은 팔 수도 살 수도 없는 것이지만, 줄 수는 있는 재산이다."

라고 하지만, 오늘날 현대인들은 너무 바빠서 '줄 수 있는 재산'을 잃어버리고 말았다.

이러한 사람들은 자기 자신의 내부에서 불협화음을 일으키고 있으면서도 그것을 느끼지 못하고 있다. 그래서 도무지 결말을 내기 힘들다고 하겠다.

이러한 시대가 닥쳐올 것을 예감한 어느 작가는, 그의 작품 속에서 다음과 같이 표현하고 있다.

"인간의 불안은 과학적 발전에서 온다. 앞으로만 달려가기에 바쁜 과학은 일찍이 우리들에게 멈출 것을 허락해 준 일이 없다. 걷기에서 수레, 수레에서 마차로, 마차에서 기차로, 기차에서 자동차, 자동차에서 비행선, 비행기로 우주 공간의 어디까지 가도 쉽게 해 주지 않는다."

어디까지 인간을 끌고 갈 것인지, 그 끝을 알 수 없으니 두렵고 불안할 뿐이다.

이와 같은 상태로 과학을 중심으로 하는 문명이 더욱 발전되어 간다면, 마음의 병은 늘어만 갈 것이다.

도대체 앞으로 어떻게 해야 좋다는 말인가.

• • •
미래를 위해 마음의 양식이 될 책을 읽어라

그 내용에 한 조각의 애처로움도 가지고 있지 않은 책이나 시는
쓰여지지 않는 쪽이 훨씬 더 낫다.

와일드(Oscar Wikde, 1856~1900) 영국의 작가

'인간은 생각하는 갈대다.'라는 파스칼의 유명한 말이 있다.

갈대는 조금만 강한 바람이 불어도 꺾어져 버린다. 파스칼은 인간의 본
질은 '연약함' 속에서 보았다. 비애라는 것은 연약함의 솔직한 표현이며
완전함에 대한 불완전함의 표현이다.

만약에 누구인가가 '이것으로 충분하다. 나는 완전함에 도달했다.'고
말했다면, 그것으로서 그 사람은 모든 것을 잃게 된다. 왜냐하면 완전이
란 것의 기능은 인간에게 그 사람 나름대로의 불완전함을 알려주려는 데
있기 때문이다. 거기에 인간의 비애가 깃들어 있는 것이다.

우리들은 자기 자신의 모든 것을 이야기하려 해도 그 전부를 말로 표현
할 수는 없다. 이야기하자마자 듣기에 거북하거나 감당할 수 없는 내용이
포함되어 있어서 부족함이나 불완전함을 생각하지 않을 수 없게 한다. 거
기에는 비애가 감돌며 때로는 어두운 정념의 파도를 일으켜 듣는 이로 하
여금 눈물의 늪에 빠지게 하기 때문이다.

이러한 비애를 깊숙이 간직하고 있는 책이야말로 인간적인 책이라 할

수 있을 것이다.

　붉은 해는 서산마루에 걸리었다.
　사슴의 무리도 슬피운다.
　떨어져 나가 앉은 산 위에서
　나는 그대의 이름을 부르노라.

김소월의 「초혼」 중에서

　김소월의 이와 같은 비애야말로 인간의 마음을 촉촉이 적시게 하는 정감을 노래한 것이 아닐까. 비애란 사랑 이외의 어떠한 것이 손을 댄다 하더라도, 검은 피를 내뿜는 마음의 상처인 것이다. 인간은 '그대의 이름을 부르노라' 하는 그 상처의 찢어지는 듯한 아픔에 직면하지 않을 수 없다.

　그러나 '그 가운데에 한 조각의 애처로움'을 내용으로 하고 있는 글이나 시는 비애를 나누어 갖는 공감을 불러일으켜 찢어지는 듯한 아픔을 전해 준다. 그뿐 만이 아니다. 마음을 감싸주는 비애의 구름을 뚫고 인생에 새로운 앞날을 제공해 주는 것도 적지 않다.

　독일의 물리학자 리히텐베르크(Lichtenberg, 1742~1799)가 말한 대로,

　"실제로 세상에는 아무런 생각도 하지 않고 독서하는 사람들이 많다."

　그러한 사람들은 '쓰이지 않은 쪽이 더 좋았을' 책만을 읽어댄다. 그들에게 있어서는 '한 조각의 애처로움' 같은 것은 전혀 문제가 되지 않는다.

　왜 그러한가? '나는 그대의 이름을 부르노라'고 노래한 상황에 처해 있

는 것을 의식 또는 무의식 중에 피하고 싶기 때문이다. 이에 반해서 '한 조각의 애처로움'에 깊이 주저앉아 인생에 새로운 앞날을 개척하려 하는 사람은 다음 보기에서 찾아 볼 수 있다.

예를 들면, 젊은 날의 링컨이 건초더미 위에서 책을 읽고 있는 것을 본 집주인은,

"너 지금 무슨 책을 읽고 있는가?"

하고 물었을 때, 링컨은 이렇게 대답했다고 한다.

"읽고 있는 것이 아닙니다. 연구하고 있는 것이지요."

이러한 경우와 같이, 그냥 읽기만 해서는 안 된다. 생각하지 않으면서 책을 읽는다는 것은 씹지 않고 음식을 먹는 것과 같다. 다만 '한 조각의 애처로움도 갖지 않은' 책은 씹어 먹기에는 알맞지 않다.

• • •
감정이 없으면 제복과 같은 인간이 되기 쉽다

까마귀 싸우는 곳에 백로야 가지 마라
성난 까마귀 흰빛을 새오나니
청강에 고이 씻은 몸 더럽힐까 하노라.

정몽주(鄭夢周) 어머니의 시조(고려말)

나폴레옹 1세가 말했듯 '감정이 없는 사람은 그가 입고 있는 제복과 같은 인간이 된다.'는 예를 가끔 볼 수 있다. 이 말과 같은 상황이 극단적으로 나타난 사실을 들어보기로 한다.

어느 친구가 제대한 지 반 년쯤 지났을 때의 일이다. 그는 자기의 바로 옆에서 교통사고로 피투성이가 된 채 길바닥에 쓰러져 있는 사람을 보았다. 그러자 그는 순식간에 얼굴이 창백해지며 와들와들 떨만큼 심한 공포를 느꼈다.

반년 전만 해도 그는 위생병으로 치열한 전투에서 피투성이가 된 병사들의 머리나 팔 다리를 얼굴빛 한 번 바꾸지 않고 처리하곤 했었다. 그런데 군복을 벗자, 그의 '꼴'이 바뀌어져서 마음대로 되지 않는 것이다.

말하자면 '장구벌레는 물 속에서는 사람을 물지 못하나, 모기가 되면 바로 사람을 물어댄다.'는 비유와 같다. 즉, 사람의 마음의 변화는 '꼴'에 따라서 달라진다는 것이다.

이러한 점에 대해서 스위스의 평론가인 맥스 피카르는 다음과 같이 말하고 있다.

사형 반대론자인 어느 박사가 그에게 다음과 같은 질문을 했다.

"독가스로 죄 없는 사람들을 괴롭히거나 죄의식도 느끼지 않고 학살하던 나치 당원들을 우리는 어떻게 취급하면 좋을까? 과연 그들은 올바르게 질서 있는 생활에 익숙해질 수 있을 것인가?"

이에 대하여 피카르는 다음과 같이 대답했다.

"그러한 점에 대해서는 조금도 문제가 되지 않습니다. 그들은 어떠한 올바른 질서에도 아주 간단하게 익숙해질 것입니다. 우체국 직원이 되면 그곳 창구에 앉아 거뜬히 일할 수 있게 될 것이며, 또 물건을 산 사람이 잘못해서 값을 더 치르고 갔다면, 그들은 남은 돈을 돌려주려고 손님 뒤를 쫓아갈 것입니다. 만약 그러는 도중에 한 어린이가 울고 있는 것을 보게 되면, 자기 자식에게 주려던 과자까지도 그 어린이에게 주며 달랠 것이라 생각됩니다."

말하자면 피카르는 잔학무도한 살인자라 해도 '꼴'이나 환경이 바뀌기만 하면, 그에 바로 적응하게 되어 '꼴에 따른 마음'이 작용하여 온화하고 선량한 시민이 된다는 것이다.

그러나 그는 '그러므로 걱정할 필요가 없다'는 것이 아니라 '오히려 무섭다'고 말하고 있다.

왜냐하면, 그들의 '내면적 연관성을 상실한 인간'이기 때문이라고 말한다. 그렇다면 '꼴이 바로 마음이 된다'는 것을 우리들은 마음에 새겨 두고 생각하지 않으면 안 된다.

···
진보는 비합리적인 인간이 가져 온다

합리적인 인간은 스스로를 세계에 적응시킨다.
하지만 비합리적인 인간은 자기에게 세계를 적응시키려 애쓴다.
그런데 모든 진보는 이 비합리적인 인간에 의지하고 있는 것이다.

버너드 쇼(Bernad Sbaw, 1856~1950) 영국의 극작가

'비합리적인 인간' 쪽에 속하는 어느 작가가 통속적인 것을 반대하는데 철저하려고 애를 썼다.

"나는 진실만을 찾기 위해서 눈을 까뒤집고 쫓아다녔습니다. 이제서야 진실을 따라잡았습니다. 그리고 나는 그것을 앞섰습니다. 여전히 나는 뛰고 있습니다. 진실은 나의 뒤쪽에서 뛰고 있는 것 같습니다."

이렇게 그는 계속 뛰다가 드디어는 자살하고 말았다.

그는 그의 작품 속에서,

"살아가는 힘…… 보기 싫어진 영화를 끝까지 보는 용기."

라고 말하고 있는데, 그 용기를 계속해서 지니지 못했던 것이다. 작가는 '이 세상에 태어나게 된 것을 정말 미안스럽게 생각한다.'고 중얼거리고 있다.

이 비극적인 윤리관을 지닌 주인공은 '세상살이는 그리 쉬운 것이 아니다'라는 합리적인 인생관을 단호히 거절하면서,

"이제는 세상 사람들의 흉내를 내지 말라. 아름다운 것의 존재를 믿고

그것을 바라보며 걸어라. 최상의 아름다움을 상상해라. 그것은 틀림없이 존재한다. 학생 시절에만 존재할 뿐이다."

고 젊은이들을 향해 힘차게 부르짖고 있다.

그와 반대로 어른들에게는 이러한 부르짖음은 적용되지 않는다. 이 작가는 그러한 사실을 너무나 잘 알고 있었기 때문에 '학생 시절에만' 한정 짓지 않을 수 없었던 것이다. 그리고 합리적인 어른들에게는,

"처세하는 비결, 그것은 절도를 갖는 것."

이라고 강조하고 있다. 참으로 익살스러운 말이다. 이것은 절도를 지키지 못하는 자기 자신에 대한 스스로의 비웃음을 말한 것이라 하겠다.

그의 상처 받기 쉬운 날카롭고 민첩한 감각과 자의식이 한 가닥을 다음 구절에서 밝혔다고 할 수 있겠다.

"공자의 말씀에 '군자는 사람을 기쁘게 하면서도 자신을 팔지 않는다. 소인은 자신을 팔면서도 오히려 사람을 즐겁게 하지 못한다.'는 말이 있다. 문학의 웃음거리는 이 소인의 슬픔임에 틀림없다."

군자란 비합리적인 인간이며, '소인'은 합리적인 인간을 말한다. 그 자신은 얼마나 소인의 슬픔에 시달렸을 것인가. 비합리적인 인간에게는 아름다운 것의 존재에 대한 꿈이나 상상력이 있기 때문이다. 이것이 바로 진보를 불러일으키는 것이다.

아나톨 프랑스가 말했듯,

"유토피아, 즉 이상향이 모든 진보의 원칙인 것이다. 옛날부터 꿈에 그렸던 이상향이 없었다면, 인간은 아직도 동굴 속에서 발가벗은 채 비참한 생활을 하고 있을 것이다."

그러나 합리적인 인간은 지금까지 지내온 그대로의 합리성에만 자리잡고 있으면서 편안히 앉아 비합리적인 꿈을 물리쳐 버린다. 그러한 무리들은 컴퓨터나 로봇보다 고도의 합리성에 굴복하지 않으면 안 되게 될 것이 틀림없다.

제11장

..

인간은 자신이 무엇인가를 모르고 있다

..

인간의 가능성을 철저히 추구한다

..

고통의 숨결 속에서 영혼은 자란다

인간은 자신이 무엇인가를 모르고 있다

인간의 피부 밑에는 사나운 짐승이 숨어 있다.

샬 폰 벨의 《속담과 격언》에서

혼혈아 살해 사건

인간, 그 자체를 연구하는 첫걸음으로서 다음과 같은 기묘한 살해 사건에 대하여 함께 생각해 보기로 하자.

전화벨 소리가 요란하게 울렸다. 수화기를 집어들자 낮은 목소리가 들려 왔다.

"나는 살인을 저질렀다. 지금 곧 현장으로 오기 바란다."

가해자 자신이 직접 전화를 걸은 듯 장소를 똑똑히 가르쳐 주었다. 경찰들은 지체없이 그 아파트로 급히 달려갔다.

문을 두드리자 마중 나온 사나이는,

"어서 들어오시오. 전화 건 사람은 바로 납니다. 시체는 저쪽에 있습니다."

그는 마치 다른 사람의 일인 듯이 침착하게 옆에 놓여 있는 흔들 그네를 가리켰다.

폭 씌어진 담요를 벗기자 틀림없이 작은 시체가 누워 있었다. 그런데,

사람의 아이치고는 얼굴이나 몸집, 모습이 원숭이를 너무 닮아 있었다. 그렇다고 원숭이 새끼라고 하기에는 사람의 아기를 너무나 닮아 있어 분간하기가 어려웠다.

"도대체 사람의 아이인가, 아니면 원숭이 새끼인가?"

어느 쪽이라고 분별하기 어려워서 가만히 들여다보고만 있는 경찰들 어깨 너머로 가해자는 거침없이 설명하기 시작하였다.

"그것은 인간과 원숭이와의 혼혈아입니다. 지능이 가장 발달한 암컷 원숭이를 데려다가 인간의 정자를 수정하여 이것을 낳게 하고 내가 그를 죽인 것입니다."

기세등등하게 달려온 경찰들은 어찌할 바를 몰랐다. 이 기묘한 혼혈아를 죽인 사나이를 어떻게 처리해야 하는가. 그는 살인범인가, 아니면 동물을 죽인 장난꾼에 지나지 않은가?

경찰에게 연행된 이 사나이는 드디어 재판을 받게 되었다. 그 재판은 온 프랑스 국민들이 주목하게 되어 재판사상 가장 큰 선풍을 일으켰다.

유죄인가, 아니면 무죄인가? 여론은 더욱 더 끓게 되어 드디어 문제는,

"인간과 동물과의 본질적인 차이는 어디에 있는가?"

로 집중되기에 이르렀다.

이상은 '인수재판'이라는 프랑스 소설에 나오는 이야기로서 단순한 픽션에 지나지 않는다. 그러나 확실히 인간과 동물과의 본질적 차이가 똑똑하게 판명되지 못한 이상, 이 사건을 일으킨 사나이에게 어떠한 판결도 내릴 수 없을 것이다.

우리들은 보통 '인간은 인간이고 동물은 동물이지'하고 아주 간단히 단

정하지만, 과연 인간의 본질을 명확하게 이해하고서 동물과 구별하고 있는 것일까.

이 세상에는 동물 이하로 밖에 생각되지 않는 인간들이 너무나 많다.

흉악하고 사나운 자, 지독한 구두쇠, 냉혹한 살인마, 능갈치는 사기꾼 등등 그들이 범하는 흉악한 일들은 때때로 우리들을 불안에 빠지게 하고 공포의 벼랑으로 몰아세운다. 그런데도 불구하고 그들에게도 나름대로의 인권이 보장되어 있어 충실한 개나 원숭이와는 아주 다른 성질의 가치가 인정되고 있는 것 또한 현실이다.

즉, 인간이라는 점에서 다른 동물보다도 귀중한 존재로 취급되게 되어 있는 것이다. 도대체 어떻게 된 셈일까?

러시아의 작가인 메레즈코프스키는 그의 저서 《신들의 부활》에서

"모든 인간의 내부에는 신과 야수가 함께 살고 있다."

고 말했듯이, 인간에게서는 야수성을 찾아볼 수 있으며, 다른 짐승들보다 흉악하고 교활한 면을 볼 수 있다 하겠다.

고르키의 작품 《유년시대》에 쓰여 있듯이

"인간에게 기대해서는 안 된다…. 인간에게 많은 것을 바란다는 것은 잘못이다. 인간은 하느님과 달라서 얻기 위해 살고 있는 것이지, 주기 위해서는 사는 것이 아니기 때문이다."

라고 한다면, 인간과 동물 사이에는 별다른 차이가 없지 않은가.

우리의 운명이 미끼를 낀 낚시 바늘을 악착스런 입으로 미끼를 잡아 삼킨다. 그 찰나에 운명이 낚싯대를 들어올린다. 그러면 인간들은 땅바닥 위에서 허우적거리다가 정신을 차렸을 때에는 이미 심장의 고동은 멎어

버렸다. 이런 생각을 해 보면 인간과 동물과의 차이를 '찾아내는 일'은 참으로 어렵다 하겠다.

다음에 이 문제를 해결하는 실마리가 될 이야기를 소개하고, 다른 관점에서 고찰해 보고자 한다.

인간의 모습을 한 이리

1920년, 인도의 고다무라는 마을 가까이에 있는 숲에서 이리와 함께 살고 있는 인간의 아이가 발견된 일이 있었다. 아마 갓 낳았을 때 이리에게 물려가서 그 젖을 먹고 자랐을 것이다.

그런데 이 아이가 발견되자 곧바로 고아원으로 보내졌는데, 성질은 이리와 똑같아 하는 행동이 대체로 인간과 같지 않았다. 음식을 먹을 때에도 손을 쓰지 않고 입으로 핥아먹으며, 낮에는 우두커니 있다가 밤이 되어야 활동을 했다. 걷는 것도 네 발로 걸으며 대단히 재빨랐다.

고아원에 온 지 2년이 지나도 죽은 닭을 보면 숲속으로 물고 가서 네 발로 잡고는 마구 뜯어먹었다.

이 아이가 두 발로 서서 손으로 그릇을 들고 음식을 먹으며, 두서너 가지 말을 할 수 있게 되기까지는 5년이라는 세월이 걸렸다. 그리고 그로부터 1년쯤 지난 후부터 점차 밤보다는 낮을 좋아하게 되었고, 동물보다는 인간과 친숙해지려는 생각을 갖게 되었다고 한다.

이 이야기는 정말 특수한 보기이지만, 80년쯤 전에 실제로 있었던 이야기이다.

그런데, 이 아이가 발견되지 않고 그대로 성장했다고 한다면 어떻게 되었을까?

혈통으로 본다면 틀림없이 인간의 아이다. 그러나 발견되지 않았다면, 인간 모습을 한 이리가 되어버렸을 것이다. 모습은 인간이면서도 성질, 동작, 표현하는 방법이 바로 이리 그대로라면 기묘한 존재가 되어버렸을 것임에 틀림없다.

이와 같은 야릇한 짐승의 모습을 한 인간과 우리들이 쓸쓸한 산길에서 갑자기 마주쳤다고 하자. 그는 요란스럽게 울부짖는 소리를 내며 곧바로 달려들 것만 같은 공포감을 주게 될 것이다. 가령 달빛 사이로 그가 가만히 쳐다보았다면, 사람의 모습인데도 눈초리나 코, 입에 이르기까지 아무리 보아도 사람과 같지 않았을 것이다. 그런데다가 알몸이니 더욱 이상하지 않았을까?

"장난 좀 그만 둬! 정말 놀라겠다!"

이러한 말이 통할 리 없다. 상대는 짐승과 같은 자세로 있다가 순간적으로 달려들었다고 하자.

그때 우리들이 권총을 가지고 있었다면, 틀림없이 누구나 본능적으로 방아쇠를 잡아당겼을 것이다.

그런데, 문제는 그 결과에 있다. 이 기묘한 생물을 쏘아 죽였을 때, 우리들은 일단 살인 용의자가 되는 것이다. 겉모습이 틀림없는 인간이기 때문이다.

이 생물이 동물로 인정되기만 하면, 우리들은 무죄 석방이 될 것이다. 그러나 겉모습만으로 본다면 틀림없는 인간이기에 사정을 참작할 여지는 충분히 있다 하더라도 살인이라는 큰 죄에 대해서 문책 당하지 않을 수 없다.

이러한 점에서 앞에 들어본 보기와 조금도 다를 바가 없다.

그렇다면 왜 인간은 특별한 대우를 받게 되는 것일까?

"인간에게는 다른 동물에서 볼 수 없는 고도의 지성을 지니고 있기 때문이다."

라고 설명하는 사람도 있다. 그러나 인간의 우월성을 지성이란 점에만 맞추어 본다면, 뇌에 장애가 있는 사람이라면 인간의 분류에 넣을 수 없다는 말이 된다. 그들은 고도로 진화된 원숭이의 지성에도 미치지 못하기 때문이다. 이러한 바보스런 이야기가 있을 수 있겠는가.

전반적으로 인간의 지능은 침팬지나 오랑우탄과 같은 동물의 지능보다도 훨씬 높다. 그러나 지능이 높다고 해서 그것을 소중한 것이라고 할 수는 없는 것이다.

인류의 지성은 전쟁을 점차 과학화하고 잔혹화해서, 오늘날에는 지구를 파멸시키는 위기로까지 몰고 가기에 이르렀다. 또 인간이 지닌 특유한 악랄한 권모술수나 복잡하고도 괴기한 범죄도 고도화된 지성에 의한 것임에 지나지 않는다. 따라서 '산은 높기 때문에 귀중하게 여기지 않는다'는 말은 인간의 지성에 대해서도 그대로 적용될 수 있는 말이라 할 수 있다. 이렇게 되면 인간이 만물의 영장이라 일컫는 점은 어디에서 비롯된 것일까?

처음에 소개한 살해 사건에 관해서 작가는 인간과 동물과의 차이는 '신앙심이 있고 없음'에 있다고 하여 《인수재판》이란 소설의 결론으로 맺고 있다. 확실히 동물이 스스로의 의지로 신을 받들고 부적을 몸에 지녔다는 이야기를 들어본 적은 없다.

"그렇다면 우리들과 같이 신앙이 없는 자는 인간으로서의 본질이 없단 말인가?"

이렇게 말하면서 분개하는 사람도 있을지 모르겠다. 그러한 종류의 사람들은, 특히 자기 자신의 마음의 움직임에 대하여 깊이 고찰해 주기 바란다.

가령, 큰 재해나 육친의 죽음을 당했을 때, 또는 오랜 세월에 걸친 연구가 막다른 장벽에 부딪쳤을 때에는 평소에 하느님이나 부처님에 대해서 전혀 생각하지 않았던 사람도 무의식중에 무엇인가 절대적인 것에 의지해 보고 싶은 마음이 생기는 것은 왜 그럴까? 뜻하지 않게 두 손 모아 하느님을 향해 기도하려는 심정이 생기는 것은 틀림없이 인간만이 할 수 있는 자세일 것이다.

"기도는 어떠한 객관적인 효과를 갖는 것이 아니며, 단지 주관적인 반응을. 즉 마음의 안정과 위안을 얻게 될 뿐이다."

고 칸트는 말했지만, 인간에게는 누구인가 절대자에게 의지하지 않을 수 없는 나약한 마음이 있는 것이다. 특히, 극한 상황에 이르렀을 때, 기도는 정신의 위대한 원동력이 되며 힘의 저장고 역할을 하게 되는 것이다.

이것은 다른 동물에게서는 도저히 찾아 볼 수 없는 일이다. 보잘 것 없는 물건이라면 침팬지도 만들 수 있겠지만, 그들은 결코 스스로의 의지로 만들려고 하지 않으며, 그 뜻하는 것을 전혀 이해하려고 하지 않는다.

따라서, 《인수재판》의 작가가 말했듯이 신앙심은 인간의 본질을 이루는 것이며, 이것이야말로 인간과 다른 동물과를 구별하는 크나큰 특성이라 할 수 있다. 그러나 인간의 본질을 이루는 것은 단순히 신앙심만은 아니다.

정신 세계에서의 '집 잃은 아이'

진·선·미의 추구란 인간에게서만 찾아볼 수 있는 특성이라 하겠다. 다른 동물이 보편타당한 지리를 추구하고 도덕적인 선을 바라며, 예술에 있어서 아름다움을 얻었다는 예는 동서고금을 통하여 찾아볼 수 없다.

특성은 이밖에도 또 있다. 연모를 만들어 그것을 사용한다든지, 불을 여러 가지 용도로 쓰는 일 같은 것들이다.

이러한 특성은 인간 이외의 동물에게서는 찾아볼 수 없는 것으로 문제는 어떻게 해서 인간만이 연모나 불을 사용할 수 있으며, 진·선·미를 추구하고 또한 절대적이며 영원한 것에 의지하려 하는가 하는 점에 있는 것이다.

즉, '인간의 여러 가지 특성을 이루는 가장 근본이 되는 것은 무엇인가?' 하는 것이 문제가 된다. 만약, 인간의 내부에는 어떤 샘과 같은 것이 있어서 그 곳에서 맑고 깨끗한 물이 용솟음치듯 여러 가지 특성이 생기는 것이라고 하면, 그 샘의 정체를 반드시 밝혀 내지 않으면 안 된다.

그러나 이러한 일은 대단히 어렵다. 그것은 인간의 내부 세계가 무한히 넓고 깊어 발길이 미치지 못한 처녀지와 같기 때문이다.

프랑스의 철학자인 베르그송은 그의 저서 《창조적 진화》에서

"생명에 대한 무지(無知)가 인간 지식의 특징이다."

라고 말하고 있지만, 확실히 인간은 인간 자신을 알고 있지 못하다는 특

징을 갖고 있다.

이탈리아의 과학자 갈릴레이가 우주의 중심인 지구를 태양의 단순한 위성으로 밖에 보지 않았을 만큼 천문학이 발전했을 때에도, 인간은 뇌나 간장이나 갑상선의 구조나 기능 등에 관해서는 아는 것이 없었다.

왜 그랬을까? 이 점에 대해서 록펠러 의학 연구소의 아렉시스 카렐 박사는 그의 저서 《인간, 그 미지의 것》 가운데에서 다음과 같이 논하고 있다.

"인간이 인간을 알지 못함은 조상 전래의 생활양식이나 인간 자신의 복잡함, 그리고 그 정신의 구조에 연유된 것이라 생각된다. 무엇보다도 인간은 생존하지 않으면 안 되었다. 또한 인간은 외부 세계를 정복하지 않으면 안 되었다. 수십 세기 동안 인간의 조상은 자신의 내면을 연구할 틈도 없었고, 또 그러한 필요도 느끼지 못했다. 그들은 무기나 연모를 만들며 불을 발견하고, 소나 말을 기르면서, 수레의 꾸밈새나 곡식의 재배법을 발견하기에 힘썼다. 그들은 태양이나 달, 별 그리고, 바닷물이나 계절의 변천을 오랫동안 관찰하면서도 인간 자신의 육체나 정신에 흥미를 가지지 못했던 것이다."

인간은 오랜 옛날부터 천체의 운동을 예언할 수 있었다. 언제 천체가 어두워지고 또 빛을 내뿜는가를 정확하게 알고 있었다. 그러나 슬픔과 죽음의 일식이 자기의 인생에 그림자를 떨어뜨리는 때를 지금까지도 미리 알지 못하고 있는 것이다.

왜 그런가에 대해서 카렐 박사는

"세계를 안다는 것은 대단히 필요한 일이라 생각했지만, 인간을 안다는 것은 그렇게 중요하다고 생각지 않았기 때문이다."

라고 설명하고,

　“그러나 병이나 고통, 죽음 또는 이 세계를 지배하는 어느 숨은 힘에 대한 막연한 생각이 조금씩 인간의 육체나 정신의 내부 세계로 이끌어갔다.”고 말하고 있다. 또 한 가지 인간이 자기 자신을 알려고 하지 않는 이유를,

　“그것은 인간이란 원래 간단한 것을 좋아하는 버릇을 가지고 있기 때문이다.”

라고 하면서, 카렐 박사는 다음과 같이 주장한다.

　“신경 조직은 대단히 미세하기 때문에 산 채로 연구한다는 것은 거의 불가능하다. 그러므로 우리들은 뇌나 세포의 훌륭한 공동 작업의 불가사의함을 풀 재주가 없다. 수학과 같은 단순함이나 간소한 아름다움을 즐기는 인간의 정신은 육체를 형성하고 있는 세포나 체액, 의식의 불가사의한 세계 속에서 집 잃은 아이가 되어버리고 말았다.”

　카렐 박사의 말에 따르면, 이와 같이 인간이 자기의 내부 세계에서 미아가 되어버린 결과 근대 문화의 결핍된 부분이 발생하게 된 것이라 한다.

　“근대 문화는 우리들에게 적합하지 않다. 그것은 인간을 알지 못하고 형성되었기 때문이다. 그것은 과학에 있어서 여러 가지 발견이나 인간의 욕망과 상상, 이론, 희망에 의해서 되는대로, 또는 우연히 만들어진 것이다. 인간이 만들어낸 것임에는 틀림없으나 인간에게는 적합하지 않다.

　사실인즉, 과학자는 확실히 아무런 계획도 갖지 않았던 것이다. 그것은 천재의 태어남이나 그들의 정신 또는 호기심이 가는데 따라서 발달했을 뿐이다. 과학이란 것은 결코 인간을 개량하고자 하는 희망에 자극되어 생긴 것이 아니다.

그러므로 과학은 모두 인간의 직감이나 우연한 동기에서 태어난 것이다. 만약 갈릴레이나 뉴턴, 그리고 라부아지에(Lavoisier)가 육체나 정신 연구에 몰두해 주었다면, 세계는 오늘날과 상당히 다른 모습으로 변모되었을 것이다. 사실 과학자라는 인간은 자신의 갈 곳을 모르고 있었던 것이다."

'필요함은 발명의 어머니'라고 일컬음과 같이 특수한 조건 밑에서 일시적인 필요가 얼마나 많은 발견을 이룩했으며, 그것이 얼마나 모질게 인간의 예측이나 기대를 배반했는지 알 수 없다.

오늘날과 같이 전자과학이 전쟁에 이용되는 일은 가장 극단적인 보기라 할 수 있다.

카렐 박사가 말하듯 인간의 생활에 있어서의 직접적인 동기가 과학을 이끌어간 것은 확실하지만, 그렇다고 해서 내부 세계가 언제까지나 방치되어 있었던 것은 아니다.

인간은 생활에 조금씩 여유가 생기게 되자, 스스로의 정신이나 육체에 대해서도 점차 진실된 탐구를 시작하게 된 것이다.

인간의 가능성을 철저히 추구한다

온 세계를 알면서도 자기 자신을 알지 못하는 자가 있다.

라 · 퐁테느의 《우화》에서

학문을 하늘에서 땅으로 끌어내린 사람들

유럽에서 가장 먼저 인간의 내부 문제와 정면으로 대결했던 사람은 아테네의 철학자 소크라테스였다.

그가 '학문을 하늘에서 땅으로 끌어내린 사람'이라 일컬어지는 것은 자연계, 즉 외부로 향해져 있었던 당시의 지적인 탐구심의 방향을 바꾸어 정신계, 즉 인간 내부로 돌이켜보게 한 데에 있었다.

당시 아테네에서는 학문이라 하면 거의 자연을 대상으로 했다. 오늘날의 천문학이나 물리학에 가까운 학문이 대단히 유행하여 소크라테스도 젊었을 때에는 이 방면의 연구에 열중했었다. 그런데 그 당시에는 아직 천체의 모양이나 운행, 그리고 만물의 근원 등에 대한 학자들의 생각이 서로 달랐으며 불완전한 학설에 지나지 않았다.

지구의 형태에 대해서도 동방의 학자들은 '편편하다'고 주장했으며, 서방 학자들은 '둥글다'는 의견을 내세워 의견의 일치를 보지 못했다. 다른 문제에 대해서는 서로 의견이나 백출하는 혼란 상태에 있었다.

이러한 틈바구니에 있으면서도 외곬으로 연구를 하던 소크라테스는 드디어

"어느 것이든 하나의 학설이 옳다고 한다면, 그 밖의 다른 것은 모두 틀린 것이라 하겠다."

는 결론에 이르고, 이어서

"달이나 별에 관하여 여러 가지로 생각을 해 보지만, 그것이 인간의 정신이나 사회 발전에 있어서 어떠한 쓸모가 있단 말인가. 그것보다도 인간에게 고귀한 덕(德)을 가진 사람이 되게 한다는 것처럼 중요한 일은 없지 않을까."

하고 생각한 후, 그의 독특한 '문답식 방법'에 의하여 인간의 내부를 깊이 연구하기에 전념했던 것이다.

방법이나 수단은 틀릴지 모르나 석가나 공자도 인간의 내면을 탐구하여 인간 본성의 정체를 밝히기 위해 생애를 걸었던 사람들이다.

석가는 인간의 본성이라는 샘을 찾기 위하여 왕위와 처자를 버렸다. 그뿐만 아니다. 이른바 자기 자신마저 버렸던 것이다. 그 직접적인 원인을 이루는 것은 사고(死苦)—사람이 한평생 살면서 겪는 네 가지 고통 즉, 생고(生苦), 노고(老苦), 병고(病苦), 사고(死苦)—로서 카렐 박사의 말을 빌린다면 병이나 고통, 죽음 그리고 이 세계를 지배하는 숨은 힘에 대한 막연한 생각이라 할 수 있다.

이와 같은 생각, 즉 불안이 석가로 하여금 자신에 대한 관심을 내부 세계로 집중시켰던 것이다. 소크라테스는 문답에 의한 탐구를 지속시켜 나갔는데, 석가는 그것을 처음에는 고행에 의하고 나중에는 좌선에 의하여

해결해 나갔다.

그 결과로 그는 드디어 샘을 찾아내어 그 깨달음을 '정각(正覺)'이라 하여 후세에 전했다. 정각이란 '한없이 참되고 순박한 마음'이며, 무아(無我)나 무심(無心)을 말하는 것이다. 불교의 경전에서는 예컨대, 그것은 더럽고 흐린 수렁 가운데에 피어 있는 맑고 순박한 연꽃과 같다고 했다.

공자는 어떠했을까. 어려운 집안에서 자란 그는 처자를 보살피기 위해 보잘것없는 관리로서 일하지 않을 수 없었다. 석가는 가장 고급스런 환경에서 잘 살았으며, 소크라테스 또한 중류 가정에 속해 있었으나, 공자는 전통 있는 핏줄을 이어받았을 뿐 어렸을 때부터 청년기에 걸친 생활은 사회의 밑바닥에 있었다고 할 수 있다.

그는 15세쯤에 《시경》이나 《서경》 등을 배우고, 관리가 된 후부터는 생활 의식이나 음악까지 연구했다. 그러한 노력, 즉 일하면서 공부하는 노력을 통해서 그가 얻으려 했던 것은 주 나라의 정치와 사회 제도, 그리고 이것으로 일관한 인본 정신이었다.

공자는 문왕의 아들이며, 무왕의 동생인 주공이 나라를 다스릴 때, 그 치세에서 인간 세계의 가장 이상적인 사회를 찾아냈던 것이다. 5년, 10년, 그의 고학은 어지러운 세파에 시달리면서도 끊임없이 계속되었다.

그의 학문은 새로운 진리를 찾아내고 새로운 도덕을 제창하기보다는 오히려 주공의 치세를 모방하여 재현하는 데 목표를 두었으며, 그 근본 정신을 찾아내려 했던 것이다. 그에 있어서 그 근본 정신이야말로 인간으로 하여금 인간답게 만들려는 샘에 지나지 않았던 것이다.

드디어 공자는 '삼십에 섰다.' 그리고 '사십에 미혹되지 않았다'고 선언했던 것이다. 이 기상과 확신 뒤에는 피나는 노력 끝에 드디어 인간의 샘을 찾아낸 기쁨과 그것을 널리 전하려는 강한 의욕이 넘쳐 흐르고 있다.

그는 그 샘의 내용을 인(仁)이라 이름 짓고, 겉모양을 예(禮)라 불렀다. 그가 '인'을 얼마나 중시했으며 가르침의 중심된 과제로 삼았는가는 《논어》를 통하여 어질 인(仁)자가 105번이나 나오는 것을 보아도 알 수 있다.

지금까지 말한 바와 같이 기원 전부터 뛰어난 사람들이 각각 독자적인 방법이나 수단을 통해서 인간으로 하여금 인간답게 삶을 영위하는 샘을 탐구하고, 그것을 찾아내려고 끊임없이 노력한 것이다.

그런데도 카렐 박사는

"뉴턴이나 라브와지에가 그만한 노력을 정신적 방면에서 인생의 연구에 쏟아주었다면, 우리들은 오늘날 더 행복해져 있을지 모른다……."

고 탄식하고 있다. 카렐 박사는 석가나 공자 그리고, 소크라테스 같은 사람들의 진지한 노력을 모르고 있는 것은 아닐까. 결코 그렇지 않다. 소크라테스에 대해서는 말할 것도 없고, 불교의 창시자인 석가나 유교의 시조인 공자의 이름과 업적은 이미 유럽 세계에도 널리 알려져 있었기 때문이다.

그렇다면 카렐 박사가 한탄하는 이유는 어디에 있을까? 한 마디로 말해서 인간의 내부에 대한 과학적 연구가 부족함에 있다 하겠다. 다음에 이 점에 대하여 박사의 소견과 다른 관점에서 살펴보도록 하자.

인간의 능동적 정신에 의해 만들어진 것들

그리스 말로 인간은 '앤드러포스'라고 하는데, 이에 대한 흥미 있는 이야기가 있다.

아테네 시의 주변에 있는 아카데미아에 학교를 세운 플라톤이 어느 날, 앤드러포스를 정의하기를

"그것은 두 발로 서서 걷는 날개 없는 동물이다."

라고 했을 때, 이 말을 듣고 있었던 디오게네스라는 제자가 이튿날 날개를 쥐어뜯은 닭을 들고 학교에 왔다. 그리고는

"선생의 정의에 따르면, 이것은 앤드러포스라고 할 수 있단 말이야."

하며 떠들어대어 플라톤을 곤경에 빠뜨렸다고 한다.

또한 독일의 유명한 해부학자인 폴크는 인간을 정의하여 다음과 같이 말하고 있다.

"인간이란 내분비를 방해하여 발육을 불완전하게 한 원숭이다."

어느 정의나 어리석은 자의 무책임한 농담이 아니다. 위대한 학자들의 진실된 발언이다. 그러나 예를 든 것과 같은 정의를 옳다고 동의할 사람은 거의 없을 것이다.

이와 같은 정의를 내린 두 사람은 모두 훌륭한 학자이긴 하지만, 인간의 본질을 충분히 정의하고 있지는 못하다. 하여튼 인간에 대해서는 근본적인 발생마저 확실히 알지 못하고 있는 것이 사실이다.

일설에 의하면, 어떤 종류의 원숭이에게서 거의 인류라고 불릴 정도까지 진화된 원인류(猿人類)가 처음으로 지상에 나타난 것은 지금으로부터 약 60만 년 전쯤 되는 제3기 말부터 제4기 초기로 생각되고 있다.

그리고 인류가 틀림없이 생물의 한 무리이며, 더욱이 고등한 원숭이류와 밀접한 연고 관계나 계통 관계를 가지고 있는 것이 과학적으로 인식되게 된 것은 19세기 중반을 넘어 선 후부터의 일었다.

그 때까지 기나긴 세월 동안 인간은 왜 하나의 생물로서 과학적 연구의 대상이 되지 못했던 것일까.

이에 카렐 박사는

"인간에 대한 연구가 늦어진 것은 외계의 정복 때문에 바쁘고 틈이 없었으며, 또 인간의 내면에 관한 연구는 복잡하고 어려웠기 때문이다."라고 설명하고 있지만, 결코 그와 같은 이유로 인간의 연구가 늦어진 것은 아니다.

인간에 과한 과학적인 연구 과정에서 가장 큰 방해가 된 것은 편견으로 가득찬 독선적 종교와 이에 상응하는 분별없고 무지한 신앙심이 아니었을까 한다.

이미 기원 전 4세기 경에 과학자들에 의해 인간은 생물계의 한 무리라 생각되었고, 인간을 과학적 연구 대상으로 삼았었다.

플라톤의 제자인 아리스토텔레스가 《동물분류대계》 가운데서 인간을 유혈동물, 태생류의 동물로 분류하고 있는 것은 무엇보다도 확실한 증거라 하겠다.

즉, 인류는 2,000년 전부터 이미 과학적으로 연구 대상이었던 것이다. 그런데 유럽에서의 그 과학적 추구는 얼마되지 않아 일방적인 종교에 의해서 전면적으로 짓밟히고 말았던 것이다.

구체적으로 말한다면, 그리스도교가 신봉되었던 중세 유럽에서 인간의 조상은 아담과 이브가 아니면 안 되었다. 인간은 원숭이로부터 진화된 동물이라고 말한다면, 거침없이 이 세상에서 추방될 정도의 위험을 지니고 있었다. 그러나 르네상스나 종교개혁이 이루어짐과 함께 중세를 지배하고 있었던 교회나 봉건사회의 속박에서 해방된 인간은 자연[외부]과 인간[내부]에 관한 과학적이고 합리적 탐구가 맹렬히 재개되었다.

자각을 되찾은 인간이 그 능동적 정신에 의하여 만들어낸 것은 단순히 새로운 대륙이나 새 항로의 발견만은 아니었다. 이와 동시에 한편에서는 실험과 관찰에 의하여 자연의 참 모습을 연구하려는 근대과학이 생겼고, 다른 한편에서는 독단적인 교회의 교리에 속박되지 않고 자연 그대로의 '인간의 내부'에 대한 끝없는 추구를 이끌어냈던 것이다.

이와 같은 역사적 배경 아래에서 사람에 대한 과학도 재출발하게 되었다. 인간은 하느님이 창조물로서가 아니고 자연계에서 사는 생물의 한 종류로서 취급되기에 이르렀다.

그러나 그 연구 과정에는 또한 여러 가지 고난과 장애가 가로놓여져 있었다. 전통적인 종교인들의 편견이나 비과학적인 관찰 방법 등이 여전히 사람들 마음 속에 깊고 넓게 자리잡고 있어서 인간의 과학에로의 길이 막혀 있었다.

그 구체적인 한 보기를 들어 보자.

인간의 인간다움을 솟게 하는 미지의 샘

1860년 대영학술진흥협회가 학술 토론회를 마련한 자리에서, 어느 승정(僧正)이 바로 앞에 앉아 있는 다윈의 열렬한 지지자인 헉슬리를 향해 몹시 비꼬는 말투로 질문하였다.

"당신네들의 의견에 따르면 인간의 조상은 원숭이라고 하는데, 그것은 당신의 할아버지 계통이요? 아니면 할머니의 핏줄인가요?"

이에 대하여 젊은 헉슬리는

"아무리 어리석고 쓸모 없는 동물의 자손이라 해도 그가 진리를 성실하게 탐구한다면 훌륭한 재능과 높은 지위를 가지고서도 진리를 그늘지게 하는 자손보다는 훨씬 나은 편이 아닐까요?"

하고 통렬하게 대꾸해 주었다고 한다.

이 이야기 가운데 확실히 나타나 있듯이, 다윈의 지지자들은 인간이 하느님에 의해 창조된 것이라는 신앙이나 믿음을 전면 부정해 버렸던 것이다. 그들은 《구약성서》 창세기 제2장에 있는

'여호와 하나님이 흙으로 사람을 지으시고 그 코에 생기를 불어넣으시니 사람이 생령이 된 지라.…… 여호와 하나님이 아담을 깊이 잠들게 하시니, 잠들 때 그가 갈빗대 하나를 취하고 살로 대신 채우시고 여호와 하나님이 아담에게서 취하신 그 갈빗대로 여자를 만드시고 그를 아담에게로 이끌어 오시니…….'

그 후 '인간에 대한 과학'은 눈부신 발전의 길을 걸었다. 현재 인류학계의 지배적인 견해에 따르면, 네 발로 나무 위에서 생활하던 원숭이에 가까운 생물에서 지상으로 내려와 두 발로 선 채 손으로 연모를 만들고 그것을 썼던 최초의 인류는, 오스트랄로피테쿠스[남쪽의 원숭이] 무리로서 지질학적으로는 약 백만 년 전의 것으로 추정하고 있다.

다음에 북경 원인이나 중부 자바에서 발견된 피테칸트로푸스, 즉 자바 직립원인(直立猿人)의 무리들로서 50~60만 년 전의 것으로 추정된다.

그리고 유럽이나 중동과 극동 지방에서 많이 발견된 네안데르탈인은 약 10만 년 전의 것이며, 그 다음에 프랑스의 크로마뇽인으로 대표되는

화석 현생인류(現生人類)가 뒤따른다. 이것은 수만 년 전의 것인데, 형태적으로는 오늘날의 현대인 호모 사피엔스(Homo Sapiens)와 별다른 차이가 없다.

이상의 네 가지 인류의 조상이 한 가닥의 혈통으로 이어져 호모 사피엔스로 진화된 것이라고 추정하고 있다. 여기에서 호모 사피엔스란 말은 이성적 인간 또는 예지인을 뜻하는 라틴어로 원생인류에 대한 현생인류를 가리키는 말이다.

이러한 학설에 대하여 반론하는 학자도 있다. 예를 들면, 영국의 세계적인 인류학자 리키 박사는 1961년에 다낭 항에서 발견한 영장류의 턱뼈에서 추론하기를,

"사람의 특징을 나타낸 가장 오랜 화석골은 약 1,200만 년 전의 케냐피테스쿠스[케냐의 원숭이]이다. 사람은 그 무렵부터 독자적인 진화의 길을 걷기 시작하여 200만 년 전에 호모 하빌리스[능력 있는 사람]가 되었다. 오스트랄로피테쿠스가 출현했을 무렵에는 이미 호모 사피엔스의 직접적인 조상이 함께 존재하고 있어 시대와 병행하여 진화하고 있었다."
고 말했다.

이와 같이 인간에 대한 과학은 인간을 하느님의 창조물로서가 아닌 생물적인 진화의 과정에 있는 것으로서, 그 발생의 신비로움을 객관적으로 해명하려 하고 있다.

이에 따라 필연적으로 '인간은 어떻게 하여 인간다워지는가' 하는 연구도 눈부시게 진행되기 시작하였다. 그리고 오늘날에는 인간의 인간다운 모습은 어디에서 생기는가를, 말하자면 인간으로서 인간다워지는 비밀스

런 샘을 과학의 손에 의하여 찾아낼 수 있었던 것이다.

인간의 인간다움이 솟아나는 '미지의 샘'을 과학자는 전두엽이라 부른다. 수천 년 전에 이집트 문명이 번영을 누렸을 때, 인간의 마음은 심장에 있다고 생각하고 있었으나 실제로 그것은 우리들의 대뇌의 전반부에 숨겨져 있었던 것이다.

다음에는 마음의 상태를 객관적으로 표현하고 그것이 주관적인 전개를 보여줄 경우에 어떠한 움직임을 나타낼 수 있는가를 살펴보기로 하자.

고통의 숨결 속에서 영혼은 자란다

• • •

보려고 하지 않는 장님이 있을까.

앙드류 · 보아드의 《건강의 기도서》에서

전두엽을 절단해 버린다면

암의 말기에 가져다주는 고통은 '암을 앓는 자 아니고는 알 수 없다.'고 말하듯이 무서운 것이다. 온몸에 퍼진 암세포가 여기저기에서 말초신경을 압박하기 때문에 격렬한 아픔으로 고통을 받는다. 그 아픔은 감각 차단제란 약으로 막을 수 있다 하더라도 죽음의 불안까지는 없애줄 수 없다.

자리에 누운 환자는 참을 수 없는 고통으로 몸부림치며, 검은 죽음의 그림자에 떨면서 절망으로 빠져든다. 그러한 중환자에 대해서 순식간에 안정된 마음으로 가라앉히고 웃음을 되찾을 수 있게 하는 과학적 방법이 있다. 그것을 전두엽 절단 수술이라고 한다.

로보토미(Lobotomie)라고 불리는 이 수술을 하기만 하면, 인간은 사고하는 힘을 잃어버리기 때문에 모든 걱정거리에서 해방되어 죽음의 그림자와 같은 것에는 조금도 흔들리지 않는 존재가 되는 것이다.

우리들의 뇌는 대뇌와 소뇌의 두 부분으로 이루어졌는데, 마음을 움직이는 것은 대뇌의 전반부—정확히 말하면 대뇌 반구로서 그 표면에 있는 대뇌피질이라는 곳—이어서 그것을 베어내버리면 모든 정신 작용이 멎어 버리는 것이다.

대뇌피질은 4밀리미터 정도의 얇은 층으로, 여기에는 약 140억 개나 되는 뇌세포가 밀집해 있다. 그 세포 하나에 약 40개의 돌기가 붙어 있어 라디오로 말하면 세포는 진공관이며 돌기는 배선과 같은 것이다.

그런데 대뇌피질은 좌우 두 개로 나뉘어져 몸의 좌우—오른쪽 피질이 몸의 왼쪽 반을, 그리고 왼쪽 피질은 몸의 오른쪽 반을 작용한다—의 운동이나 감각을 담당하고 있는데, 그것은 다시 신피질과 고피질로 나뉘어져 각각 다른 운동을 하고 있다. 즉, 전반부의 신피질은 의지, 기대, 창조력, 추리, 상상, 기억력 등을 맡으며, 후반부의 고피질은 식욕, 성욕, 집단욕 같은 일을 각각 맡고 있는 것이다.

말할 나위없이 전두엽이란 신피질에 해당하는 쪽의 부분이며, 인간의 인간다움에 대한 사고는 여기에서 담당한다. 그 증거로 인간에게 있어서는 이 부분이 매우 발달되어 있지만, 다른 동물들에게서는 거의 없는 상태이다.

따라서 전두엽을 잘라버리면 인간은 인간의 내면적 특성을 잃게 되고, 다른 동물과 다를 바 없는 존재가 되어 버린다. 즉, 어떠한 이상이나 목적을 향하여 의욕적으로 노력을 쌓아 올리는 일도 없어지고, 또한 기쁨이나 슬픔의 파도에 떴다 잠겼다 하는 일도 없어지는 것이다.

생각에 따라서 이렇게 행복한 일은 다시 없을 것이다. 정서의 기복이나 창조하는 노고에도 전혀 개의치 않고, 언제나 조용한 기분으로 지낼 수 있기 때문이다. 그러나 뇌출혈이나 뇌종양 때문에 전두엽의 절단 수술을 받은 사람이 조용함을 유지할 수 있는 것은 감정을 잃어버렸기 때문이며, 뭔가 막연한 웃음을 띠울 수 있는 것은 정신박약자의 의미 없는 웃음과 같은 것이다. 이것은 실격당한 인간과 다름 없다고 말할 수 있다.

인간은 누구나 괴로움을 좋아하지 않는다. 그렇다고 해서 전두엽이 없는 인생—괴로움을 전혀 느끼지 못하는 인생이라면 어디서 삶의 의욕을 찾을 것인가.

시인 뮈세(Musset)는 《세기아(世紀兒)의 고백》에서

"고뇌야말로 인생의 참 모습이다. 우리들의 최후의 기쁨과 위안은 괴로웠던 과거에 대한 기억 외에는 아무 것도 아니다."

고 말했으며, 도스토옙스키는 《죄와 벌》에서

"일반적으로 말해서 괴로움과 번뇌는 위대한 자각과 깊은 심정을 가진 자에게 있어서는 필연적인 것이다."

고 말했으며, 에센바하는 《잠언론》에서

"고통은 인간의 위대한 선생이다. 고통의 숨결과 더불어 영혼은 자란다."

고 말하고 있다.

이러한 삶이 주는 괴로움이나 번뇌야말로 인생의 엑스트라이며, 인생을 살아가는 역경의 시간임을 말해 주고 있다. 《구약성서》의 시편에 있는 구절과 같이 '올바른 자는 괴로움이 따른다.'라는 말은 의미가 깊다.

만약에 인간이 받는 상처가 고통을 느끼지 않는다면, 인간은 그 상처를 치료 받으려 하지 않을 것이며, 그것 때문에 오히려 죽음에 이르는 길이 될 것이다. 즉 이 세상에 고통이 없다면 죽음이 모든 것을 소멸시키고 말았을 것이다.

전두엽을 잘라 버리면 어떠한 상처도 우리들에게 고통을 주지 않는다. 그것은 얼핏 보기에 참으로 다행할 것 같이 생각되지만, 실은 인간을 산송장으로 만듦과 다름이 없다. 죽음이 생명을 갉아 없애려는 것을 막연하게 기다리고 있는 인간, 그러한 인간이 되는 것을 누가 바랄 것인가.

바야흐로 세상은 전자두뇌의 시대가 되었지만, 전두엽만은 전자두뇌에게 맡겨서는 안 된다. 그렇게 되어진다면 제2의 인류가 탄생되고, 우리들과 같은 현존의 인류는 전멸될 위험이 있다. 전두엽은 인간에게만 주어진 가장 고귀한 특권인 것이다.

이것만으로 앞으로 아무리 과학이 발달하더라도 인간이 꼭 잡고 생체를 유지해야 한다. 그것을 꼭 쥐고 있다는 것은 이 세상의 괴로움이나 번뇌에 정면으로 맞선다는 것을 뜻한다.

"삼계(三界)에는 평안함이 없어 마치 화택(火宅)과 같다. 중고(衆苦) 충만하여 심히 무섭도다."

라는 글이 《법화경》에 있지만, 충만함이 많은 고통에서 도망치는 것은 인간에게만 주어진 특권을 포기하는 것이 된다.

그렇다면 그 특권을 십이분 행사하기 위해서는 우리들은 먼저 어떻게 하면 좋은가. 바꾸어 말하면, 인간답게 살려고 하려면 어떻게 첫걸음을 내디뎌야 할 것인가.

자기야말로 자신이 의지할 곳이다

인간은 전두엽을 갖추고 있기에 인간다울 수 있지만, 그것만으로 인간답게 살 수 있는 것은 아니다.

앞에서 말했듯이, 석가는 생·노·병·사의 사고를 극복하려고 출가했다. 만약 석가가 살던 시대에 전두엽의 절단 수술을 할 수 있어서, 그 수술을 받으면 사고에서 풀려난다는 것을 알고 있었다면, 그는 수술대 위에 올라 앉았을까?

결코 그렇지 않았을 것이다. 우리들만 하더라도 살아 있다는 것이 아무리 괴롭다 하더라도 전두엽을 절단하겠다는 생각은 하지 않았을 것이다. 좀 더 깊이 생각해 보면 우리들의 인생은 볼테르가 《인간론》에서 말했듯이,

"뭔가를 했다 하면 실패한다. 그것이 인생살이다. 아침에 계획을 세워다 해도 낮에 하는 일은 모두 바보짓에 불과할 뿐이다."

대체적으로 인간의 삶이란 이런 것이다. 그래도 전두엽을 잘라 버리려 하는 사람은 한 사람도 없다. 왜 그럴까?

인간—전두엽을 갖고 있는 생물—은 생각하기 위해 태어난 것이며, 인간이라고 하는 것은 스스로 책임을 지고 행동하는데 의의가 있기 때문이다. 그런데 전두엽을 갖고 있으면서도 자기가 해야 할 일에 대하여 생각하지 않고 무책임한 행동을 일삼는 인간들도 주변에는 많이 있다. 그러한 인간, 말하자면 소화기와 생식기만으로 이루어져 있는 사람은 '인간답지 못한 인간'이라 하지 않을 수 없다. 즉, 인간은 전두엽을 갖추고 있기 때문에 '인간다운 인간'과 '인간답지 못한 인간'으로 구분되는 것이다.

그러한 예로, 미국에서 행해지고 있는 최근의 수술 결과에서 찾아보기로 하자.

논문에 의하면, 어느 증권 회사에 근무하는 남자의 뇌에 종양이 생겨

서 할 수 없이 전두엽을 잘라 버렸다. 그리고 수술 후에 그의 근무 태도에 어떠한 변화가 일어났는가를 2년 동안에 걸쳐 면밀하게 관찰을 계속했다고 한다.

그 결과 뜻밖에도 수술 전의 그의 일하는 것과 수술 후의 일하는 것과의 사이에는 전혀 어떠한 차이도 나타나지 않음을 알 수 있었다고 한다. 원인은 일에 대한 질에 있었다. 즉, 그에게 회사에서 주어진 일은 단조로운 기계적인 일이었기 때문에 전두엽의 활동을 조금도 필요로 하지 않았던 것이다.

우리들 주위에도 이 증권 회사의 사원과 비슷한 사람들이 있다. 그들은 특별한 이상이나 목적도 갖지 않는다. 어떠한 의욕을 불태우는 일도 없지만, 정감을 높이려고 애를 쓰지도 않는다. 그저 단순히 똑같은 시간에 정해진 일만 되풀이할 뿐 불만도 느끼지 않거니와 권태도 느끼지 못한다.

이러한 종류의 인간에게는 전두엽의 필요성은 아무런 의미도 지니지 못한다. 맛 좋은 음식을 먹지 않은 채 그대로 넣어두는 것과 마찬가지다. 이처럼 인간으로서의 삶을 누리게 된 이상, 결코 이러한 삶에 만족해서는 안 되리라.

파스칼이 말했듯

"인간은 하나의 갈대에 지나지 않는다. 자연 가운데 가장 약한 존재이다."

그러나 전두엽이라고 하는 인간만이 독자적으로 갖고 있는 것이 있기 때문에.

"그렇지만, 그것은 생각하는 갈대다. 그를 없애기 위해 우주 전체가 무장할 필요까지는 없다. 한 줄기의 독가스나 한 방울의 물로 그를 죽이는

데 충분하다. 그러나 우주가 그를 눌러서 망가뜨린다 해도 인간은 그를 죽인 자보다 훨씬 고귀할 것이다. 왜냐하면 그는 자신이 희생당함으로써 우주가 그를 넘어 서 있음을 알고 있지만, 우주는 이에 대해서 아무 것도 알지 못하기 때문이다."

모든 동물은 우주의 품 안에 있다. 그리고 기생충이 인간의 뱃 속에 있듯이 우주 속에서 그들과 함께 살고 있다. 그러나 우주라고 하는 이 크나큰 물체는 무엇일까. 그리고 그 원리와 운행, 생과 죽음이란 어떤 것인가를 인식하고 있는 것은 인간뿐인 것이다.

또 동물이나 생물은 자신을 보잘것없는 것이라는 사고 능력도 없지만, 인간만은 자기 자신을 보잘것없는 존재임을 깨달을 수 있는 것이다. 인간은 이러한 것들을 알고 있는 능력을 가지고 있으며, 이것을 깨닫고 있기에 인간다워지는 것이다. 그러므로 편협한 판단으로 매사에 의기양양하지 않고 자신의 행한 일을 뒤돌아보거나 넓게 일의 본질을 추구해 보지 않으면 안 될 것이다.

다른 동물이 자신에 대하여 무지한 것은 당연하며 아무런 문제도 없지만, 인간이 자신에 대해 무지하다면 주위 사람들에게 폐를 끼치거나 예측할 수 없는 해를 미치게 된다. 따라서 그것은 하나의 부도덕한 행위이며 악이라 하지 않을 수 없다.

《법구경》에 다음과 같은 금언이 있다.

나야말로 내가 의지할 곳
나 말고 누구를 의지하랴

잘 다듬어진 나야말로
참으로 얻기 힘든 의지할 곳이다.

인간으로서는 '나야말로 내가 의지할 곳'이기에, 무엇보다도 인간은 자신을 알지 못하면 안 된다. 자신을 알지 못하면 자아(自我)를 깨달을 수 없게 되고 사리에 어두워져서 독단의 잠에서 결코 깨어나지 못하게 된다.

심금을 울리며 보람있게 사는 어느 인생

석가나 소크라테스를 비롯하여 고금의 성자나 철인들은, 자신을 안다는 중요성과 그 불가결한 필요성을 힘주어 말하고 있다. 그러나 그들이 설명하고 있는 진리에 대하여 대부분의 사람들에게는 쇠귀에 경 읽기에 지나지 않는다.

왜 그럴까?

─다른 사람의 일은 제쳐놓고라도 자기 일은 자기 자신이 제일 잘 알고 있다.─고 하는 것을, 의식하든 의식하지 않든 간에 착각하고 있기 때문이다. 이러한 점에 대하여 장자(莊子)는,

"어리석은 사람은 지금 자신들이라는 잠에서 깨어나 있다고 굳게 믿고 있다. 그만큼 그들의 지식은 자기에 한정되어 있다. 그들 중에는 국왕인 자도 있으며 목부인 자도 있겠지만, 어쨌든 자기 자신만을 굳게 믿고 있을 뿐이다."

고 말했으며, 영국의 철학자인 러셀은 81세 때 방송을 통하여 다음과 같이 말하고 있다.

"나는 세계의 재난 가운데 하나는, 어느 특정한 것을 독단적으로 믿는 습관이라고 생각한다. 어떠한 일이든 의문에 가득 차 있는 이성적인 인간이라면, 자기 자신이 절대로 옳다고 덮어 놓고 생각하지 않을 것이다. 우리들은 항상 우리들의 의견에 대해서 어느 정도의 의문을 갖지 않으면 안 된다고 생각한다."

여기에서 학문이란 낱말을 물음에 대해 배운다고 풀이해서 읽는다면, 러셀의 이러한 견해를 더욱 설득력있게 받아들일 수 있을 것이다.

교양이 없고 지식이 낮은 사람일수록 자기 의견이 절대적이며 완전한 것으로 믿고 억지로 끌고 나가려 한다. 특히 자신에 대해 무지한 인간에게는 그러한 경향이 한층 더 강하다. 자기 자신을 알지 못하는 인간에게는 참된 겸손이란 있을 수 없기 때문이다.

참된 겸손이란 우리들의 능력이나 미덕을 다른 사람에게 숨기거나 또는 자신을 실제보다 낮추고 또 평범하다고 생각하는 것은 아니다. 자기 자신이 갖지 못한 모든 것에 대해 올바른 지식을 가지는 동시에, 자신이 가지고 있는 것에 대해서는 그 가치를 잘 분별하여 결코 우쭐거리지 않는 것이라 하겠다.

인간은 어두운 사리와 독단에서 깨어나 올바른 지식을 가진다면, 자기라는 것이 지금까지 생각했던 것보다도 훨씬 나쁜 존재임을 깨닫게 된다. 마치 더러운 파충류가 숨어있던 동굴에서 기어나오듯 자신의 마음에서 부끄러운 감정과 생각이 한없이 흘러나오는 것을 느끼고, 지금까지 장님처럼 세상을 살아왔다는 깨달음에 놀라지 않을 수 없을 것이다.

그러나 우리들은 놀라거나 괴로워할 필요까지는 없다. 우리들은 지금

보다 나빠진 것은 아니며, 오히려 좋아졌다고 할 수 있다. 병이 나아지는 증상을 보이지 않을 동안은 그 병이 얼마나 중한가를 알지 못함과 같이, 인간은 맹목적으로 자만함과 완고함과 독단적인 상태에 있을 동안에는 스스로의 결함이나 악을 알지 못하는 것이다.

"겸손이란 자기 자신이 잘못된 인간임을 인정하고 선한 일을 행하는 것을 자신의 덕으로 되돌리지 않는데 있다."

고 톨스토이가 말한 것과 같이, 인간이 자신을 확실하게 알아낸다면 자신의 덕으로 되돌릴 만한 것이 무엇 하나 없다는 것을 자연스럽게 깨닫게 된다.

흐름에 몸을 떠맡기고 흘러갈 때에는 그 흐름의 속도를 거의 의식하지 못한다. 그러나 그 흐름에 거슬러 올라가려면 물결의 속도를 느끼고 자기의 힘이 부족함을 통감하지 않을 수 없다. 그런데 인간이 자기 자신에 대하여 알려고 하는 것은 스스로를 속이려는 흐름에 거슬러 올라가는 것과 같다. 이 역행의 의욕에는 한없는 고통과 번뇌가 따른다.

우리들은 어디에서 왔으며, 또 어디로 가는가를 하나같이 모르고 있기 때문이다.

그러기에 대부분의 사람들은 삶이라는 흐름에 모든 것을 맡겨 버리고 역행하려 하지 않는다. 그러나 아무리 괴로워도 그 흐름을 거슬러 올라가지 않으면 인간다운 인간이 되지 못하게 된다는 사실에 유의해야 한다.

'자기 기만이라는 흐름에 역행한다.'는 것을 쉽게 말하면 '양심의 소리에 따라 산다.'는 것과 다를 바 없다. 양심이란 우리들 자신에 대한 반작용인 것이다.

"그것은 참된 자기 자신의 소리이며, 우리들을 자신의 내부 세계로 불러들여서 생산적으로 살아가게 하며, 그리고 완전하고 조화롭게 발전시키는 소리—즉, 우리들 가운데 숨겨져 있는 것을 실현시키려는 소리이다."
라고 에리히 프롬은 설명하고 있다.

'심금을 울린다.'는 말을 자주 듣게 되는데, 그것은 서로 '양심이 맞닿는다.'는 것을 뜻한다. 그래서 올바른 양심을 갖고 있을 때 사람은 보람을 찾을 수 있다고 나는 생각한다.

양심의 상실자—즉, 자기 자신을 찾아내기 위한 싸움에서의 패배자에게는 독창성도 자발성도 찾아볼 수 없다. 그는 자기 기만이라는 흐름에 몸을 내맡기고 불행이나 체념 그리고, 의기소침 같은 것들이 맴도는 무기력한 깊은 연못 속으로 떨어져 빠져들 뿐이다. 그러한 인생에 무슨 의미가 있겠는가?

그렇지만, 지금 우리들 가까이에는 '심금을 울린다.'는 따위는 문제도 삼지 않는 현실이 냉정하게 진행되고 있다.

참된 자신을 얻기 위해 열심히 싸워라!

자신을 배운다는 것은 자신을 잊는 것이다.

무인(無人) 공장이라고 하면 얼마 전까지만 해도 최신식 방직공장을 일컬었는데, 오늘날에는 도장(塗裝) 작업이나 운반 작업, 그리고 수치제어(數値制御) 장치가 붙어 있는 공작기계 산업, 기계를 만드는 작업까지도 로봇이 담당하고 있다.

이것은 더욱 발전하여,

① 두 손과 발을 써서 전자 오르간을 치는 연주 로봇

② 사람의 얼굴을 그 자리에서 척척 그려내는 화가 로봇

같은 것들까지 출현하기에 이르렀다. 시시각각으로 고도화된 로보트는 인간에게 도전해 올 뿐만 아니라, 이제는 오히려 인간을 넘어서려 하는 지경에까지 이르렀다.

이러한 상황 아래에 놓인 오늘날, 현대인은

① 규격품에 없는 인간미를 뜻한다. → human touch

② 간지러운 곳에까지 손이 미친다. → personal touch

이러한 하이 터치에 대하여 결코 게을리 생각해서는 안 된다. 만약 이에 대해 게을리 생각하고 있다면, 우리들은 컴퓨터나 로봇을 앞세워 들이닥치는 하이 테크놀러지[고도의 산업 기술]라는 파도에 말려들어, 자기 기만이라는 격류에 휩쓸린 나머지 심금을 울리는 인간다움을 잃게 될 것이다. 이것은 또 다른 인간의 비극을 예고해 주는 무서운 일이며 슬픈 일이라 하겠다.

이 점에 대해서 고대 그리스의 철학자인 데모크리토스의 주장을 참고하여 구체적으로 검토해 보기로 하자.

오늘날 원자 물리학의 기틀은 만든 데모크리토스는

"민주적인 나라에서 가난하게 사는 것이 독재자 밑에서 행복한 생활을 영위하기보다 훨씬 바람직하다. 그것은 자유인인가 아니면, 노예인가의 차이 때문이다."

라고 말하면서, 어떠한 곤란한 조건 아래에서도 정치적인 자유를 파는 일과 같은 짓은 하지 않겠다고 주장했다.

그의 이 말은 현대 사회의 인간들과 견주어 말한다면,

"심금을 울릴 만한 사회에서 가난한 살림을 하는 것이 고도로 기계화된 사회에서 컴퓨터나 로봇처럼 부림꾼이 되어 물질만 풍부한 생활을 하는 것보다 훨씬 바람직하다.

그것은 자기 기만이라는 흐름에 역행하며 삶을 사는 자율적 사람이거나, 그렇지 않으면 기계나 조직 그리고, 권위에 맹종하면서 살아가는 패배자의 차이에 기인한다."

라고 할 수 있지 않을까.

그러나 이러한 차이를 잘 알고 있으면서도 보통 사람에게는 양심적인 삶의 방법으로 일관한다는 것은 참으로 어려운 일이다. 우리의 삶에는 유혹이 많으며, 또 인간이란 너무나 나약한 존재이다. 더구나 불교에서 말하는 오욕—식욕 · 성욕 · 수면욕 · 재물욕 · 명예욕—에 집착하고 있다.

　프랑스의 사상가 루소는

　"양심은 영혼의 소리이고, 정열은 육체의 소리이다."

라고 했다. 확실히 인간의 내면에는 양심이라든가 영혼이라 불리울 만한 것이 있다 하더라도, 그것은 어떠한 것인지 우리들은 확실히 알지 못한다.

　잘 귀담아 듣지 않으면 '육체의 소리'에 짓눌려 영혼의 진실을 듣지 못한다. 그리고 귀머거리로 살아간다면 점차 인간다움을 잃어, 언젠가는 나락의 밑바닥으로 떨어져버리게 될 것이다.

　이와 반대로 영혼의 소리를 남김없이 듣고 양심적이고 참되게 살고자 하면 할수록 양심에 철저하지 못하다는 부담감을 통감하지 않을 수 없게 된다.

　양심에는 '이제 이만큼 힘을 다 했으니 이쯤하면 된다.'고 하는 한계가 없기 때문이다. 힘을 다하려는 마음이나 뜻이 참된 것이라면, 그럴수록 우리들은 힘을 다하지 못하는 부담감을 강하게 느끼고,

　—정말 이래서는 안 된다. 왜 나는 이렇게 약하고 모자라는 인간일까. 내가 말하는 것은 모두 거짓말이다. 그리고 내가 하는 일은 아직 부족하고 미비된 것뿐이다.

고 자신을 탓하면서 한숨을 짓지 않을 수 없다.

　마음 속으로부터 우러나오는 한숨은, 말하자면 지옥에서 느끼는 괴로

움과 다름없다. 그 곳은 캄캄하여 우리들의 마음을 무겁고 날카롭게 조여 대며 자기 기만이라는 가면을 겹겹이 씌우려든다. 정말 지옥이다.

그런데 그와 같은 지옥이 없어서는 안 된다. 지옥의 암흑이 전혀 없다면, 인간은 자신의 모자람이나 타락에 대한 깨달음에 미치지 못하며, 따라서 '자기 기만이라는 흐름'에서 탈피하려는 간절한 마음도 생기지 않게 될 것이다.

그렇다고 해서 '영혼의 소리'에 호응하여 빛나는 광명이 항상 인간의 부족함을 세상 사람들에게 널리 알리려고 하는 것이라 해도, 이 광명이 빛나지 않는다면 우리들은 지옥에서 빠져나올 길을 찾아내지 못한다.

삶의 길은 어둡고 외롭다. 자기 혐오를 휘저어 놓아 두지 않을 것이다. 때로는 절망을 끌어들여 우리들을 죽음의 늪으로 끌고 가는 일까지 있다. 사실 그러한 지옥은 하느님의 눈에도 보일듯 말듯 한 곳이다. 그러기에 지옥이 없어서는 안 되는 것이다.

따라서 야릇한 것은 지옥에로의 길을 여는 것도 우리들 자신이며, 지옥에서 빠져 나오는 길을 찾아내는 것도 역시 우리들 자신이라는데 큰 고민이 있다.

그 우리들 자신이란 문제에 대해 어떻게 대처해야 할 것인가. 무엇보다도 먼저 밖으로 향해져 있는 관심을 자신의 내부로 향하게 하여 우리들 자신에게 스스로 주목하도록 하지 않으면 안 된다.

사회 심리학자인 에리히 프롬이 《인간에 있어서의 자유》에서 말한 것과 같이,

"현대 문화의 결점은 사람들이 자기 자신에 대한 관심에만 너무 마음을

빼앗겨 버리고 있다는 데 있는 것이 아니라, 반대로 사람들이 자신에게 참된 마음을 쏟지 않는다는 데에 있는 것이다. 또한 사람이 너무나 이기적인 면이 있다고 하는 것이 아니라, 스스로를 진실하게 사랑하고 있지 않음에 있다 하겠다."

이기주의와 '자기 스스로를 참되게 사랑한다는 것'과는 전혀 다르다. 그런데도 그것을 혼동하는 데 비극이 있으며, 인간다움을 잃어버리는 근본적인 원인이 있는 것이다.

현대인에게 있어서 가장 중요한 것은 '스스로에 대한 만족을 찾으라'는 것이 아니라, '자기 자신에 대하여 진실되라.'는 것이다. 그 진실되려는 의욕과 바램이야말로 '자기 자신을 참으로 사랑하는 것'으로 이어지는 길이다.

그런데 이와 같이 되기 위해서 어느 고승의 말이 생각난다.

"불도를 배운다는 것은 자기 자신을 배우는 일이며, 스스로를 배운다는 것은 자기 자신을 잊어버리는 일이다."

여기에서 말하는 자기 자신을 잊어버린다는 의미는 '허망한 자신에 얽매이지 말라.'는 것이며, 자신을 배운다는 말은 '참된 자기 자신을 얻기 위하여 힘껏 싸워라.'는 것을 뜻한다. 그 싸움이 '자기 자신을 참되게 사랑한다는' 것이며, 이기주의라는 것은 허망한 자기 자신에게의 추악스런 집착에 지나지 않는다. 이것을 혼돈한 채로 있으면 우리들의 인생은 웃음거리가 되어버릴 것이다.

이상에서 말한 것은 무엇을 목표로 삼고 있는 것일까. 줄여 말하면 '잘난 체 하지 않는 행동력의 발견'인 것이다. '스스로를 배운다.'는 깨달음의 뒷받침이 없을 경우, 인간의 행동은 이기주의에 빠져서 목적과 수단이란 길목에서 방황하게 된다. 그리고 양심의 소리를 듣지 못하고 놓치게 된다. 그렇게 되면 우리들은 스스로 '허망된 자신'을 제 멋대로 놓아 두어 그것에 얽매여 헛된 인생을 살게 된다. 그렇다면 사는 보람이 없다.

자신을 잊고 힘껏 살아가는 인생을 개척해야 되지 않을까.